アナイス・ニンの 魂と肉体の実験室

Anaïs Nin's Laboratory of the Soul and Body

パリ、1930年代

Yuko Yaguchi
矢口裕子

小鳥遊書房

凡例

・註番号は文中に（　）で付し、巻末に章ごとにまとめた。
・引用の翻訳は特に断りがないかぎり、著者によるものである。
・既訳を用いる場合、文脈により一部変更した場合があることをお断りする。
・日本語訳が刊行されていない書籍のみ、原題を記した。

目次

第2部（フィクション）

はじめに

日記作家の運命

T・S・エリオットが創刊し、エズラ・パウンド、ヴァージニア・ウルフらモダニスト作家が寄稿したことで知られる文芸誌『クライテリオン』（一九二二―三九年）の第一七巻第六六号（一九三七年）に、ヘンリー・ミラーはアナイス・ニン（一九〇三―七七年）の日記をめぐるエッセイ「星に憑かれた人(アン・エートル・エトワリーク)」を寄稿した。『私のD・H・ロレンス論』（一九三二年）、『近親相姦の家』(1)（一九三六年）を出版していたとはいえ、無名の作家にすぎなかったアナイス・ニンの私的書きものである日記を、それが「世に出た暁には、記念碑的告白として、聖アウグスティヌス、ペトロニウス、アベラール、ルソー、プルーストらと肩を並べるだろう」(2)と称え、後世に残すべき文学作品として提示したのである。実際にそれが世に出たのは、ほぼ三〇年後の一九六六年、作家が亡くなる一〇年ほど前のことだった。その間、作家として世に問うた小説の数々は出版社を見つけるのも一筋縄ではいかず（『愛の家のスパイ』

「一九五四年」は一〇〇を下らぬ出版社に断られたという[3]、日記出版の計画も幾度かもちあがっては頓挫してきた。ハーコート社による日記の出版は、満を持して、というより最後の賭けというほうが近かっただろう。

その賭けはみごと成功した。失われた父への投函されない手紙として書き始められた日記は世界への手紙となり、「独房の処遇[4]」を嘆き続けた作家が世界との和解を果たした。ニンは読者から「あなたはわたしの人生も書いてくれているのです[5]」という手紙を受けとり、全米の大学を講演して回る多忙な晩年を過ごした。ベティ・フリーダンが『新しい女性の創造』(*The Feminine Mystique*)を出版し、第二波フェミニズムが勃興した三年後のことである。女性たちは役割モデルを求めていた。知的で、自立した、自由な女性という役割モデルを演じきり、アナイス・ニンの作家人生は大団円を迎えた——という単純で幸福な結末は待っていなかった。

現在編集版もしくは削除版と呼ばれる『アナイス・ニンの日記』第一シリーズは、死後出版となった第七巻(一九八〇年)をもって終了した。次にやはり作家の死後、「子ども時代の日記」として始まり「妻の日記」として終わる『アナイス・ニン　初期の日記』全四巻(一九七八–八五年)が出版された。一九八六年には「無削除版日記」第一巻として『ヘンリー&ジューン』が出版され、以降『インセスト』(一九九二年)、『炎』(*Fire*)(一九九五年)、『より月に近く』(*Nearer the Moon*)(一九九六年)、『蜃気楼』(*Mirage*)(二〇一三年)、『空中ブランコ』(*Trapeze*)(二〇一七年)、『他者の日記』(*The Diary of Others*)(二〇二一年)と続き、最終巻『よろこばしき変容』(*A Joyous Trarsformation*)が二〇二三年一〇月に刊行された。

奇しくも作家の生誕一二〇年となる二〇二三年をもって、三シリーズ全一九巻の『日記』が刊行されたことになる。それらの財源（ソース）となった約三万五〇〇〇頁の手書き日記は、カリフォルニア大学ロサンジェルス校（UCLA）チャールズ・E・ヤング研究図書館（リサーチ・ライブラリー）に収蔵されている。

無削除版日記は、本書2章以降で詳述するように、編集版が隠蔽していたものを明らかにし、それまでと劇的に異なるアナイス・ニン像を提出した。日記は事実の記録であるというナイーヴな前提に基づき、編集版日記に対しては事実の隠蔽が批判され、事実が明らかにされた無削除版日記以降は、明らかになった事実への価値判断、および事実を明らかにした行為（出版）への価値判断が先行し、書かれた言葉の精査、テクスト読解、作品評価が充分行なわれてきたとは言い難いのが実情である。

無削除版の出版は編集版の芸術的価値を無効にするものではないし、編集版より無削除版が、無削除版より手書き日記が「真正な」テクストだというわけでもない。また、創作は日記の副産物にすぎないと作家が述べたとしても、読者はそれを鵜呑みにすればいいというものでもない。複数のテクストを序列化／階層化したり、そのうちのいずれかを特権化ないし排除するのでなく、パリンプセストとして重ね読みすること――複数の版の日記、創作、書簡等にニンが書きつけた言葉を重層的かつインターテクスチュアルに精読することにより、アナイス・ニンその人を重ね読みすべきテクストとして再創造すること――読み手による作家の生成・創造――が本書のめざすことである。

日本におけるアナイス・ニン受容

アナイス・ニンという名前が日本の読者の眼に初めて触れたのは、おそらくヘンリー・ミラー『北回帰線』（一九三四年）の本邦初訳が出版された一九五三年、その序文に名前が刻まれたときではなかったかと思う（発売禁止処分を受けていた同書がアメリカで出版されたのは一九六一年なので、日本が先行していたことになる）。つまりニンは、六〇─七〇年代に日本の文壇・読書界で独自の人気を誇った作家、ヘンリー・ミラーの紹介者、近しい人間でありながら、本人は何者であるかもわからぬ、ヴェールを纏った女性のように登場したということになろうか（ブラッサイが撮ったニンの写真に、まさにそういうイメージのものがある）。ここで注意すべき点は二つある。第一に、『北回帰線』以外にも、ルー・サロメの伝記やフェミニズム・アーティスト、ジュディ・シカゴの自伝『花もつ女』（一九七五年）など、ニンは優れた序文の書き手──つまり芸術や才能や人の媒介者、産婆役、コミュニケーターであったということがある。第二に、果たして二一世紀を迎えたいまも、ニンはミラーやアルトー、ランクといった「大きな男」の傍らにいる女という以上の認知をされているか否かという、やや深刻な問題が、当時から垣間見えることも確かだ。

作家としてのニンがヴェールを脱いで日本の読者の前に初めて姿を現したのは、一九六六年、中田耕治訳『愛の家のスパイ』が、前衛的外国文学を集めた河出書房のシリーズ「人間の文学」に収められた時のことだ。それは奇しくもアメリカで『アナイス・ニンの日記』が出版された年、つまり世界的にもアナイス・ニンが作家として認知され始めた時だった。同年、邦訳出版を機にニンは来日し、

各地を旅するとともに、大江健三郎、江藤淳と文芸誌で対談もしている。

二〇世紀最大の日記作家と目されるニンの日本における受容は、一九七四年、原真佐子（のちの作家、冥王まさ子）訳『アナイス・ニンの日記』の出版により新たな段階を迎えた。当時三〇代半ばだった原は日記中の作家とほぼ同世代、みずからの内に巨大な自我と才能を抱え、いまだそれを充分に形にできぬまま、女性というジェンダー役割とも葛藤を続ける、人間／女性／作家としてまさに同じ過程を生きていた。原の訳業が、精緻な文学性とともに、作家への知的・感情的な深い共感に支えられたある切実さを帯びていたのは、そうした事情による。原には「アナイス・ニンの娘たち」というエッセイもあるが、彼女自身が日本におけるニンの第一の娘であったことは間違いない。『アナイス・ニンの日記』（編集版）全巻を訳したいという原の願いは、諸般の事情により叶うことはなかった。

日本の読書界でニンが（ミラーのように）人気を博したことはないし、英米文学研究の主流に位置したこともない。だが、幾人かの優れた文学者、研究者がニンに強く魅かれ、それぞれ独自のニン論を展開してきたという事実は注目していいだろう。英米文学者でもあった原は、九〇年代以降のジェンダー研究を先取りするような「訳者あとがき」のほかにも、いくつかのニン論を書いている。九五年に原が急逝すると、そのあとを引き継ぐように、幻想文学作家・翻訳家として知られる矢川澄子が、特に無削除版日記以降のニンを積極的に紹介し、『「父の娘」たち——森茉莉とアナイス・ニン』（一九九七年）『アナイス・ニンの少女時代』（二〇〇二年）を上梓した。野島秀勝は英米文学における「運命の女」を論じた『迷宮の女たち』（一九八一年）でアナイス・ニンとジューン・ミラーに一章ずつ割き、二人の関係を「アンドロギュノス的ないし近親相姦的融合・合体[6]」であると喝破した。この二人の関係に注目した人物としては、ほかにもユング心理学者の秋山さと子、フランス文学者の鹿島茂がいる（鹿島はパリの外国人を描いた『パリの異邦人』（二〇〇八年）でミラーとニンに一章ずつ割いている）。これら日本人論者の特徴として、ニンを役割モデルとして祭りあげたりアンチ役割モデルとしてこき下ろしたりするということがなく、ニンの人格・人生に価値判断を下す傾向から比較的自由であること、彼女が書きつけた言葉のなかからアナイス・ニンを解き明かし、浮かびあがらせようとする姿勢が挙げられる。二一世紀となり、ニン生誕一二〇年を迎えたいま、アナイス・ニン再読・再評価に必要なのは、まさにこうした姿勢なのではなかろうか（日本人が蓄積してきたアナイス・ニン論の成果の一端は、ポール・ヘロンが編集した論集に結実している）。

生成の時代、創造の都市

二一世紀のアナイス・ニン像を生成・創造しようとする本書が注目するのは、一九三〇年代、夫の転勤にともないパリに移り住み、数々の運命的な出逢いをくぐり抜けた時期の彼女である。その時代と場所が人としてのアナイス・ニンを生成し、作家としての彼女を創造したと考えるからだ。

第1部ではニンの主著と考えられることの多い日記を取りあげる。第1章では主に編集版日記をもとに、彼女自身が雑誌に寄せたエッセイで述べた自己定義――いまだ小説に描かれないもう一人の女――をいわばコラージュとして浮かびあがらせることをめざす。第2章では無削除版日記第一巻『ヘンリー&ジューン』をもとに、ジェンダー/セクシュアリティの前衛・実験者としてのニン像を提出する。第3章は主に編集版日記と『人工の冬』ジーモア版[7]に収められた「人工の冬」をもとに、ニンと父の関係をその想像的・形而上的側面に力点を置いて論じる。第4章は、そのスキャンダル性によりニン研究を失速させたともされる無削除版日記第二巻『インセスト』および『人工の冬』パリ版の「リリス」をもとに、創造的侵犯としてのインセストを論じる。また、第3章では編集版日記で「死産」とされていた経験を、第4章では「中絶」であることが明らかになった経験を、父性・家父長制、時代との関わりにおいて論じる。

第2部は三〇年代に書かれたフィクション作品、『近親相姦の家』と『人工の冬』パリ版を中心に論じる。第5章は「詩的散文」と呼ばれるニンの第一創作集『近親相姦の家』を、シュルレアリスムと映画という二〇世紀の新しい芸術、およびアルトーやミラーとの影響関係を明らかにしつつ論じる。第6章は、三〇年代にパリで出版されながら、英語圏ではほぼ七〇年後の二〇〇七年まで出版されなかった『人工の冬』パリ版の数奇な運命をたどるとともに、発禁本をめぐる環大西洋的・環大陸的ネットワークを明らかにする。第7章は、無削除版日記第一巻『ヘンリー&ジューン』と、その半世紀近く前に出版された『人工の冬』パリ版の「ジューナ」を比較し、後者が前者をあらかじめ脱構築していたような印象を与えること、のみならず後者が前者にあらがう性質をもつことを明らかにする。第8章は二〇世紀の新しい知であった精神分析とニンの関係を探る。ニンは二〇代後半にパリで初めて受けた精神分析を生涯信奉したが、ルネ・アランディ、オットー・ランクというパリ時代の分析医との関係から浮かびあがるのは、相互的誘惑、主客の転倒、そして創造的侵犯という、父との関係とも重なる構造である。本章では編集版・無削除版の日記も扱うが、最後に『人工の冬』パリ版・ジーモア版の「声」を論じるため、第2部に入れる。第9章「リリス」は『人工の冬』パリ版に収められた父娘物語だが、そこには編集版・無削除版日記、『人工の冬』ジーモア版のいずれにも書かれていない、孤児としての自己認識が提示されている。アナイス・ニンは父の娘か、母の娘かという議論をよそに、『人工の冬』パリ版のニンがいかにしてアンチ・オイディプスとしての自己を造形しえたかを明らかにする。

果たして本書が描き出すアナイス・ニンは、わたしたちが「昨日の女を脱ぎ捨て、新しいヴィジョンを追い求め[8]」るための手がかりとなりうるだろうか。

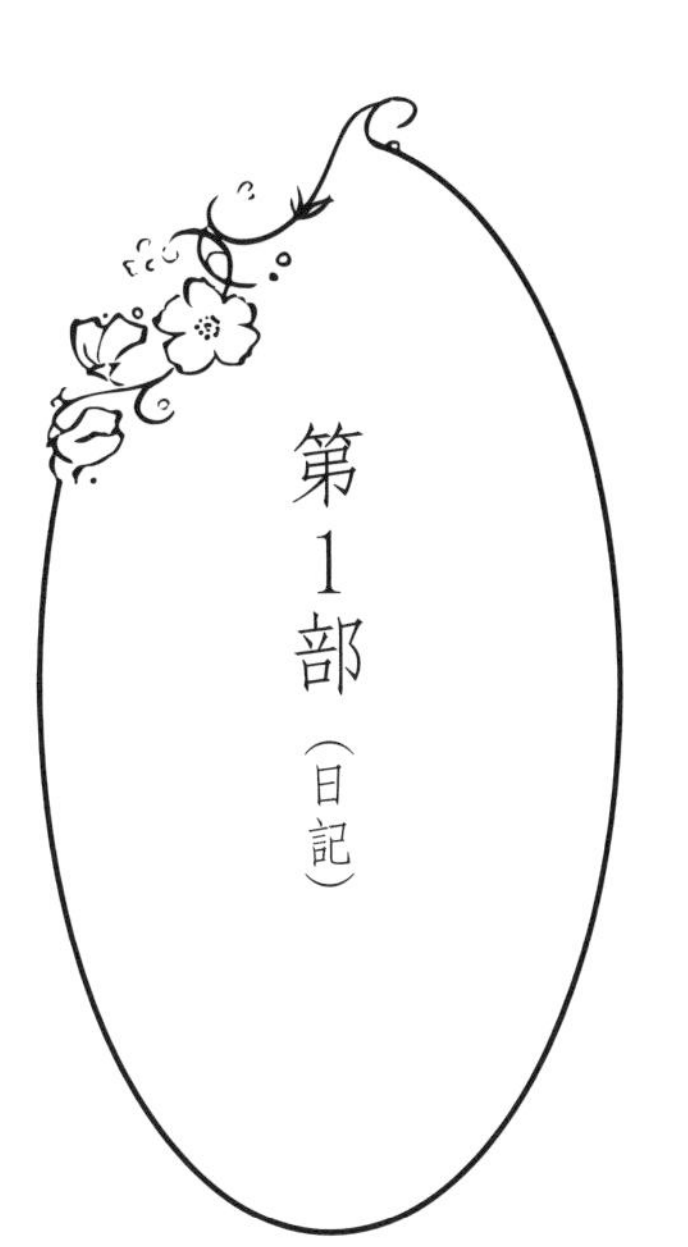

第1部（日記）

第1章『アナイス・ニンの日記』——いまだ小説に描かれないもう一人の女

❇アナイス・ニンという名のテクスト

本章は、日記・自伝文学の伝統のなかにアナイス・ニンの日記を位置づけ、その特異性と普遍性を明らかにしようとするものである。

アナイス・ニンは、二七歳のとき初めて文芸誌に寄稿した記事——のちに初の著書『私のD・H・ロレンス論』に発展するもの——のなかで、D・H・ロレンスは「評価の難しい作家である。なぜなら、彼が人々のうちに呼び覚ますのは、熱狂か憎悪かのいずれかだからだ[1]」と述べた。この言葉は、やがて作家としての彼女に起きることを予言しているように思える。起きることというのは、二一世紀現在まで続く「攻撃と賞賛の症候群(シンドローム)[2]」である。賞賛する者はあたかも彼女が女神であるかのように褒め称え、あるいは自分の所有物であるかのようにふるまうし、攻撃する者の口調は批判というより告発の響きを帯びる。人はなぜアナイス・ニンの前で平静を保つことに困難を覚えるのだろう。ニンに向けられる批判の一つであるユーモアの欠如は、ニンの人格を否定し、道徳的に断罪する者たちにもそのまま当てはまるように思える[3]。『愛の家のスパイ』の翻訳によりニンを初めて日本の読者に紹介した中田耕治は、ニンについて本格的な評論ないし批評書を書き損ねた、と悔いを込めて告白したのち、興味深い指摘を行なっている。

彼女を論じるには、ほかの作家を評価するのと同じアプローチは使えないと感じる。彼女を正当に評価するための新たな批評のモードを発明しなければならない、と。それは難しい。だが、アナイス・ニンとは難しい作家なのだ[4]。

ニンが難しい作家だとしても、それはジョイスやプルーストやドストエフスキー、あるいはフォークナーやメルヴィルやピンチョンが難解であるというのと同じ意味ではないだろう。アナイス・ニン論を書く、という中田の試みを頓挫させたのは、別種の困難だったのではないか。この作家の捉えがたさは、正典的・正当的な作家の定義から逸脱するところにある。

第一に、ニンの主要作品である『アナイス・ニンの日記』を文学としていかに評価するかという問題がある。アントワーヌ・コンパニョンは「今日の写真小説」と題された日本講演において、彼の学生時代、フランスでは作家が自己や人生を語ることは禁忌とされ、（ともに女性の）ボーヴォワールやユルスナールの自伝的作品には猜疑のまなざしが向けられていた、と証言する。[5] 折しもバルトが「作者の死」（一九六七年）を宣言し、日記や告白を批判した時代である。潮目が変わったのは一九七五年、当のバルトが家族やみずからの写真を含む自伝的作品『ロラン・バルトによるロラン・バルト』を発表し、「ここにあるすべては、小説の一人の登場人物によって語られているとみなされねばならない」と扉に書きつけたときのことだ（その言葉は、「日記を編集したのは小説の書き手である」[6] というニンの言葉と響きあう）。バルトは自分のスタイルが論文から断章形式へ、さらに日記へと移行しつつあることを認め、それがみずからの最初のテクストである「アンドレ・ジッドとその日記に関する覚書」（一九四二年）への回帰であることを告白する。[7]

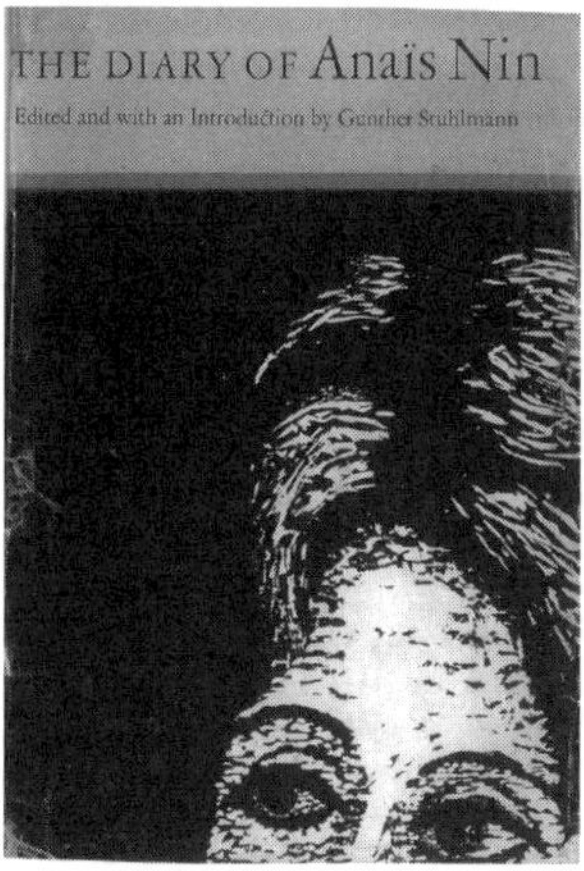

フーコーによれば、真理に到達するには二つの方法がある。一つは性愛の術（アルス・エロチカ）であり、そこでは快楽が真理を包含し、経験・実践として師から弟子へと伝えられる。性愛の術を知る社会としては中国、日本、インド、ローマ、回教圏アラブ等が挙げられる。もう一つは、西洋文明が重視する「告白」の制度によるものである。西洋では中世から現代に至るまで、キリスト教の告解や精神分析をとおして、性的な事柄を告白することが真理の獲得に繋がると考えられてきたという。そこでは権力は語る者でなく聴く者――神父や精

【図 1】『アナイス・ニンの日記』初版

神分析医――に宿るとされる[8]（第8章で論じるニンと分析医の関係は、逆説的なことに、性愛の術における師（ニン）と弟子（分析医）のそれに近いことが明らかになるだろう）。

デリダは自伝を女性的なジャンルと捉えるし、「自伝契約」という概念の創始者であるフィリップ・ルジュンヌは、日記に同性愛との近親性を見る[9]。女性的なるもの、同性愛的なるものと自伝は周縁的であることにおいて繋がっており、その事情はアメリカでも同じだった。だからアドリエンヌ・リッチは日記を「あの深々と女性的で、そして、フェミニスト的なジャンル」と呼ぶし、バーバラ・ジョンソンは女性の自伝を怪物とみなすのだ[10]。

アナイス・ニンの日記は、ヘンリー・ミラーのエッセイ「星に憑かれた人」等によりその存在は一部で知られながら、実態は謎に包まれていた。一九六六年、作家の晩年に出版されたときはまさに第二波フェミニズムの隆盛期、「個人的なことは政治的である」というスローガンが叫ばれた時代である。私的領域に属すゆえに文学というジャンルの周縁に位置する、と思われてきた日記や手紙というジャンルに、注目が集まりつつあった。アメリカにおけるフェミニズム批評の古典『性の政治学』（一九七〇年）でミラーの女性嫌悪を痛烈に批判したケイト・ミレットをして、「わたしたちの形式は自伝」であり、なかでももっとも重要な女性、「わたしたちみんなの母」[11]と呼ぶべきはアナイス・ニンである、といわしめたのだ。興味深いのは、ミラー批判においてきわめて生真面目なミレットが、ニン理解においてはユーモアやアイロニーの感覚を存分に発揮し、ニンの本質を突いている点だ。曰く、「『日記』は慎み深い乙女」のごとく夫や恋人の存在をヴェールで覆い、ニンは子の父の名を明かさぬまま「さながら処女マリアのように懐妊する」[12]。曰く、「彼女の主著である『日記』において、彼女は新しい形式、さらには新しい生き方をも創造した」、それはつまり「人生を本にすること」[13]である。確かにニンの野望の一つは、人生と芸術を混淆させ、みずからを作品とすることだった。

> わたしは書くことより人間に、書くことより愛を交わすことに、書くことより生きることに興味がある。芸術作品を創造するより、芸術作品になることに興味がある。
>
> 書くことはわたしにとって芸術ではない。わたしの人生とわたしの職業、仕事を切り離すことはできない。芸術（アート）の形はわたしの人生のわざ（アート）の形、わたしの人生は芸術の形と同じだ[14]。

自伝作家としてフランスで猜疑の眼を向けられていたというボーヴォワールの伴侶、サルトルの『嘔吐』で、ロカンタンは「選ばなければならない。生きるか、物語るかだ[15]」という。だがドゥルーズ＝ガタリによれば、「生きることと書くこと、芸術と生活が対立するのは、大文学という視点からにすぎない[16]」のだ。「大文学という視点」は「大時代的な発想」と言い換えられるかもしれない。ダーリア・バーグはニンを「フルクサスの先駆者[17]」と呼ぶが、フルクサスとはナム・ジュン・パイク、オノ・ヨーコを含む一九六〇―七〇年代の多国籍前衛芸術家集団である。彼らの信条が「芸術と人生の融合」だった。ジェイムズ・レオ・ハーリヒーが二〇世紀の偉大な芸術様式と呼ぶ「人の芸術（アート・オヴ・ザ・パーソン）[18]」が前景化し

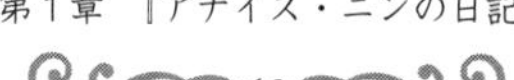

たのは二〇世紀後半だが、ニンが先の二つの引用を日記に書きつけたのは四〇年代であり、なるほど時代に先んじていたことになる。

だが、みずからの人生と芸術を分けることはできないというニンの主張に従うなら、彼女の作品ではなく人格を攻撃する批評家を責められないことになる。いずれにせよ、次の点は明らかにしておく必要がある。アナイス・ニンの人生と作品が高度にあざなわれているにせよ、救いがたく混乱しているにせよ、わたしたちがすべきはその両方を読むことであって、道徳的裁断を下すことではない。ド・マンはその自伝論において「著者の鏡像であった読者は、今度は審判になる[19]」と述べるが、「検閲官の役割を演じないこと[20]」こそ、過去の日記を読み直すウルフがみずからに禁じたことであった。

アナイス・ニンとは――その芸術にせよ人生にせよ、矛盾に満ちているにせよ調和がとれているにせよ――テクストのなかにしか存在しない。ニン自身、「たぶんわたしは、この日記という物語のなかの風変わりな登場人物としてしか存在しないのだ[21]」と書いている。実際、ニンのテクストを読むとき、わたしたちはアナイス・ニンという名のテクストを読んでいることに思い至る。それは、まるでダイアン・アーバスが撮影した双子の姉妹を見るときのような、奇妙な感覚である。日本を訪れたニンと会った中田が感じたのも、まさにそういうことだったに違いない。「その人となりには、素晴らしい調和と奇妙な混沌が見てとれた[22]」という。

アナイス・ニンという名のテクストは、ジョン・ブライアントのいう「流動的なテクスト[23]」、もしくはドゥルーズ＝ガタリのリゾームさながらに増殖するテクストである。新しい日記が登場するた

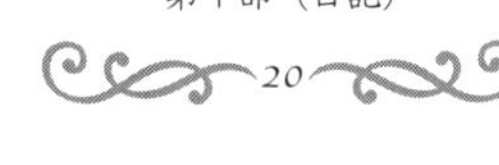

び、見知らぬアナイス・ニンが現れ、わたしたちのニン像は微妙なまたは劇的な変更を迫られる。わけても『ヘンリー&ジューン』『インセスト』と続いた無削除版の出版は、生前の彼女を知る人の一部、古くからの読者、ニンみずから「一八三〇年タイプ[24]」と呼んだ古典的・正統的なイメージに慣れ親しんだ人々に衝撃をもって受けとめられた。テクストの増殖とイメージの変容という現象は、初期批評の有効性に揺さぶりをかける。それはあたかも「ピューリタン的な、沈黙による批評[25]」をからかうため、作家があえて仕掛けたことのようにも思える。

アナイス・ニンとは何か、という問いに対して、かつて彼女は次のようなヒントを提示した。「わたしたちはいまでは、人が現実において複合物であること、父や母、読んだ本、テレビの影響や映画、友人や知人たちのコラージュであることを知っている[26]」と。つまりアナイス・ニンとはつねに製作中のコラージュであり、絶えざる生成のうちにあるということだ。ある固定した視点からニンの全体像を捉えようとすることは意味がないし、不可能といっていい。人はあたかもなまものを扱うときのような困惑を覚えるだろう。そうした「難しい」作家と向きあう一つの方法は、アナイス・ニンという名のテクストからわたしたち自身がコラージュを、わたしたちヴァージョンのアナイス・ニンを創造することである[27]。

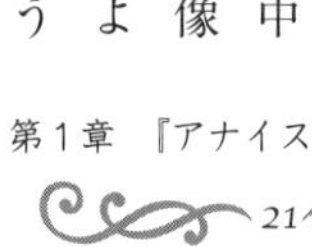
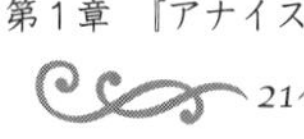

❇「イントロダクション」

『アナイス・ニンの日記』第一巻（一九三一―三四年）はニンの二八歳から三一歳までの日々を綴ったものだが、テクストの精緻さ、完成度の高さにおいて、『日記』中の日記の名に値する。この巻が扱うのは、日記作家の前半生のハイライトといえる時期である。ヘンリーとジューンのミラー夫妻、アントナン・アルトー、精神分析医ルネ・アランディとオットー・ランク、生き別れていた父ホアキンとの再会を含む幾多の稀有な出逢いによって、第一巻はいわば「オール・スター・キャスト」の趣きがある。そして何よりこの時期のニンは、生涯でもっとも劇的で熾烈な局面――若き女性作家の誕生――を迎えていた。

時は一九三一年から三二年の冬、ニンが当時住んでいたパリ郊外、ルヴシエンヌの描写から巻は始まる。

ルヴシエンヌは、ボヴァリー夫人が生き、そして死んだ村に似ている。古びて、現代の生活に触れることもなければ、影響を受けることもない。セーヌを見下ろす高台にあって、晴れた夜にはパリが見える。古い教会の聳える足もとには、小さい家が軒を連ねる石畳の路、人きい地所と領主館がいくつか、村はずれには城がある。かつてデュ・バリー夫人のものだった土地も。革命が起きて、彼女の愛人は断頭台の露と消え、その首は蔦の絡まる塀を越えて、彼女の庭に放り込ま

れたという。そこはいま、コティの所有地になっている。[28]

「歴代のフランス王が狩り場とした」森があり、「バルザックが描く守銭奴」のような地主がいて、「プルーストの小説の登場人物」がいまにも乗り込んできそうな汽車が走り、人は「モーパッサンが好んだように」セーヌで船遊びに興じる、と描写は続く。夜になると、築二〇〇年になる家のなかで、「ことパリを往き来する小さい汽車の汽笛が聞こえる」という。一読してわかるとおり、文学上・歴史上の人物が散りばめられ、過去の残り香が立ち籠める（冒頭の一頁だけで「古い／老いた（old）」という形容詞が五回、「古びた（ancient）」が一回使われている）。

冒頭部分には、ニンの人生につきまといくつかのイメージも見てとれる。それは二つの世界を分かつ水であり、周縁ないしはざまに生きることであり、死と再生のモティーフである。「墓石のように、ぬっと顔を出す」噴水があり（p.3）、窓から大きな鉄の門を眺めていると、「何か牢獄の門のように」思えてくる（p.4）。自分は「美しい牢獄」にいるのだと、彼女は知っている（p.7）。だが門は「いつも少しだけ開いている」ということも（p.4）。いつも少しだけ開いている――それは、女性のセクシュアリティのありようとして、かつてリュス・イリガライが述べたことだ。

つねに、そしてまだ広げなければならない拡がりなのでしょうか？　いつまでも半開きの地平であり、しかもこの地平は、あの別の句読法あるいは区切りゆえに、再び閉じられるのは大変難しいのです。[29]

この叙述はニンの存在のありようを表現しているようにも思える。みずからが陥っている「冬眠」の状態は生より死に似ていると、ニンは意識している（p.7）。さまざまな音——巨大なカウベルのように鳴り響く呼び鈴、キーキーときしむ鉄の門、砂利道を音をたててやってくる（おそらくはテクストに登場しない夫、ヒュー・ガイラーが運転する）車、犬の遠吠え——が多声的なノイズとなり、「満ちて開かれた人生」へと彼女をいざなう（p.4）。

「愛がやってくるのに備える」ような思いで（p.4）、彼女は一つひとつの部屋に違う色のペンキを塗っていく。それはまるで、彼女自身が愛の訪れに備えて身づくろいするかのようであり、冬眠するルヴシエンヌの森の美女が、自分の眼を覚ましてくれる人の訪れを待ち、ある「賓客（ゲスト・オヴ・オナー）」が救い出してくれるのを待っているかのようだ（p.5）。彼女はみずからの家、人生、そして自己を「魂の実験室」になぞらえるが（p.8）、それはそのまま日記の比喩ともなる。彼女はいわば生涯をかけて、みずからを素材にさまざまな実験を行ない、魂の実験室を整えたといえるのかもしれない。

ボヴァリー夫人と違って、彼女が毒をあおることはない。その代わりに、作家になることを決意する。なぜなら、この美しいけれど抑圧的な牢獄——海外赴任中の銀行家の妻として郊外で暮らす生活——から抜け出す道があるとしたら、それは書くことによってしかないと知っているからだ。そのようにして、死と再生の物語、「内面から外界へのオデッセイ」が始まる（p.107）。「外部にいるか、内部にいるかということがわたしの悪夢だった[30]」とニンは書く。内部と外部を絶えず往還することが彼女の人生だった、と言い換えてもいい——ちょうど、ルヴシエンヌとパリを往き来する汽車のように。そこで、アナイス・ニンの流動し増殖する多義的な日記は、（彼女が好む言葉である）浸透膜（オシモシス）の役割を果たす。

❊起源

アナイス・ニンが日記をつけ始めたのは、生まれ育ったヨーロッパと愛する父をあとに、アメリカという奇妙な新世界に向かう船の上だった、というのが広く流布している伝説である。実際には、一一歳から一七歳までの日々を綴る少女時代の日記『リノット』は、一九一四年七月二五日、「バルセロナも見納めです[31]」と書き始められているから、伝説は事実そのままではないことになる。とはいえ翌二六日には、「船は四時に出発しました」と記されている。二つの大陸のあいだに深淵のように横たわる海の上で、別離の傷をみずからの言葉で癒やし、旧世界と新世界を架橋しようとする少女リノット（「小鳥」を意味する、ニンの子ども時代

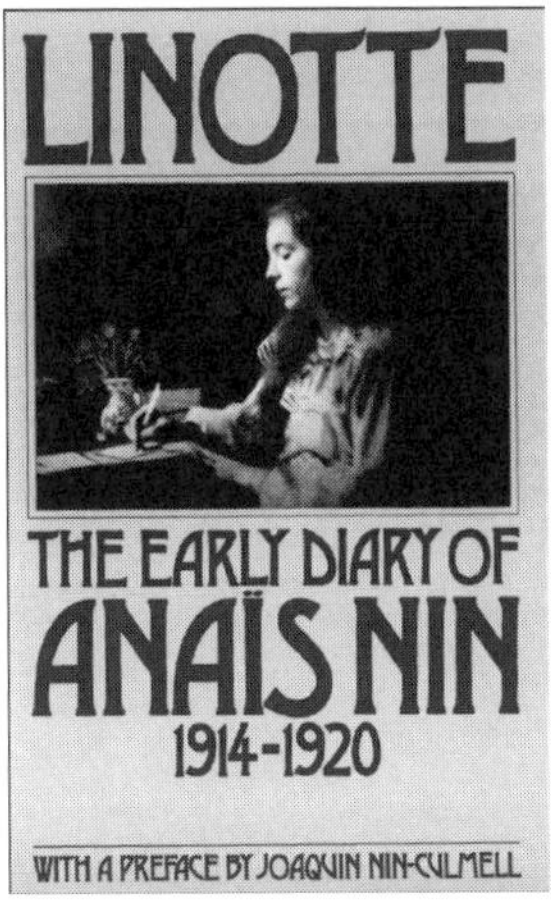

【図２】『リノット』表紙

の愛称）の姿は、フロイトが『快原理の彼岸』で描いた幼児を思わせる。母の留守中、幼な子はある遊びを思いつく。糸巻を遠くへ放り投げては「いない」とつぶやき、手もとに手繰り寄せては「いた」と発話する。[32] このエピソードは、前エディプス的母子一体感にたゆたう時期を経て、人がいかに語る能力を身につけるかを説明すると考えられている。すなわち人は愛するものの不在に耐えかねて、不在のなかで、不在の外部に向かって語り始める――原初の切断が人に象徴化の能力、語る能力を与えるのだ、と。

それはまさに一一歳のアナイス・ニンに起きたことだった。日記は、彼女が九歳のとき若い愛人のもとに走って家庭を棄て、娘に癒やしえぬトラウマを与えた父、スペイン系キューバ人のピアニスト・作曲家、ホアキン・ニンに宛てた手紙として書き始められた――父に家族のことを思い出させ、連れ戻すために。一冊書き終えたところで送ろうとしたが、行方知れずになるかもしれないと母は投函させず、結果として、手紙が日記に変容するのを助けた。

アナイス・ニンの日記は、のちにそのプロメテウス的多様性において千の役割――シェルター、鏡、窓、橋、冒険家の杖、影（シャドウ）、はたまた悪、麻薬にして牢獄――を演じることになる。だがそれは手紙として、愛の手紙として始まったのだった。父という他者に向けて、ヨーロッパにいる彼を魅きつけ、アメリカに呼び寄せるために。それは彼女にとって、「誘惑によるコミュニケーション[33]」の最初の道具だった。

書くことに関わるわたしの行ないは、どれもわたしのなかでは、父を魅きつけ、誘惑するための行ないだった。

それは独白(モノローグ)、それとも対話(ダイアローグ)、父に捧げ、父と別れる痛みによってこみあげてくる想いや感情に急かされて書いたものだった。ふたりのあいだには海が……[34]

【図3】『リノット』に収められた幼いニンによるイラスト。大西洋をアメリカに向かうモンセラ号。

西川直子によれば、モノローグとダイアローグ、自分に語ることと他者に語ること、内部と外部の境界は曖昧だという[35]。日記と手紙もまた、そのあいだに明確な境界線を引くことはできるだろうか。「親愛なる日記よ」とニンが書き（p.260）、アンネ・フランクは想像上の友人、キティに語りかけるのだから。日記とはそれら二つの世界が出逢い、交差し、干渉しあう場なのではないか。

日記が旅の途上で、旅の記録として始まったという点も重要である。ニンは根を絶たれ、新しい国、新しい文化、新しい言語のなかに、「両親の突然の離別によって外国へ移住を余儀なくされた、母子家庭の長女」[36]として追放され

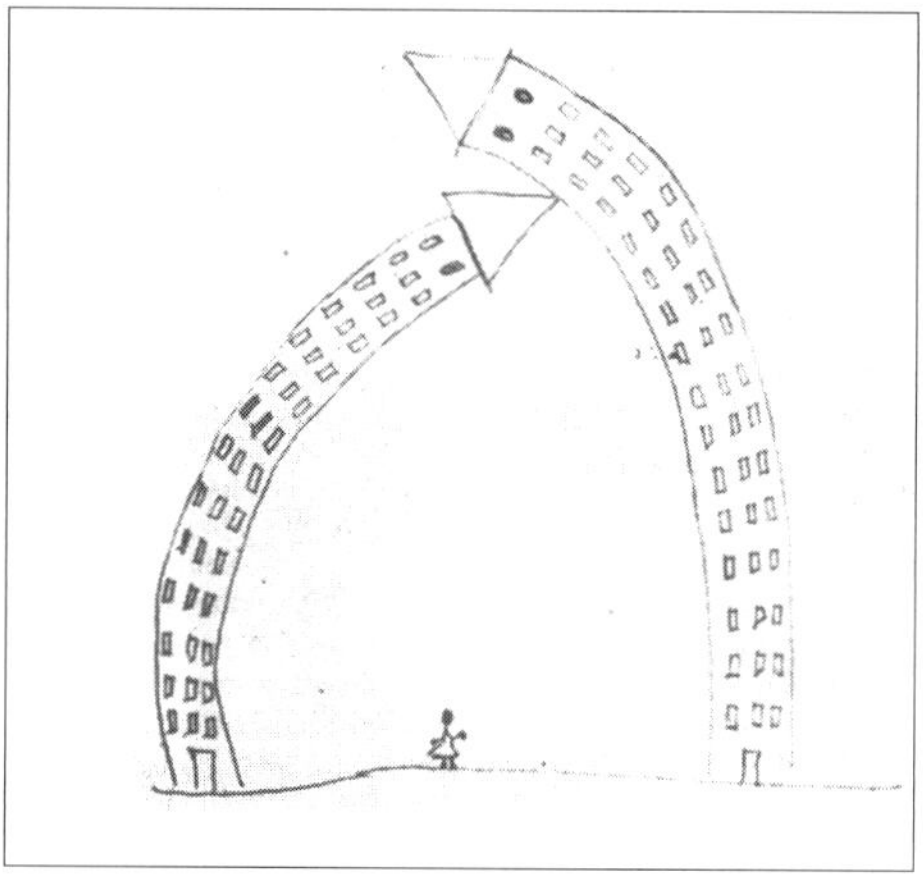

【図 4】「とてつもなく背の高い建物」

たのだった。

不思議な国だ、アメリカという国は。階段が上に行ったり下に行ったりして、人間はじっとしている。何もかも加速する。地下鉄では一〇〇の口がもぐもぐもぐ。弟のトールヴォルドは「あの人たち、反芻動物なの？」と訊く。とてつもなく背の高い建物がたくさんある。（略）男の人はエレベーターを待ちながら手の平に唾を吐き、その手を擦（こす）りあわせる。エレベーターはものすごい速さで動くから、まるで空中を落っこちていくみたい[37]。

この追放の経験は、生まれにより混成的（ハイブリッド）——スペイン、キューバ、フランス、デンマーク——であり、幼年期は音楽家の父とともにヨーロッパ各地を転々として過ごしたニンを、さらにディアスポラ／デラシネ／コスモポリタンな存在にした[38]。以来彼女はヨーロッパとアメリカ、パリ右岸と左岸、米東海岸と西海岸、ラテンとアングロサクソン、カソリシズムとピューリタニズム等、二つの世界を往還する人生を生きる。一九歳の日記には「どの国にも属していないことを、神々に感謝しない日はない[39]」と書きつける（ウルフなら「女として、わたしに国はないし、女として、国などいらない[40]」というだろう）。帰属する場所をもたず、どこにいても異邦人であることは、ニンに特別な生きるスタイルを教えた。『四分室のある心臓』（一九五〇年）のジューナは「放浪者（ノマド）の流儀を身につけた[41]」というが、作家は根をもたずに生きる「生命の植物」について語る。

「生命の植物」と呼ばれる植物があった。根がなくても生きられるのだ。葉っぱからふわふわの毛が伸びている。この植物の一部が落ちた所からは、どこでも豊かな花が咲く。葉を一枚もらって、何度も根こぎにされてきた人生の記念とした[42]。

「移動式の根をもつ女[43]」だったニンは、四九歳でついにキューバ国籍を棄てアメリカ市民となるが、アメリカの外国人であり続けるガヤトリ・チャクラヴォルティ・スピヴァクもおそらくは同じ植物と同一化して、「わたしは空中に根を張っている。あの植物のように[44]」と述べる。ディアスポラの経験はまたもやニンに語ることを、外国語を語ることを促す。

たちまち、わたしは英語に夢中になりました。夢中になって、好奇心いっぱいで、興味津々でした。それは普通、外国人だけが経験することです。英語はわたしにとって特別なものだったので、探検家のような気分で、英語には言葉のバラエティが無尽蔵にあることを発見したのです[45]。

少女時代の日記『リノット』はフランス語で書かれたが、一七歳の夏から始まる「初期の日記」第二巻以降は英語に切り替えた。父への手紙として始まった日記を、父の解しない言語で書き始めたのは決定的な分岐点である。淡い恋心を寄せた従弟のエドワルドが日記をつけ始めたと聞き、彼のわかる英語で書いて、日記を共有しようとしたのだ。日記の共有は夫ともした時期があるし、子ども時代は母に、パリではミラーやランクに見せている（ミラーは長い書き込みすらしている）。女性知識人としてのボーヴォワールの肖像を描くトリル・モイは、女性の何巻にも及ぶ自伝はナルシシズムの誹り（そし）を受けるが、同じ批判は男性作家には適用されないという二重基準を指摘する。[46] ニンの日記も「ナルシスの水鏡[47]」と呼ばれたが、実は起源において手紙の性質をもち、初期の段階から複数の他者に向かって開かれ、「私」のみならず「公」の性質を分有していたのだ。

❊両義性

一九六六年、『アナイス・ニンの日記』第一巻の出版により、「文学界の不可視の女[48]」からにわかに時の人となったニンは、七七年に亡くなるまでの約一〇年間、全米各地で講演を行なった。そのうちの一つで「なぜ書くか」という問題に触れた彼女は、「人が書くのは、自分がそのなかで生きられる世界を創らなければならないからだと思います[49]」と述べた。また別の機会には、「日記を書き始めて思ったのは、人生を冒険とかお話として見れば、耐えられるものになるということです。わたしは自分に人生の物語を語り聞かせていたのです。そのことによって、自分がこなごなにこわれてしまうなできごとが、冒険に変わるのです[50]」とも語っている。ドムナ・スタントンはヴェトナム帰還兵のためのワークショップを開いた経験から、「物語ることが人を生に繋ぎとめる[51]」という。語ること、書くことがトラウマからの自己治療に繋がるのだ。同時に、人生を物語として見る、というより物語にする、そのことによって現実と虚構の境界が曖昧になる位相がある。それはポール・リクールが「人生の物語的統一[52]」という言葉で概念化したものだ。

日記を書き始めて二年後、一三歳のリノットは「想像してみる——わたしのそばにいつも小さな精がいて、耳もとで囁くの、「夢見ることは生きること、生きることは夢見ること」って[53]」と書きつける。その数年後にはほとんど多幸症的な調子で、「わたしの涙という涙はあなたの頁に注がれ、微笑みという微笑みはあなたの上に輝き（略）そして一冊の本に溶けていく——わたしの人生へと！」「わたしの血にはインクが入っている[54]」と語る。思春期のニンがかくも強烈な作家意識をもっていたのは驚くべきことだが、それをはぐくんだのが日記を書くことだった。だが、日記とは諸刃の剣であり、人生との融合（フュージョン）は混乱（コンフュージョン）に繋がりうる。日記作家が日記を書くことに没頭すればするほど、日記は子宮状の牢獄に似てくる。ニンは嘆く。

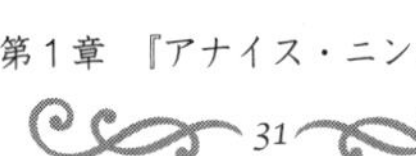

親愛なる日記よ、あなたは芸術家としてのわたしの妨げになってきた。でも同時に、わたしを人間として生きさせてもくれた。あなたを創造したのは、友だちが必要だったから。そしてこの友だちに語りかけるうち、わたしはたぶん、人生を空費してしまったのだ。(p.260)

耐えがたい現実を変容し、別種の呼吸法を獲得するために創りだしたはずの日記が、いつか唯一の現実、ないし現実を吸うパイプと化す。

この日記はわたしのキーフ、ハシシュ、阿片のパイプだ。これはわたしの麻薬、わたしの悪だ。小説を書く代わりに、わたしはこの日記とペンをかかえて寝ころがり、夢を見て、想いをめぐらせる。現実に背を向け、現実が投射する映像や夢に見入る。すると、わたしを駆りたて、追いたてるこの熱、昼のあいだわたしを緊張させ覚醒させる熱は、即興と瞑想のなかに溶けていく。わたしは人生を夢で生き直さなければならない。夢だけがわたしの人生なのだ。(pp.333-34)

治療であったはずのものが病に変質する。むしろ日記はその両方であり、両義性そのものだった。ニンの人生は日記との長すぎる情事であり、同時に、そこから逃れようとする苦闘でもあった——少なくとも、一九六六年、『アナイス・ニンの日記』が出版され、人生という本が紙の本となり、父への手紙として始まった日記が「世界への手紙[55]」に変容するまでは。

ニン自身の日記への姿勢が両義的だったように、周囲の者たちのふるまいもまた両義的だった。夫ガイラーは日記に「ちょっぴり嫉妬[56]」し、日記ばかり書いて人生を過ごすわけにはいかないだろう、とからかった。同時に彼は日記こそ彼女の一生の仕事だと認めてもいるのだが。精神分析医ランクは、何もかも日記に書かなければならないという強迫観念からニンを解放しようと、しばらく日記なしで生活するよう要請し、そのため彼女は阿片を取りあげられたような気分になった。一方彼女は「でも、わたしが彼について書いたところを見せると、うれしそうだった。ヘンリーと同じ。日記を殺せ。小説を書け、と彼らは言う。でも彼らの肖像を見せると、「これは素晴らしい」と言うのだ」と証言する（p.301）。エッセイ「星に憑かれた人」ではニンの日記を聖アウグスティヌス、ペトロニウス、アベラール、ルソー、プルーストらの告白と並べ称したミラーだが、それ以前の段階では「日記の破壊[57]」を目論んだという。「それは男の恐怖心なのだろうか、とわたしは自問する。女が女自身の真実を明らかにすることへの怖れなのだろうか。誰もが日記に反対する理由がほかにあるだろうか[58]」とニンは訝る。

ニンの知的・精神的自立を保障するものが日記であることをランクは見抜いていた。だからこそ取りあげる必要があったのだ。「あなたが交通島みたいな所に身を置いて、分析を眺めるとか、コントロールするとかいうのは困りますね。分析を分析するようなことはやめていただきたいですな」と釘を刺す（p.284）。H・D（ヒルダ・ドゥリトル）も『フロイトにささぐ』（一九五六年）で、患者が準備して分析に臨むこと、メモをとることをフロイトが嫌ったと報告している。[59] フーコーのいう精神分析における権力構造が揺らぐことを、フロイトもランクも怖れたのだろう。だが、もしニンが「分析を分析する」知性を失ってしまえば、分析医が分析すべきものは何も残らないことになる。

一九三三年、ニンに宛てた手紙でミラーは懇願する。

もう日記を書くのはやめて、眼の前の課題に全エネルギーを集中してくれ、と頼みたいくらいだ。日記に費やす時間は、基本的に逃げでしかない。きみが差し迫って解決しなければならない問題――つまり作家としてきみが扱う媒体を自分のものにして、きみが本来そうであるところの芸術家になるという問題からの、逃げだ。[60]

この時点でニンは小説家としてのデビューは果たしていないが、『私のD・H・ロレンス論』という評論を出版している。ミラーの『北回帰線』は三四年出版なので、実はプロの書き手としてはニンのほうが先輩なのだが、ちょうど一回り年長で、英語母語話者であるミラーは、「教師」としてニンを一人前の芸術家に育ててあげようとする。だが、多くの「説教したがる男たち」の教育的指導にもかかわらず、ニンはみずからの「悪」を断ち切ることはできなかったし、良き生徒でもありえなかった。

習作段階の『近親相姦の家』に手を入れようとして、断念したミラーは、やはりニンへの手紙で次のように書く。

ぼくの傲慢だったね、きみの文章を変えようとするなんて。きみの書くものは時として英語ではないけれど、まぎれもなくひとつの言語なのであって（略）それは思考と感覚の逸脱に呼応した言語の逸脱だ。（略）神経症者の、倒錯者の言語であり、ゴーチエが頽廃のスタイルに関して言ったごとく「緑青の模様や筋が入っている」。（略）いったいこのスタイルは誰から学んだのか、考えてもいっこうに答えは出ない。少しでも似ている人間がぼくには一人として思いつかない。きみを読んでも思いつくのはきみ自身だけ、きみが自分の成長について語っているきみの日記の後半だけだ。(61)

ニン自身は、自分のスタイルについて次のように語る。

わたしは書き続ける——立ち止まらず、名づけえないものを名づけ、もっとも地下水脈的（サブテレニアン）な想いを明らかにするために。自分の考えをとことん突きつめて、言葉を脇に押しやり、意味をねじ曲げ、フレーズを揺さぶり、わたし自身の新しい意味を掘りあてる——新しい意味ということではなくて、人が教理問答のように繰り返して慣れっこになり、がちがちに固まってしまった言葉のなかにある意味を。(62)

作家として、アナイス・ニン以外のものであることを拒否するありようは、エリザベス・ポドニークスがニンを、シャリ・ベンストックがスタインを例に挙げて説明する、言語的亡命者の姿勢である。スタインもまた、基本的な文法や構文の規範を自明のものとせず、孤独なアウトサイダー、内面の亡命者として言語と相対したのだという[63]。

ベラ・スピワックはニンに「マイナーな詩ばかり書くのはおやめなさい」と忠告したというし、ニンの評伝を書いたディアドラ・ベアは、皮肉を込めてニンを「メジャーなマイナー作家[64]」と呼んだ。だが、言語的亡命者としてのカフカを論じるドゥルーズ＝ガタリは、「自分の言語のなかで異邦人のようである」ことをマイナー性と定義し（ニンの場合、フランス語、スペイン語、英語のいずれも「自分の言語」とは言い難いという意味でさらに複雑なのだが）、「偉大で、革命的なのは、マイナーなものだけである[65]」と断言する。ニンは先の引用のように、地下水脈的な世界を言語化することが作家としての野望であると、繰り返し語っている。また、『日記』第一巻の広告を、彼女を支持した『ヴィレッジ・ヴォイス』をはずして、『ニューヨーカー』『タイム』等彼女を無視し続けたメジャー誌にばかり打とうとする担当者に対し、自分を支持してくれた人々のいる地下世界（アンダーグラウンド）にとどまりたい、「前よりは一般的な読者もいるけれど、わたしはいまも地下世界の住人なのだ[66]」と応じている。ジューナ・バーンズ、アンナ・カヴァン、イサク・ディーネセン（カレン・ブリクセン）等、まだ評価の定まらなかった、詩的散文を書く女性作家に折に触れ言及し続けたニンは、大きな文学者には入り込めない入り組んだ小径、彼女の愛したフェズのような迷宮都市の住人であろうとしたのだろう。

「バロック」の語源は「いびつな真珠」を意味するフランス語である。アナイス・ニンは、その可能性と限界のすべてを含めて、バロック・アーティスト、傷ある芸術家と呼ぶにふさわしい。

❊嘘つき（ライアー）―竪琴（ライアー）

ケイト・ミレットは、ニンの『日記』が「慎み深い乙女」のように夫や恋人の存在をヴェールで覆っていると述べた。実際には、第一巻のイントロダクションに「（彼女の夫や家族を含む）数名は原稿から完全に削除されることを望んだ」と書かれており（p.xi）、第二巻の最後には「外国人はフランスの負担にならないよう、国外撤去を求められた。夫はアメリカへの帰国を命じられた」[67]とも記されている。だがそれらわずかな例外を除くと、夫ヒュー（ヒューゴー）・ガイラーはイアン・ヒューゴーというアーティスト・ネームで銅版画家、映像作家として登場するのみである。[68]恋愛に関しては、実はジューンとの関係がもっともあからさまに書かれている。ジューンは「限りなく欲望を掻きたてる」存在であり（p.22）、「彼女への愛でいっぱい」で（p.29）、彼女の「足もとに血を捧げたい」とまで思い（p.32）、「彼女が差し出した唇に長く口づけた」というのだから（p.40）。

（いまでは編集版または削除版と呼ばれる）第一シリーズの段階から、「隠蔽」の噂と批判はくすぶっていた。それが無削除版の出版を迎え、ニンの「嘘」に対する批判はいよいよかまびすしく、ベケット伝で全米図書賞を受賞したディアドラ・ベアはニンの日記を「嘘日記(ライアリー)」[69]とまで呼んだのである。生前のニンが嘆いたピューリタン的批評が現在まで続いているといわざるをえないが、ここには、日記作家としてのニンを考えるうえできわめて微妙かつ困難であると同時に、興味深い問題がある。それは鹿島茂が「日記リテラシー」[70]と呼ぶ、日記ならではの虚実皮膜に意識的でありうるか否かということにも繋がる。

ヨーロッパの自伝文学を論じるルジュンヌは、「一見したところもっとも誠実なジャンルにみえる自伝は、おそらくもっとも偽りの多いジャンルである」というチボーデの言葉と、「自伝はしばしばいつわりを語る」という『アカデミー・フランセーズ辞典』の例文を紹介し、自伝をめぐる「誠実さ」という問題の不毛性を指摘する[71]。

近代自伝文学の祖とされるルソーの『告白』(一九八一―八九年)はその冒頭、高らかにこう宣言する。

最後の審判のラッパはいつでも鳴るがいい。わたしはこの書物を手にして最高の審判者の前に出て行こう。高らかにこう言うつもりだ――これがわたしのしたこと、わたしの考えたこと、わたしのありのままの姿です。よいこともわるいことも、おなじように率直にいいました。何一つわるいことをかくさず、よいことを加えもしなかった[72]。

だが、その『告白』を『孤独な散歩者の夢想』(一七八二年)でみずから論じるとき、「あの書の中に誠実と真実と率直を導入した」といいながら、「イマジネーションの熱狂」により粉飾や美化を行なったと打ち明け、それを「虚言というのはまちがっている[73]」と考察する。

「だから、日記は嘘なのだ[74]」と断言するニンは、より誠実といえるだろう。「少なくとも、不誠実さについての誠実さという真実は可能である[75]」とも述べて、きわめて意識的である。人を傷つけないためにつく嘘をニンは「生をもたらす嘘（マンソンジュ・ヴィタル）[76]」と呼ぶが、話はさらに複雑であって、サイモン・デュボア・ブーシュローはニンが「「嘘」を再定義しようと[77]」したという。

一九三二年九月三〇日、ミラーとの親密な関係を綴った書きかけの日記を置いて、ニンは夫のいる部屋を離れる。

> わたしのなかの緑の眼をした悪魔に唆されて、ヒューの眼の前で日記を書き写す——心臓はどきどきだけど、リスクを冒す。途中で階下（した）に行かなければならなくて、怖かったけれど、ほかに行動の仕方を知らなかった。悪魔に取り憑かれたようなよろこびを感じた。もし読まれたら——ままよ。わたしはカタストロフィを待つ。カタストロフィを欲する。でも、こわい[78]。

密かに望んだとおり夫は日記を読み、顔面蒼白となるが、「赦そう。もう嘘はつかないでくれ」と告げるのみだった。するとニンは、夫が読んだのは偽の日記であり、本当の日記は別にあるのだと言い張って、わずか四ヶ月間ながら偽の本当の日記を創作するに及ぶ。さらにそれを、恋人であり芸術家仲間でもあるミラーに、喜々として報告するのである。

> ヒューのためのあの本当の日記が、わたしの想像力に火をつけた。あなたは知らないけれど、夢中になって一気に書いたわ。今夜書き始めて、五頁。わざのきわみというところよ。素晴らしい神話化の作品になるかもしれない。一つの心のありようを二つの側面から見る。でも書いていてあまりにリアルで、たとえば、絶対にあなたのものにはならないと決意する、なぜって男は自分のものにならなかった女をいつまでも憶えているものだから（略）、あなたがこの日記を読んだら、あなたはきっとわたしを抱いたことがないと信じてしまうでしょう。二つ並べたら、男はたちまち気が狂う。死んで、ヒューが二つとも読むところを見てみたいものだわ。[79]

『ロリータ』のハンバート・ハンバートはシャーロットに日記を読まれて小説だと言い逃れし、偽日記を書くことを夢想するが、実行はしない。のちに論じる父との関係において、人が夢見るだけにとどめることを遂行してわたしは罰せられた、とニンは述懐することになる。ここでは、カタストロフィを欲しながら与えられないニンは、創作に向かう。そうやって、自分を罰しない夫を罰しているのかもしれない。すでに赦されているのだから、つく必要のない嘘である。だが、嘘の衰退を嘆くワイルドは、「完全に責めを超越した嘘は、嘘のためにつく嘘である」という。嘘は詩と同様に芸術であり、「詩人がみごとな音楽性によってそれと知られるように、嘘をつく者も豊かなリズムを湛えた

発話によってそれと認められる」[80]のだとも。才能豊かな嘘つき（ライアー）のつく嘘は、竪琴（ライアー）の音色を奏でるだろう（ただし、先に述べた自伝とナルシシズムをめぐるジェンダーの二重基準と同様のことが、虚言についても指摘しうることは付言する必要がある）。

ニンの年若い友人の一人、トリスティーン・ライナーの回想録には、第一巻の出版に向けたニンの構想が紹介されている。

> 日記の編集案。一九三一年、ヘンリーに初めて会ったとき、彼がルヴシエンヌの小径を歩いてくるところから始める——小説のワンシーンのように。語り手をわたしに据えた普遍的な女性の成長物語で、ほかの人たちも登場人物として継続的に描かれる。わたしの内面の物語の、囚われの状態、神経症、恐怖から拡大、成長、充足に至るまでを描く[81]。

「普遍的な女性の成長物語」というには、ニンの人生は矛盾や問題や破綻が多すぎることがいまでは了解されているが、「日記を編集したのは小説の書き手である」というニンの言葉が立体的に立ちあがってくるような描写である。もっとも緻密に編集された第一巻が日記より小説に近いことは、当初から鋭敏な読者の指摘するところだった。次に挙げるのは、ダニエル・スターン、カール・シャピロ、原真佐子の言葉である（三人が揃って創作家である点は留意していいかもしれない）。

［ジューンの］存在と不在が第一巻を支配するさまは、プルーストの変容した日記を、アルベルティーヌの存在と不在が支配するさまを思わせる。（略）実際、ミス・ニンは大変な小説家であって、『日記』に描かれる「他者」は「わたし」と同程度にリアルだ――日記のような書きものにはめったにあることではないのだが。（略）豊かな想像力によって、誰もが登場人物として濃密に造形されている。

ニンの『日記』はまさに小説と呼ぶにふさわしいスケールを備えている（登場人物、「筋（プロット）」、詳細な叙述、対話、偶然のできごと等［略］）それに加えて認識の質、表現の的確さ、複雑な構造（略）まったく分類しようのない本である。

そしておそらく現実の父への手紙が想像上の父に読んでもらう日記へと質的に転換したときから、彼女はこの特異な愛のパターンを、みずから自己の現実として選んだこのペリクリーズ的ドラマを生きはじめたのである。『日記』そのものが一つの主題につらぬかれた壮大なフィクションなのであり、自己に関するあらゆるヴィジョンはいくつもの可能性のなかから選びぬいたこの主題によって整理されてしまうのである。こうしてアナイス・ニンはより現実的な、緊迫した関係であるはずの結婚生活に関する一切の言及を削除してしまい、世にも奇妙な『日記』を創作することとなった。[82]

最初のスターンによる書評にプルーストへの言及があるが、ジュネットがいうように虚構と自伝の区別は二者択一的なものはでなく決定不能なのであり、『失われた時を求めて』を、そして『アナイス・ニンの日記』を「虚構として読むか、自伝として読むかという果てしない議論」のなかで、わたしたちは「たぶん、そのような議論の回転扉の中に留まらねばならない[83]」のだろう。

ニンは『ハーパーズ・バザー』に寄せたエッセイに「わたしはこれまで小説に描いてきたすべての女、そして、いまだ小説に描かれざるもう一人の女です[84]」と記した。彼女は「千の顔もつ[85]」とも豪語したが、三シリーズ全一九巻の『日記』、UCLA図書館に眠る約三万五〇〇〇頁の日記には、いったい何人の「女」が潜んでいるのだろう。それらを素材に、魂の実験を繰り返しながら、彼女は「昨日の女を脱ぎ捨て、新しいヴィジョンを追い求め」ようとした（p.204）。それが叶ったか否かを問うことにはあまり意味がないだろう。むしろ、誘惑する女アナイス・ニンは、いまだ小説に描かれざるもう一人の女を、わたしたちが創造することへといざなっている。

第2章　性／愛の家のスパイ
――『ヘンリー&ジューン』から読み直すアナイス・ニン

わたしは一個のまとまりをもった存在といえるのだろうか？　もしや怪物？
わたしは一人の女なのだろうか？

『インセスト』

❊アナイス・ニンのつくりかた

一九六六年に刊行が始まった『アナイス・ニンの日記』は、一九七七年の作家の死を挟み、一九八〇年、全七巻をもってそのシリーズを閉じた。この作品の特異性の一つは、ほぼ無名に近い作家の名を冠した日記が出版され、それによって一人の作家の誕生が実現したこと、いわば『日記』が「アナイス・ニンのつくりかた」でもあった点にある。折しも六〇年代後半、第二波フェミニズムの

【図5】『ヘンリー＆ジューン』表紙

波に乗り、ケイト・ミレットが「わたしたちみんなの母であり、女神であり、姉である[1]」と呼んだニンは、一種の文化的偶像（カルトフィギュア）に祭りあげられていく。一方、作家アナイス・ニンへの評価は、フェミニズム的な立場のものも含めて、二一世紀現在に至るまで、毀誉褒貶相半ばするものであり続けている。

『ヘンリー&ジューン』は一九八六年——『日記』第一巻の出版から二〇年後、ニンの夫ヒュー・ガイラーの死の翌年——「無削除版アナイス・ニンの日記より」との副題とともに上梓された。死してなお「新作」が発表され続けるという現象も特異だが、現在「編集版」または「削除版」と呼ばれるオリジナルのシリーズと無削除版のあいだには重大な異動が多く、巻を重ねるたび、読者はニン像の修正を迫られることになる。彼女の日記をめぐるエッセイ「星に憑かれた人」でヘンリー・ミラーが述べた「絶えざる生成状態[2]」はいまなお止むことがない。

本章は、編集版日記第一巻で友人夫妻として登場しながら、『ヘンリー&ジューン』の刊行により明らかになった、ヘンリー・ミラー、その妻ジューンとニンの奇妙な三角関係に焦点を当て、主にジェンダー／セクシュアリティ批評の視点から、アナイス・ニンの読み直しを図るものである。

❇女の（性的）成長物語？

いまのわたしに必要なのは、成熟した知性のもち主、父のような存在、わたしより強い男性、愛においてわたしをリードしてくれる恋人だ。だってそれ以外はすべて、自分で創りあげるものだから。成長したい、激しく生きたいという衝動がこみあげてきて、抑えることができない[3]。

アナイス・ニンは『ヘンリー&ジューン』の冒頭にそう書きつける。それは最終頁の言葉、「昨夜（ゆうべ）、わたしは泣いた。わたしが女になった、そのプロセスがつらいものだったから、泣いたのだ。」(p.274)と呼応しているように思える。『ヘンリー&ジューン』には「女の（性的）成長物語」という枠組みが与えられているのだろうか——ヘンリーとジューン、というよりどちらかといえば、強く知的な年上の男、ヘンリーの導きによって性の世界に参入したアナイスが「女になる」というゴールに到達して上がり、というような。少なくともそれが本書の「筋書き（プロット）」として読めること、おそらくはそのような意図のもとに本書が編集されていることは確かに思える[4]。そしてそれは、芸術家になるか、女になるかの二者択一をニンに迫り、後者を選ぶよう示唆したオットー・ランクの家父長的たくらみとも一致する。

ニン自身は二者択一を退け、「女として書く」ことをみずからの野望としている(p.233)。別の場所では、「男のための女[5]（man's woman）」を名乗ってもいる。この言葉は、自分は生物学的な母になるべくして生まれていない、子どもでなく男や芸術にとっての象徴的母性を引き受ける、という文脈で使われたものだが、もっぱら「男好きの女」という解釈において批判の対象となってきた。だが実は、先に述べたランクの二者択一――芸術家になるか、女になるか――に対し、無削除版日記第二巻『インセスト』では、一人の男のために生きるという女の役割を引き受けることはできないのだから、芸術を選ぶしかないのだ、と断言している[6]。女性（性）をめぐるニンの発言には矛盾も振幅も大きく、そのなかにはかなり大時代的、反動的、ないし本質主義的ととられかねないものも含まれている。〈女〉という言葉で、彼女は何を意味しようとしたのだろうか。

❊ヘンリーとジューンのあいだ／ヘンリーもジューンも

『ヘンリー&ジューン』というタイトルは示唆的でもあり、不思議でもある。名ざされた二人、二人の関係が主人公であり主題であるかといえば、そうではないからだ。主人公はタイトルから抜け落ちた第三の女、アナイス・ニン以外にはありえず、その第三項を加えて成立する三角形のダイナミズムこそが、本作の主題だからだ。

先に「奇妙な三角関係」と書いた。その奇妙さは、わたしたちがすでに知る三角関係の理論に照らしあわせると明らかになる。

　ルネ・ジラールが「欲望の三角形」と呼んだものも、それをレヴィ＝ストロースの「女の交換」を応用しつつジェンダー化したセジウィックの三角形も、愛される者を頂点とする二等辺三角形であることに変わりはない。一方、ヘンリーとジューンとアナイスは、三人が三様に魅かれあう正三角形を形づくる。さらにその正三角形の外部にアナイスの夫ヒューゴー、ジューンの元恋人と目される女性彫刻家ジーンといった「脇役」を配してみると、いくつもの三角形が分裂し増殖するキメラ的様相を呈し始める。ジラールの三角形で恋のライバルたちのあいだにあるのは「模倣の欲望」であり、セジウィックが「男たちのあいだ」に見いだしたのが「ホモソーシャルな欲望」であったとして、ヘンリーとジューンのあいだには、正三角形の特異点としてのアナイス・ニンがいる。

　この三角形の構造を明らかにするうえで、まず、まさに本作のタイトルを飾るヘンリーとジューンの関係を考えてみたい。『日記』第一巻でニンはこう語る。

> 初めて会った日から、わたしにはわかっていた。ヘンリーはいつも生きることを楽しみ、まさに外部を、光のなかを歩いてきた人だったのに、好奇心と事実を愛する心によって、われ知らずこのジューンという迷宮に引きずり込まれたのだ、と。ありのままの姿を捉えようとする写真家のように、彼は自分の眼で見たものしか信じなかった。それがいまや、際限なく反射を繰り返す鏡の間（ま）に迷い込んでしまったのだ。(7)

昼と夜、外部と迷宮、現実と幻想、探究者と神秘、語る者と語られる者、主体と客体、そしてもちろん、男と女。シクスーが「いつも同じ隠喩[8]」と呼ぶ二項対立のなかで、二人は男性芸術家とミューズないしファム・ファタールの役割演技を、典型的にあるいは紋切り型に、プロのように、戯画化するかのように、披露してみせる。

「ジューンの美とヘンリーの天才のあいだで、わたしは身動きがとれない」と語るアナイス・ニンは(p.48)、ヘンリーとジューンのあいだに身を置きながら、二人をともに欲望の対象として求め(「[ヘンリーが」ほしい。ジューンもほしい」[p.120])、さらに「語る女」であることによって、アナイスは同時にヘンリーでありジューンでもある――少なくともヘンリーになり、ジューンにもなることを望んでいる(「二人とも、わたしのなかにいる。ヘンリーのように行動する女と、ジューンのように行動することを夢見る女と」[p.134])。

では、ヘンリーとジューンをともに欲望と同一化の対象とする特権的な場所で、アナイスの果たした役割とは何だったのか。まず第一に、彼女はみずからを「翻訳者」と位置づける。

二人には翻訳者が必要なのだ!　クリシーで、ヘンリーのベッドに腰かけ、わたしがやっていたのはまさにそれ、二人をそれぞれに翻訳することだった[9]。

彼女が「翻訳」したのは、ヘンリーとジューンという二人の個人にとどまらず、二つのジェンダー、「二つの事実」(p.271)、二つの文化であったろう。
一方、セクシュアリティの研究者フリッツ・クラインは、バイセクシュアルの性的カテゴリーと人種的混血のカテゴリーを重ねあわせつつ、「スパイ」または「裏切り者」としてのバイセクシュアルを、境界横断的存在として提示する。

男たち女たちのあいだを心理的性的に自由に動き回るという点で、バイセクシュアルはスパイに似ている。同様に、両方の陣営の秘密を知り、そのうえで、同性愛者の前では同性愛者のふりをし、異性愛者の前では異性愛者を演じるという点で、バイセクシュアルは裏切り者に似ている。つまり、バイセクシュアルは信用できない人間とみなされる。なぜなら彼または彼女の場合、党派的忠誠心などというものは存在しないからだ。(10)

アナイス・ニンの読者なら、『愛の家のスパイ』という小説のタイトルをただちに思い浮かべるだろう。クラインに倣っていうなら、アナイス・ニンとは愛と性の、または性愛の家のスパイだったのではないか。芸術家としてジューンという謎の前に立つとき、ヘンリーとアナイスは同盟を結び(「わたしたちはともに、ジューンを捉えたいという思いに囚われている。(略)わたしたち二人の知性、二つの異なるロジックを合わせて、ジューンという問題を理解しなければならないと、どちらもが感じていた」[p.33])、ジューンと愛しあい、「秘密の言葉」で語りあうアナイスは、ヘンリーの「知」を拒絶する。

なんという秘密の言葉を、わたしたちは語りあっているのだろう——ほのめかし、含み、ニュアンス、抽象、象徴。(略)ジューンとわたし、二人でいるときにわたしたちが身をまかせる、この強力で不思議なものは、いったいなんなのだろう。(p.26)

ヘンリーがわたしと彼女の仲を裂くのではないかと、ジューンは心配していた。何を怖れているの? わたしは彼女に言った。「わたしたちのあいだには、すばらしい秘密があるでしょう。わたしがあなたについて知っていることは、わたし自身の知識だけに基づいている。信じること。ヘンリーの知識がなんだというの? (p.27)

「わたしは地上最大の裏切り者だと思う」[11]といいつつ、ヘンリーとジューンの棲まう二つの世界を自在に行き来し、それぞれから豊かな果実をもぎとってくるアナイス・ニンの姿は、確かに二重スパイを思わせる。だが、『ヘンリー&ジューン』や『インセスト』を読み終えたわたしたちの眼には、かつて彼女につきまとっていた、才能と男性、ことに夫の愛に恵まれ、芸術活動と結婚生活を両立しえたたぐいまれに幸福な女性という、異性愛主義的・白人中産階級的・保守反動的なイメージよりも、セクシュアリティのスパイ、ジェンダー・トラブル・メイカーとしての彼女のほうが、はるかに（ニン的語彙を使うなら）「誘惑的」に映りはしないだろうか。[12]
また、彼女はヘンリーとジューンから奪いとるだけでなく、それぞれをそれぞれに与え返してもいる。

わたしのジューンを手放し、わたしのジューンを彼にあげるべき瞬間（とき）がやってきたような気がした。「なぜって」わたしは言った。「そうしたら、あなたは彼女をもっと愛するようになるでしょう」（p.86）

どうか戻ってきて、と彼女に手紙を書きたかった。だって彼女を愛しているから、わたしから彼女への最大の贈り物として、ヘンリーを譲り渡したいと思ったのだ。（p.120）

ヘンリーもまたニンへの手紙で、「ぼくに言えるのはただ、彼女との関係をどうしようときみの自由だということ――それはぼくからきみへの贈り物、きみへの愛だ。嫉妬するなんてありえない」と述べる。[13] だが、ヘンリーの申し出が一重の贈与であるのに対し、ニンのそれは二重であること、二重スパイである彼女が二重の贈与者であろうとしている点に注意する必要がある。
スパイであり翻訳者であり贈与者であるアナイス・ニンは、みずからが生成する「愛」と「悪」を、そこに関わるみずからの芸術家性を冷徹にまなざし、言語化する。それを明確に示す次の引用は、『人工の冬』パリ版に収められた、『ヘンリー&ジューン』の小説版といえる「ジューナ」からだが、ハンスはヘンリーに、ジョハンナはジューンに、それぞれ対応している。

彼がわたしを愛撫するとき、ジョハンナとわたしが渾然一体となった混合物で、わたしは彼に毒を盛る。かつて男に仕掛けられた、もっとも深い裏切り。わたしはいくつものイメージを、人物を、仮面を創造した。ハンスの心のなかに、ジョハンナを再び創造しよう。ジョハンナがどんな夢を、欲望を、衝動をかかえていたのか、ハンスに告げるのはわたし。ジョハンナには、ハンスがその激情、呪詛、秘密、豊穣な精神でわたしにくれた贈り物をあげよう。[14]

❇魂と肉体の実験室

「魂の実験室」とは、アナイス・ニンがパリ郊外ルヴシエンヌで暮らした家、あるいは彼女の日記、あるいは彼女自身の隠喩として用いられる表現である。だが、無削除版の日記を通過したいま、それはむしろ「魂と肉体の実験室」というべきものだったのではないかと思える。ここでは、魂と肉体の実験室で繰り広げられた実験の数々を検討してみたい。

先の「正三角形」に即していうと、わたしたちにはヘンリー－アナイス、ジューン－アナイスの二辺が残されていることになる。まず、ヘンリー－アナイスの異性愛関係からみていこう。この関係の特徴は、第一に強烈な肉体性と文学的友愛／同志愛が共存していることである。第二には、いかにも「フェミニン」なアナイスといかにも「マッチョ」なヘンリーの組み合わせは、「両極の一致」という異性愛的幻想を掻きたてずにおかないところがあり、ニン自身そう書いてもいるのだが、同時にそこでは、ジェンダーの転倒というべき事態が発生する。ニンは「ああ、こんな日がやってくるなんて。女として果てしなく身をまかせ、もう何もあげるものがないくらいに、わたしという贈り物を捧げつくしてしまった」としおらしいことをいったかと思うと（p.83）、女の役割の受動性が性的場面においても自分を縛る、と告白し、「彼の快楽を待つのではなくて、自分からつかみとりたい、激しくなりたい。それがわたしをレズビアニズムに駆りたてるのだろうか」と自問する（p.101）。片やヘンリーは、二人の関係が深まるほど「ロマンティック」になり、「ファックだけじゃないだろう？　ぼくのこと本当に好き？」とか（p.109）、「昨日は、女みたいに心配してた。彼女はいつまでぼくを愛してくれるだろう、飽きられちゃうかなってさ」と泣き言を述べる[15]（p.181）。

だが実は、二人が性的に結ばれた当初から、ヘンリーのふるまいは「彼の手は滑らかにわたしをまさぐり、でもふいに芯まで貫かれた。荒々しさはない。なんて不思議な、優しい力」と記され、ヘンリー自身の「もっと乱暴だと思った？」という問いかけも報告されていたことを思い出す必要がある（p.56）。ある意味で、恋愛において女が「雄々しく」、男が「女々しく」なるというのはクリシェに属することかもしれない。恋愛／性愛という「魂と肉体の実験室」で、女は「女らしさ」の仮面を、男は「男らしさ」の仮面を脱ぎ捨てる局面があるということだろう。ヘンリーが一時的インポテンスに陥った際、ニンは内心強く失望するが、一方、たがいに同じくらいの不安定さをかかえていること、ヘンリーは男性的能力（potency）を証明することを願い、彼女自身はそれを喚起する存在でありたかったのだと、異性愛の神話に思い至る（pp.180-82）。そしてさらに注目すべきは、「ホテル・アンジュで、わたしたちはレズビアンのようにたがいを吸いあった」（p.191）、あるいは「先週、わたしたちはおたがいを貫きあった（インターペネトレイション）」という（p.230）、異性愛を女性同性愛にも男性同性愛にも変換し、それらが地続きである可能性を示唆する表現である。

次にジューン－アナイスの女性同性愛関係だが、レズビアニズムとは何か、という問いは、ヘンリーが問い、ニンが問う、明らかに本書を通底する命題の一つである。「あなたはわたしたちの世界の壁に頭を打ちつける」と報告されるヘンリーの姿は（p.44）、「われわれは女性について何も知らないに等しいのです(16)」と告白するランクや、「女性性という謎につきましては、古来よりどの時代の人々も、さまざまに思案を重ねてまいりました(17)」というフロイトにも、「長きにわたり、人は女性の前に跪き、（略）［女性の快楽について］教えてほしいと請うてきたわけだが、ただの一言もない！(18)」と嘆くラカンにも酷似する。ニンはあるときヘンリーに、「女同士の愛は避難所であり、調和への逃避でしかない。（略）そんな愛は死だってことは認めるわ」ととりあえずの回答を与える（p.13）。確かにニンは、ジューンのもつ力を繰り返し「死」と結びつけている。だが彼女は、もう一人の運命の恋人である父ホアキンについても「父がくれたのは死だけだ」と宣言するし、[19]短編「あるシュルレアリストの肖像」（"Je suis le plus malade des surrealistes"『ガラスの鐘の下で』所収）で「兄よ、兄」[20]と呼びかけるアルトーとのキスを、「死に、狂気に引きずり込まれるようだった」[21]と『日記』に記している。つまり彼女にとって、同性であれ異性であれ、「分身」を求める愛は死と隣接しており、にもかかわらず「死の愛」は彼女を繰り返し捕えて離さない。まさに『分身（ドッペルゲンガー）』と題された本において、分身と死と愛は密接に結びついていると、ランクが論じているとおりである。[22]そして、ニンの開示するその世界は、「調和への逃避」などという言葉に収斂しうるものではない。

ジューンとアナイスのあいだに、ヘンリーとアナイスほど直接的な性描写はないが、それに勝るとも劣らぬ濃密な官能性が充満している。そこにはかつてヴァージニア・ウルフが述べた、「まだ誰も足を踏み入れたことのない広漠たる部屋、蛇の巣穴のように薄暗がりと深い影で満たされた」女同士の関係の領域に「灯りを点す」[23]ような女性の文学を期待する、という言葉への、いくつかの応答を見いだすことができるように思える。[24]

たとえばニンはこう書く。「はっとするほど白い顔が、庭の暗がりに消えていく。立ち去ろうとする彼女は、わたしのためにポーズをとってくれる。駆けよっていって、そのすばらしい美貌にくちづけたい、くちづけて言いたい、「あなたはわたしのかけらを、わたしの一部をもっていってしまう」と」（p.15）。アナイスとジューンは知性派と肉体派、「中身のぎっしり詰まった箱」と「空っぽの箱」というように（p.45）、対照的な女性像として語られることが多い。だが冷静に考えてみると、ジューンのさまざまな特性――虚言癖、人格の演劇性・多重性、アモラリティー[25]、ファム・ファタール・コンプレックスというべきもの――はどれもアナイスにも当てはまることばかりだ。豊満な肉体と経験をもつジューンと、もたないアナイス、みずからを語る言葉をもつアナイスと、もたないジューン、なのではあるが、実はジューンはアナイスと非常に近しい、分身ともいえる存在だったのではないか。[26]「ジューナ」の記述は疑いようもない。

わたしがあなたの仮面を剝いだら、ジョハンナ、わたしはわたし自身をあらわにすることになるでしょう！　あなたは仮面を脱いだわたしの顔。（略）わたしたちには仮面の下の顔が見える、わたしにはあなたの、あなたにはわたしの、なぜってそれは、同じ顔なのだから。[27]

『インセスト』には次のような描写がある。

わたしたちは激しくくちづけた。ジューンのからだの曲線の一つひとつに、わたしのからだをぴったり添わせていく、彼女のなかに溶けてしまうように。彼女は呻いた。彼女はいくつもの腕で抱くようにわたしを抱き、わたしはただ陶酔に身をゆだねた。われを忘れ、この肉のベッドで意識を失った。裸足の足が絡みあう。転げまわり、高まりあう。わたしがジューンの下に、ジューンがわたしの下に。彼女のくちづけは羽が舞うように降りそそぎ、わたしは彼女を噛んだ。[28]

ここには、イリガライが「触れあう二つの唇[29]」という言葉で表現しようとした、女性の性器／自体愛／同性愛／セクシュアリティの世界が豊かに言語化されているのではないか。

さらに興味深いのは、こうした女性的書きもの（エクリチュール・フェミニン）を思わせる表現と並び、バトラーが「レズビアンのファルス化」と名づける様態も描かれている点だ。主流のフェミニズムにおいてレズビアンのセクシュアリティを論じる際、ファルスを介入させることは禁忌に属する事柄といっていい。だがそれは、男は貫き、女は貫かれるという、性の両極性ないし相補性を温存することにも繋がる。あらゆるセクシュアリティが構築されたものであるように、レズビアン・セクシュアリティも構築されているとするなら、シニフィアンとしてのファルスの特権性を撹乱するために、ファルスの「転移可能性（transferability）」を想定してみること、同時に「有用なフィクション」としてのレズビアン・ファルスの再考を、バトラーは促す。男性の貫通不能性という「常識」は女性化へのパニックであり、レズビアン、ことにレズビアンのファルス化へのパニックなのではないか、その常識をひとたび疑ってみるとき、どういう世界が開けてくるだろうか、と[30]。

男性的なものへの男性的貫通が正当とみなされるとしたら、どういうことが起きるだろう。もしくは女性的なものへの女性的貫通、男性的なものへの女性的貫通、さらにそうしたもろもろのポジションの反転可能性が正当とみなされるとしたら。そもそも何をもって貫通とするかということの全面的な混乱が起きたら、という仮定はいうに及ばず[31]。

ジューンという「地上でもっとも美しい女性」に出逢い、ほとんどメロドラマ的に恋に落ちたアナイスは、その日のうちに「男になったよう」な思いに捉えられる（p.14）。女を愛するとき、女は〈女〉の領域を脱し、越えていかざるをえないのだろうか。

男であることの現実は、わたしの手を永遠にすり抜けていく。女の想像力と感情が通常の領域を踏み越えるとき、女は時になんとも表現しようのない想いに囚われる。ジューンをわたしのものにしたい。わたしは彼女を貫く男たちと同一化する。（p.68）

だが、夢のなかでは立場が逆転する。

昨夜、ジューンの夢を見た。（略）裸になって、と頼んだ。少しずつ、彼女のからだが見えた。なんてすてきなの、と思わず声をあげる。でも悪夢のなかで、欠点や奇妙な変形も見えた。それでもおおむね、彼女は欲望をそそるように思えた。脚のあいだを見せて、と頼んだ。彼女が足を開いてもちあげると、男のような黒い剛毛に覆われた肉が見えた。でも、肉の先端は雪のように白かった。こわかったのは、彼女が狂ったようにからだを動かし、陰唇がものすごい早さで開いたり閉じたりして、池の金魚が餌を食べるときの口のように見えたこと。わたしは魅了されると同時に嫌悪も感じながら、ただじっと見つめていた。それから彼女の上に身を投げ出して、「そこに舌を入れさせて」と言うと、そうさせてくれた。でもわたしがどんなに舌を使っても、彼女は満足しているように見えなかった。何も感じていないみたいで、不満そうだった。突然、彼女は立ちあがるとわたしを押し倒し、覆い被さってきた。上になった彼女のペニスがからだに触れた。わたしが尋ねると、彼女は勝ち誇ったように答えた。「そう、小さいのがあるの。うれしくない？」「でもどうやってヘンリーに見つからないようにするの？」と訊くと、彼女は信用ならない微笑みを浮かべた（She smiled, treacherously.）。（pp.91-92）

ジューンがニンにとって魅惑と恐怖の対象――クリステヴァがアブジェクションと名づけたもの――であることがよくわかる。だが、通常「女性的なもの」と結びつけられるアブジェクションが、ここでは両性（具有）性と連結している（treacherously を「信用ならない」と訳したが、treacherous には「裏切りをする、二心ある」という意味がある）。レズビアン・セクシュアリティにファルスをもち込むことはタブーであるとバトラーはいうが、夢のなかでジューンがもつ小さなペニスも、ヘンリーから隠しておかなければならない秘密のようだ。

ニンにとって男の性愛と女の性愛は明らかに異なる意味をもっている。だが、そのうえで彼女は――バトラーの語法を応用するなら――「貫通の女性化」というべき女の愛し方／愛され方を夢想する。

男が到達するのと同じわたしの性の中心に、彼女が到達することはない。彼女はそこには触れない。だとしたら、彼女はわたしのなかの何を動かすのだろう。わたしは自分が男にでもなったかのように、彼女を自分のものにしたいと思った。でも、彼女には女だけがもつ眼と手と感覚で、わたしを愛してほしいとも思った。それは、優しくて繊細な貫通。（p.18）

❇女として／女になるために書く

こうしてみてくると、ニンが「美しい牢獄[32]」と呼び、銀行家の妻として暮らしたルヴシエンヌの家が過酷な「魂と肉体の実験室」でもあったように、「男のための女」としてのニンの姿は一つの仮面、あるいは性的なりすまし（パッシング）の戦術だったのではないかとすら思える。少なくとも、彼女を「男のための女」と呼ぶなら、同様に「女のための女」でもあったと言い添えねばならないだろう。

ここでいま一度「女として書く」というニンの言葉、そもそもそれがどういう文脈で語られていたかに立ち返ってみよう。ヘンリーとともに「ジューンという問題」に取り組んでいたニンは、日記の一部を共有することも含めて、自分の考えをあらかたヘンリーに譲り渡してしまったことに気づく。

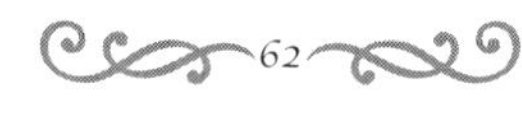

今日、書いていて気づいたのだが、わたしはジューンに関する自分の考えをずいぶんヘンリーにあげてしまったし、ヘンリーはそれを利用している。わたしは空っぽになってしまったみたい。ヘンリーもわかっているのだ、ぼくは泥棒と同じだ、と手紙に書いてくるのだから。(p.233)

この先どういう道が残されているか、と自問したのち、「女として、女としてだけ書くこと」という答えが提出される。編集版日記第一巻ではこの問いと答えのあいだに「ヘンリーの行けない場所へ、神話のなかへ、ジューンの夢、空想、ジューンの詩のなかへ行くこと」[33]という一文が挿入されていて、流れがより明快になっている。男性作家が女性の私的な書きものを作品に流用するという類の話は、アメリカ文学に限っても、フィッツジェラルドやウィリアム・カーロス・ウィリアムズ等の名が思い浮かぶ。が、男女双方が作家であり、流用/盗用が一種の共犯として行なわれ、なおかつ女性がその痛みを明確に言語化している例は稀だろう。いずれにせよ、「女として書く」というフレーズは、そのあとに「ジューン/女/女を愛することについて」という言葉を補って考えるべきものであることがわかる。[34]

強力な異性愛主義者と目されたアナイス・ニンが同性愛/両性愛の領域へ越境して行くとき、〈女〉をめぐる彼女の言説も再検討する必要がある。

ジューナ=アナイスはジョハンナ=ジューンに呼びかける。

ジョハンナの外側を形づくるのはすべて彼女を隠蔽するものであって、表現するものではない。（略）何度でも、わたしはあなたの仮面を剝がしましょう、ジョハンナ、だってあなたとわたしだけが、女の仮面が無尽蔵であることを知っているのだから。最後の仮面が剝がれ落ちるのは、わたしたちが塵となるとき。[35]

ジェンダー表現の背後にジェンダー・アイデンティティはない、とはまさにバトラーが言い当てたことであり、女の仮面、女という仮面には限りがないとは、今日のジェンダー研究に多大な影響を与えた記念碑的論文「仮装としての女らしさ」のなかでリヴィエールが述べたことでもある。つまり、表現や仮面の背後に「本物の女（らしさ）」なり「女性の本質」なりを想定する立場ではない点で、彼女たちは認識を一にしている（ただし、夥しい仮面の背後に隠されているのは「男性性[36]」である、と精神分析家リヴィエールはいい、「おそらくは子ども[37]」だとニンは書きつける。この相違には注意を払う必要がある）。〈女〉とは一個のフィクション、歴史的・社会的な構築物であり、その限りにおいて絶えず再定義を要求し、生成を繰り返す概念である。ボーヴォワールのあまりに有名な言葉を敷衍して、バトラーはいう。

人は女に生まれない、女に*なる*のだ、というボーヴォワールの主張に何かしら正しいものがあるとしたら、次に考えられることは、女それ自体が進行形の言葉であり、生成されるものであり、それを起源としたり終着点としたりするとはいえない構築物である、ということだ。現在進行中の言説実践として、それは介入され、意味づけ直されることに開かれている。[38]

この前提に立つとき、「女になること」を一つの終着点(ゴール)として措定することは不可能であり、「成長物語」としての『ヘンリー&ジューン』はその準拠枠を失う。わたしたちはいま、バトラーを仲介者としてボーヴォワールとニンをともに読み直し、読み重ねうる地点に立っている。無削除版日記の出版と新たなジェンダー／セクシュアリティ研究の成果が、かつてボーヴォワールを激昂させたという「女らしさについてのアナイス・ニンの概念」[39]をもう一度問い直し、さらには〈女〉という概念そのものを再検証することを可能にしたのだ。だが実は、『日記』第一巻の訳者、原真佐子は一九七四年の時点で、「ニンにとっては、女であることも自然なのではなく、あくまでも観念なのである。（略）「女として書く」というよりはむしろ、「女になるために書く」といったほうが正確」[40]であると述べて、先に引いたバトラーや、書くことの臨界点としてドゥルーズ＝ガタリのいう「女性への生成変化」[41]を先取りするような、犀利な分析を加えていたのだった。

　さらに、『日記』第一巻でニンは、「女として書く」と宣言した直後、「それはランボーに近いものになるだろう」[42]という不思議な予言を書きつけている。小説よりはランボーの詩に近いものになるだろう、という文脈で述べられた言葉ではあるが、敢えてジェンダー的にずらして読んでみたい気が

する。つまり、女として書くというときの女とは「自然」や「本質」としての女ではなく、未知なる存在としての女、みずからを定義する言葉としてニンが述べた「いまだ小説に描かれざるもう一人の女」[43]への生成変化を指しているのだ、と。「もう一人の女」は、一六歳のランボーが待望した「奇妙なもの、測りがたいもの、おぞましいもの、甘美なもの」[44]を詠う女性詩人になることも夢見るだろう。

アナイス・ニンが〈女〉という物語に魅せられた人であったことは確かだ。だが、彼女が「一八三〇年タイプ」[45]と呼んだ古風な女性像はその一片にすぎず、みずからそのイメージを裏切り続け、いつか誰も見知らぬ女、「いまだ小説に描かれざるもう一人の女」となるまで変容を続けたのがアナイス・ニンではなかったか。ヴィクトリア朝的女性像から、先駆的または毀誉褒貶かまびすしいフェミニスト、さらには二一世紀にも到達しうるジェンダー／セクシュアリティの実験者まで、「千の顔」[46]をもつ怪物的相貌にこそ、アナイス・ニンの可能性の中心がある。

第3章 想像の父（イマジナリー・ファーザー）を求めて――『インセスト』論への前奏曲（プレリュード）

わたしはきわめて物理的な現実と形而上的な現実をともに生きている。

『炎』

❇想像上の／想像的な父

本章はニンの「起源」と関わる父との関係を論じるが、無削除版日記第二巻『インセスト』、『人工の冬』パリ版に収められた「リリス」は原則として考察の対象となっていない。ニンの父娘物語を読むレイヤーの一つとして、もしくは『インセスト』論への前奏曲として読んでいただければと思う。

アナイス・ニンはみずからの精神的・知的自立をしばしば主張する一方、自分には案内役（ガイド）が、父的存在（ファーザー・フィギュア）が必要だと語ることも多い。それが彼女にとっての「最初のショック」(1)、一〇歳のとき父が娘とさして年の変わらぬ愛人のもとに走り、家を出奔したトラウマに由来することは明らかであ

る。

【図6】ホアキン・ニン（父）

わたしの人生は、創造し、みずからを興味深い人物にし、才能を伸ばし、父に誇ってもらうための長い道のりだった。必死に、懸命に上昇し、父が去ったのはわたしに失望したから、わたしを愛していなかったからで、父が愛した女はマルーカだったのだという確信のため、心につきまとって離れない不安を消し去ろうとしてきた。つねに高みをめざし、いくつも愛を集めては、最初の喪失を埋めあわせようとした。いくつもの愛、本、創造物。昨日の女を脱ぎ捨て、新しいヴィジョンを追い求めて。(p.204)

一つ注意すべき点は、アナイス・ニンにとって父とは、ある意味でつねにすでに失われた存在であったということだ。家を出る前から父は公私ともどもの理由で家を空けることが多く、幼年期の記憶に残っているのは、立ち去ろうとする姿か、冷たく批判的な視線を向ける青い瞳だったという。一七歳のとき父に宛てた手紙では「わたしたちの家に父はいないけれど、それでもしあわせです。だって父のいる家というものを知らないのですから」[2]と述べる。つまり、喪失を遡って原初の楽園があるわけではない。そこに、ニンの父へのオブセッションが通常エレクトラ・コンプレックスと呼ばれるものと異なる点がある。ほぼ二〇年間生き別れになっていた父との再会を果たしたあとで、「あのひとは父ではない」とニンは嘆く。

父に手紙を書こうとして、涙で手が止まってしまった。挫折感と絶望。あのひとは父ではない。わたしは存在しない父のイメージを愛したのだ。父がいなくなると、このイメージに取り憑かれ始める。わたしのなかに入り込み、わたしはまたそれを信じてしまう。父に会うたび、それはこわれる。父に手紙を書こうとするとき、いったい誰に宛てて書いているのか、わからなくなる。想像の父か、現実の父か。(pp.334-35)

つまり彼女は、想像力の病に蝕まれているのだ。父娘物語である「人工の冬」(『人工の冬』[一九四八年]所収)の語り手は、父と会って別れるやいなや、彼を望ましい姿で想像し始める。「想像したのだ！彼女の人生を蝕む伝染病のように、想像のなかで会い、想像のなかで語らい、それにありったけの創造力を費やした」[3]。ニンの個人的心理劇を普遍の地平に押しあげるのは、まさにこの想像的性質にほかならない。現実の父の不在が想像の父を呼び寄せ、さらにアナイス・ニンという日記作家を誕生させたのだから、父はニンにとって創造の女神（ミューズ）の役割を果たしたことになる。人に語ることを促す母の機能をクリステヴァが「想像的な父（イマジナリー・ファーザー）[4]」と呼ぶのは示唆に富む。どちらの「想像の父」も両性の性質をあわせもち、人を語る存在にするプロンプターの役割を果たす。

また別のある個人的経験をとおして、ニンは「父性」というものをさらに深く考察することになる。この世界に父はいないと、ニンは手術室で身内の子どもに語りかける。「一人称の語り手による、不在の、死んだ、あるいは生命のない存在への直接的な語りかけ（アドレス）[5]」をバーバラ・ジョンソンは頓呼法（アポストロフィ）と呼ぶが、いまだ、そして永遠に生まれることのない、まさに堕胎されようとしている胎児への呼びかけも、そこに含めていいのではないか。「アポストロフィは一種の腹話術であり、それによって語り手は語りかける対象に、声や生命や人間の外見をあたえ、その対象を沈黙から解きはなち、そこに無言の応答をみちびき入れる[6]」とするなら、現実界で母になることを選ばなかったニンが、生きて生まれてくることのなかった子に語りかけ、導き入れようとした対話に、耳を澄ましてみよう。

いま世界で起きていることを見れば、わたしたちを世話してくれる父などいないと、あなたにもわかるでしょう。わたしたちは皆、孤児なのです。あなたは父のない子になるでしょう、わたしが父のない子だったように。（略）男は子どもで、父になることを怖れている。男は子どもであって、父ではないのです。男は芸術家で、自分だけが世話を焼かれ、優しくしてもらわなければ気がすまない――わたしの父がそうだったように。男のおねだりには際限がない。信じて、甘やかして、ご機嫌をとってあげなければいけない。褒めてあげて、おいしい料理を作り、靴下を繕ってあげないといけない。彼には使い走り、女主人、愛人、母、姉妹、秘書、友人が必要なの。男は自分が世界でただ一人の存在でなければ気がすまない。（略）この地上に父はいない。世界に投じられた父なる神のこの影、人間より大きな影に、わたしたちは惑わされたのです。この影を崇拝し、触れようとし、昼も夜もそのぬくもりと偉大さを夢見て、この影に包まれて眠ることを夢見る。ハンモックより大きく、空と同じくらいに大きくて、あなたの魂も恐怖も、全部抱きとめてくれるくらいに大きい、男より女より、教会よりも家よりも大きい、どこにも見つからない、魔法のお父さまの影。（pp.339-40）

ニンは父の不在と、父になりえない男の無能を嘆く。父（それは「あなたの魂も恐怖も、全部抱きとめてくれる」父だから、エディプスのそれではない）の不在が意味するのは、男が永遠に子どもであり続け、女は母親以外の役割を与えられない、すべての異性愛関係が母子関係の再現であるような世界だ。「人工の冬」では以下のように語られる。

世界中……父を探して……無邪気にも父を愛し……白髪頭に恋して……象徴……すべての父の象徴……世界中……孤児……リーダーとしての男を求め……女となり……またも求められる……母になることを……いつも母に……(7)

ここでわたしたちは、父性－母性という、いかにも巨大で複雑な問題系に直面する。女性を母性に還元する類のもの言いは論外としても、妊娠・出産という身体的・心理的経験、および子どもにとって第一養育者にして最初の他者になるという経験はほぼ女性的経験と同義であり、それが母と子の関係をより直接的なものとし、親密さも複雑さもそこに起因すると考えられてきた。それに対し、父と子の関係はより観念的なものとなりやすく、だからこそ男は〈父〉という概念を「空と同じくらいに大きく」拡大し膨張させて、神という壮大な虚構を創りあげる必要があったのかもしれない。

親族関係を再解釈するバトラーは、「シングルマザー」から発想して、ニンが思いを致したような、より普遍的な父の不在に思索を向ける。

男なしで一人で子どもを生み育てるシングルマザーにとって、父はなおそこにいるのだろうか、満たされぬままにある空虚な、幽霊のような「位置」または「場所」として。それともそんな「場所」や「位置」などないのか。父は不在なのか、それともこの子は父をもたず、父の立場を占める者はいないということか(8)。

ニンの場合、生物学的にも「立場」としても、子の父の座を占めうる男は複数いたわけだが、なお父はいないと確信するに至る。つねにすでに失われた父を求めて亡霊のように空しくさまよい続けるより、あなたはわたしのなかで死んでしまったほうがいい、と彼女は胎児に語りかける。編集版日記で「死産」とされていたこの場面は、無削除版日記『インセスト』の出版により、中絶であることが明らかになった。にもかかわらず、「かつて書かれた出産の描写のなかでもっとも秀逸である」[9]というトリスティーン・ライナーの言葉はいまもその有効性を失っていない、とはいえまいか。「誕生」という短編小説としても語られたこの経験は、おそらくニンにとって、中絶であり死産であり誕生でもあるような経験だったのだ（この問題については第4章で改めて論じる）。

❇魂の孤児

少女時代の日記『リノット』には、ニンが一一歳のときに書いた「みなしごの友」という詩が収められている。『日記』第一巻では、一〇歳のとき、自分は子どもを産まず、孤児院を建てて孤児の世話をする計画を立てた、と述懐している（p.182）。また、すべての人間のなかには男と女、そして子どもが住んでいる、というボードレールの言葉を引いたうえで、その子どもはたいてい孤児であり、わたしたちはみずからの内なる孤児、そして他者のなかに棲まう孤児を世話しなければならないのだ、とも述べる。[10]みずからの創造者－養育者であり、他者をもケアする孤児である。ほぼ二〇年を経て再会した父にしても「きみはきみ自身を創造した」と認めるし（p.235）、ランクもまた、子ども時代のニンが孤児の詩や物語を書いたのは、彼女が自己を創造しようとしたからだと推測する（p.294）。

いわば「孤児主義」とも名づけうる自己認識は、実は複数の芸術家、思想家によって共有され、変奏されている。次に引用するのはオクタビオ・パス、デリダ、そしてアルトーの言葉である。

生まれた時、子供は自分を息子であるとは思わないし、父性や母性の概念などまったく持ち合せてはいない。彼は根こぎにされ、見知らぬ世界に投げ出されたと感じるだけである。厳密に言えば、孤児としての感情が母性や父性の概念に先行している。

もし無意識の構造が孤児院だとしたらどうだろう。（略）孤児の無意識ほど非オイディプス的な、実にアンチ・オイディプス的なものはない。

われ、アントナン・アルトー、われはわが息子
わが父、わが母
そしてわれ自身なり[11]

自己を孤児として認識する者は、地球に落ちてきた異星人のように、みずからの孤独と被傷性を受け入れるだろう。だがその孤独は、他者を必要とせず一人立つ男性主体を前提にバトラーが批判する[12]個人主義へ向かうのでなく、相互依存性へと開かれるだろう。いうなれば、人と人のあいだの距離を

「惑星間の距離」に似たものと見定め（p.161）、間惑星的ネットワークを模索するのだ。それは、母なる土地をあとにし、一人ひとりが「チベットの砂漠[13]」に立っているという出エジプト的認識でもある。共同体に参入するためでなく、あらゆる共同体の外部に立つため、全世界を異郷とするための、つまり孤児になるためのイニシエーションである。サイードが引用したことで広く知られるようになった聖ヴィクトルのフーゴーの言葉――故郷を甘美に思う者はまだ嘴の黄色い未熟者である。あらゆる場所を故郷と感じられる者は、すでにかなりの力をたくわえた者である。だが、全世界を異郷と思う者こそ、完璧な人間である[14]――を想起してもいい。それはまた、デリダがドゥルーズに目配りしつつ指摘するとおり、「ママ－パパ－ぼく」の三角形を打ち砕く、脱－エディプスの旅ともなる。孤児が傷をかかえて生きるとしても、孤児は傷を超越する可能性とともに生きもするのだ。傷や裂け目があるからこそ、人は「命がけの飛躍[15]」をしようとするのだから。

人が孤児だとしたら、母性や父性を「自然」や「本能」とみなさない、脱本質主義的特権を与えられている、とも考えられる。それらの意義や機能を徹底的に精査し、新たな母性／父性概念を創造しうるということだ。

孤児の物語『信天翁（あほうどり）の子供たち』（一九四七年）のなかで、ジューナの男との最初の出会いは、孤児院で権威と権力を一身に帯びる見張り役の老人によりもたらされる。少女たちは「支配権（ドロワ・ド・セニョール）」を誇示する男にただ従うしかない。

父としての男に味わわされた最初の敗北はあまりに強烈で、彼女は暴政への圧倒的な無力感に打ちのめされた。（略）だから彼女はいまも、年長の男の所有欲と頑迷さを怖れた[16]。

厳格で批判的、権威主義的で愛する能力をもたない、父なる男の否定的なイメージは、ニン作品にしばしば登場する。それはニンの子ども時代の父の記憶と重なり、また、長らく西洋世界を統べ、すでに一九世紀にニーチェにより死を宣告された命じる父、禁じる父の似姿でもある。古い大文字の父が死んで久しい、または三世紀を跨ぐ瀕死の状態にあるとしたら、新しい父性－もう一つの男性性を想像し、創造する必要があるだろう。そしてそれは新しい母性－もう一つの女性性の誕生と同期するものであるはずだ。こう書いたからといって、性的二極性の神話を再構築しようというのではないし、中立的・普遍的な人間性を想定しているのでもない。それは、生物学的性差に還元しえないのはいうまでもないが、既存のジェンダー概念によって解くことも叶わない問題――両性にとっても両性に属さない者（ノンバイナリー）にとっても未知であり、かつ開かれた地平を探す旅となるだろう。

『四分室のある心臓』には、もう一つの父／神の可能性が描かれている。

> 彼女はまたこの神［god］の存在を感じた。それが誰であれ、彼女を優しく抱いて眠らせてくれる。守られていると感じると、こわばっていた神経がほぐれて、やすらいだ。眠りに落ちると、ありとあらゆる心配ごとが溶けて消えた。それが誰であれ、どんなに彼を必要としていたことか。彼

女はやすらぎを求め、父なる神を必要としていたのだ。[17]

子を、女を、他者を抱くすべを知り、愛するすべを知るこの（小文字の）神は、産婦人科の手術室でニンが不在を嘆いた父と同じだが、「両親」の役割を果たすという「想像的な父」を再び想起させもする。ジューナと神のあいだには、「ユーモラスな、二人だけに通じる、暗黙の了解」があるのだという。

わたしのどんな不埒な行ないも、神さまは皮肉っぽく微笑んで受けとめてくださるだろう、と彼女は思った。彼女と神のあいだには盟約があったのだ。たとえ、おおかたの裁きの場で、彼女が有罪宣告を受けることになったとしても。[18]

ユーモアのセンスがあり、アイロニーを解し、笑うすべを知っている父――それは「あご髭を蓄えた老人としての神」[19]とは大いに違っていることだろう。

新たな父性が登場するまで、あとどれくらい待つことになるのか。もしかするとそれは、もう一人のゴドーになりかねないのではないか。親族関係をめぐる発想を転換することにより新たな可能性が生まれる、とニンは一九三五年の日記に書きつける。

絶えず母を、父を、あるいは神を（同じことだ）必要とするのは、まさに未熟さの証にほかならないと気づいた。それは子どもっぽい必要であると同時に、人間的な必要でもあるのだが、きわめて普遍的であるために、あらゆる宗教の起源となったことがわかる。わたしたちは、自分自身のなかにこの強さを探し求めることができるだろうか。それを行なった者たちもいる。彼らは孤独のあまり気が狂ってしまった。女がこの世界で自立を学び、みずからの内に強さを見いだすことには、途方もない困難が伴う。（略）わたしにしたところで、同じ穴の狢（むじな）だったのだ。わたしが「父」と呼んだあらゆる男たちに強さを求めるという、理不尽さを発揮したのだから。[20]

人がみずからの内に新しい父性－母性を再生産／創造（プロ／クリエイト）することをニンは促す。男であれ女であれ、それ以外の者であれ、一人ひとりが「想像的な父」の母になるべきなのだ、と。先に、母子関係の身体的・心理的・経験的直接性に対し、父という存在は観念的であらざるをえず、それが父なる神という虚構の創造に繋がったのではないか、と述べたが、クリステヴァは八〇年代に、人工的な妊娠が可能となった時代において、マリアの処女懐胎が新たな意味をもちうる可能性を示唆していた。[21] 一方、デリダは二一世紀初頭、一層ラディカルな親族概念の更新を要請した。

科学技術の力（人工授精、代理母、クローニングなど）は、将来的に、父／母関係における変異を加速させるでしょう。（略）「母」もまた、父と同じく、「象徴的」母あるいは「代補可能な」

母だったのであり、出産の契機に獲得される確信＝確実性は、私の見解では、まやかしだったのです。（略）母の地位は生みの母に還元されるものではありません。[22]

現実においても象徴レベルでも父の不在を嘆いたニンは、生身の母となることを選ばず、芸術家たちの象徴的な母となることを選んだ（ヘンリー・ミラー、ロレンス・ダレル、ロバート・ダンカンといった男性芸術家のみならず、ジュディ・シカゴ、バーバラ・クラフト、出光真子等ニンの励ましを得て表現に向かった女性は多い）。孤児であり、母であり、父であること——人が「孤独のあまり気が狂」うことなく、それを遂行しうる日は訪れるだろうか。

❇脱‐神話を生きる

アナイス・ニンと出逢う以前に『文学作品と伝説における近親相姦モチーフ』（一九一二年）を著したオットー・ランクによれば、父と娘の愛をめぐる物語は世界中の民話的伝承に見いだされる。その一例が、のちにシェイクスピアが戯曲化したペリクリーズ伝説である。そうした物語に共通する要素の一つとして、父と娘は生き別れ、娘が成熟した女性となる約二〇年後に再会する。それはまさに、アナイス・ニンと父に起きたことでもあった。父が家を出たとき一〇歳だったニンは、再会のとき

三〇歳を迎えていた。

幼いころ、父が投げかける二種類の視線を怖れていた、とニンは回想する。一つは、厳しく批判的なまなざしである。彼は「スペイン的な父」であり、三人の子どもたちを打擲（ちょうちゃく）することも珍しくなかった。ニンは子どもらしい必死の訴えをして、なんとかお仕置きを逃れようとしたという。

> わたしたちにとっては、厳しい父だった。お仕置きを免れるには、大芝居を打つしかなかった。わたしは有能な女優だったから、父の心を動かすのは至極簡単だった。膝をついて手を組み、眼に涙をいっぱい溜めて「どうか、どうかお願いですからやめてください」と囁くのだ。父にドレスの裾をもちあげられ、叩かれないようにするためなら、どんなことでもした。(23)

もう一つは、カメラの視線である。父は子どもたちの裸の写真を撮ることを好んだ。それは父と子が共有し、父が子に関心を示す唯一の時間だった。カメラの向こうにある父の眼、「写真家にして神にして批評家」の眼はニンを怖れさせ、またチャーミングにふるまうことを教えもした。

父は幼い娘から女の媚態（コケティッシュネス）を引き出したのだろうか。カメラの向こうにある父の眼。いつも批判的な眼。あの眼は悪魔払いしなければならなかった。さもなくば、要求の多い神のように、満足させなければ。父のお気に召すようなイメージを提示しようと必死だった。無論、起源はそこにある。写真家にして神にして批評家の機嫌を損ねないようにすること[24]。

こうした幼年期のニンの記憶は、父の誘惑ないし誘惑的虐待を証する。再会は父と娘のあいだでなく、男と女のあいだに起こるだろう、とニンが予言したとおり、二人はまたたく間に恋に落ちる。ニンは「幸福のあまり、心がこなごなに砕けてしまった」と感じる（p.217）。

> そう、わたしは父に愛されているし、父を愛することができる。父はわたしを必要としている。わたしには父に贈るべきものがある。そうして、いままでずっと引きずってきた想い、わたしは父に愛されていないし、それはわたしのせいなのだという想いは、一日にして消えた[25]。（p.217）

【図7】ニンが父と過ごした
南仏ヴァレスキュールのホテル

父は「わたしたちはこの世の誰も必要としていない」と高らかに宣言する（p.238）。二人で出かけた南仏のヴァレスキュールで、父はホテルの女主人に娘を「婚約者」だと紹介する（p.236）。

二人の愛は双子の、分身の愛だ。鏡のなかを覗き込むように、父と娘は見つめあう。「絵に描いたドリアン・グレイでなく、わたし自身に似た父、わたし自身に似た娘」(p.208)。アナイス・ニンにおいて分身のテーマは、鏡や肖像画をとおして考察されるのみならず、さまざまな他者——もっとも典型的には父、ジューン、アルトー——をとおして探求される[26]。父は娘を、これまで愛したすべての女を統合する存在と称え、このペリクリーズ伝説によって人生の円環を閉じることを夢想する。愛において同質性のみを求めることに、娘はより懐疑的だ。それは均衡の幻影を与えるにすぎず、未成熟の証ともなるのではないか、と怪しむからだ。流れゆくものを愛するアナイス・ニンは、「完璧さはわたしを麻痺させてしまう」と怖れる(p.239)。

一方で、彼女が自分たち父娘の愛の神話性に魅了されていることも確かだろう。だが、彼女の人生の主要なテーマの一つは「美しい牢獄」の外に出ること(p.7)、死に酷似する静止した楽園から逃れることだった。そうして彼女は父との関係から身を引き離し、「わたしたちのあいだにあるのはナルシシズムだけ。でも、わたしはもう卒業しました」と言い渡す(p.308)。彼女はあたかも父を乗り越え、棄てるために父を愛したかのようであり、神話を内部から粉砕するために神話を演じたかのようである。ドゥルーズ＝ガタリが『アンチ・オイディプス』(一九七二年)で痛烈に批判したのは、まさにオイディプス関係のナルシス性、神話性だった。それに対するニンの姿勢は、おそらく終生二律背反的なものであり続けたが、自分たちは神話を現実化しようとしたことで罰せられた、とランクに語るとき(p.308)、ニンの視線が醒めていることは疑いようがない。

『日記』の出版から二年後の一九六八年、ニンをめぐる初の研究書を著したオリヴァー・エヴァンズは、「人工の冬」において父と娘が肉体的に結ばれた可能性を示唆しながら、それは物語の要点ではないし、読者は登場人物と現実の人間を混同すべきでない、と言い添える[27]。それは、文学を批評する者として当然すぎるもの言いでありながら、ある核心を回避しようとしているかにも思える。ニンにおいて現実と虚構、作家としての彼女と人間としての彼女の境界が曖昧であることはつとに知られており、そこにニンという作家の特異性と困難がある。作品の事実性を詮索し、あるいは道徳的審判を下すことは、洗練された読者のふるまいとはいいがたい。一方で、作品の自伝性に関してこの小説だけを例外とみなすとしたら、それは公平というよりは不自然にも思える。そのうえで、道徳的審判や、エヴァンズが引用するヴァーモン・ヤングのような批評の放棄を避け、いかに書かれた言葉と向きあうかが問われることになる[28]。

議論を小説「人工の冬」に限定すれば、それはまぎれもなく、特異で悲劇的な愛の物語である。四頁にわたりイタリックで記された叙述は、音楽的隠喩が横溢し、あからさまにエロティックだ。ここでは、イタリックをひらがなの多用で表現した木村淳子の訳を引用する。

ふたりはことばをかわしているのではなくて、おんがくをきくようにみつめあった。まくらにもたれるかれ、ベッドのあしもとにすわるかのじょ、ふたりのあたまのなかでは、コンサートがおこなわれていた。ふたつの音響箱はオーケストラのひびきで、はんきょうした。何百ものがっきが、いちどにえんそうした。かれと、かのじょのかこを結ぶ、ながいフルートのいとまき。バイオリンは、かれらのからだのなかのいとが、ふるえるように、ふるえた。しんけいはやすむことなく、ドラムのひびきは、よりそうふたつのからだのリズムのよう、ちの鼓動、かすかなうごきのすべてを吸収してしまうあいのひびきあい、どのがっきよりもおおきく、ハープはかみさま、かみさま、とうたい、かれのひたいのきよらかさ、めのはれやかさ、かみさま、かみさま、かみさま、ドラムはにくたいのじいんのなかで、よくぼうをうちならしつづけ、オーケストラは一瞬、こえをあわせて、ハープとあいしあいながら、うたい、バイオリンはかみふりみだし、かのじょはバイオリンのゆみを、やさしく、あしのあいだにひきいれ、からだから、おんがくをひきだしていた。[29]

仮にこれを性愛表現と呼ばないとしても、前代未聞の官能表現と呼ぶことに差し支えはないだろう。ナンシー・スカラーは、「人工の冬」と『日記』の父娘をめぐる描写の類似を指摘したうえで、読者に気をもたせたまま得心のいく説明を与えない、と作家を批判する。[30] スカラーはイエスかノーかの二者択一を求めているようだが、それは賢明な読者が作家に期待すべきこととは思えない。一方、注意深い（詮索好きの？）読者なら、編集版日記のなかにも複数の暗示を読みとるだろう。ニンの父は娘に「われわれはいまの基準からすれば非道徳的（アモラル）だが、みずからの内なる成長に忠実なだけだ」と語る（p.236）。父から距離を置こうとするとき、ニンは「父とわたしは生きて会おうとすべきではなかった。夢のように凍りついた、ある奇妙な領域でのみ会うべきだったのだ。神話に形を与えようとして、わたしたちは罰せられた」と嘆く(p.308)。

編集版日記、「人工の冬」に加え、無削除版日記『インセスト』、二〇〇七年に復刻した『人工の冬』パリ版に収められた「リリス」を並べてみても、果たしてニンと父のあいだにインセストは行なわれたのか否か、断定するすべはないし、その必要もない。そのようなことをすれば、アナイス・ニンをめぐってしばしば空しく行なわれてきた、道徳的審判やゴシップの再生産に終始するだけだ。ここでは差しあたり、事態のメタフィジカルな側面に焦点を当てることにしたい。オイディプスは英雄－主人公になるために父を殺し、母を勝ち得る必要があった。一方、女のオイディプスは語り手－女主人公になるために父を誘惑し、勝ち得る必要があるのだろうか。殺すことでなく、勝ち得ること、または愛すること。イニシエーションとしての誘惑、だろうか。この点において、クリステヴァの見解は示唆に富む。彼女はインセストをタブーの起源や神話として読み解くのでなく、人のアイデンティティを精査するための装置とみなす。彼女によれば、インセストとは起源との和解であり、人が象徴能力を獲得するために必要なプロセスなのだという。だから彼女は詩人を、インセストを行なうオイディプスと捉える[31]。

ニンはミラーに宛てた手紙で「つまり親なんて、ファックして卒業してしまえばいいということ。親の影をいくらファックしてみたところでなんにもならないわ[32]」と、近親姦的乱交の娘として面目躍如たる発言をしている。肉体的なものであれ、肉体を超えたものであれ、あるいはその両方であれ、彼女はこの近親姦的な愛をくぐり抜けることによって初めて、みずからの内なる外傷の子を殺し、女性－作家としての自己出産／自己創造を果たしたのだ。アナイス・ニンは鏡を見つめるように父と向かいあう。だがそれは（父にとってそうであるような）ナルシス的恍惚状態においてではなく、自己の正体ないしは空虚を突きとめ、魂の深海潜水（ディープシー・ダイヴィング）を行なうための、もう一つの装置と向きあうことと同義なのである。

第4章『インセスト』——書くこともまた侵犯である

わたしの悪は死後に現れるだろう。

『インセスト』

❇愛し(モン・シェール)のパパ——環大西洋的日記の起源

一九一三年、一〇歳のアナイス・ニンは病気療養のため、南仏のリゾート、アルカションにある奇妙にエキゾティックな「廃墟の家(ヴィラ・レ・ルーアン)」に、家族とともに暮らしていた。音楽家の父、ホアキン・ニンは、ある日ツアーに行くと言って家を出たきり、その予言的な名をもつ屋敷に、二度と戻ることはなかった。

父がツアーに出るのはよくあることだったから、それまで泣いたことなどなかった。予感だった

【図8】廃墟の家（ヴィラ・レ・ルーアン）

のか。本能か。このとき父は出かけようとしながら、何度も戻ってこざるをえなかった。わたしが激しくキスし、父を呼び、火がついたように泣いて、しがみついたからだ。その愁嘆場の意味がわかるのは父一人だけだった(1)。

残された母と三人の子どもは当初、（のちに後妻となる）父の若い愛人の、裕福な実家の世話になったというのだから、屈辱的なことである。ニンの母もキューバの富裕な旧家の出身だから、ホアキンにはパトロンをつかまえる才能があったのだろう。その後四人は、ホアキンの両親が住むバルセロナでしばらく過ごす。厳格な教育者だった祖父と「優しくて従順で、虐げられた祖母(2)」と暮らしたのは、アパートを見つけるまでの短いあいだで、その後一年ほど、母は声楽を教えていた。バルセロナは気候も人も暖かく、楽しい記憶も多かったようだ。

そのバルセロナから蒸気船モンセラ号に乗り、大西洋を越えてアメリカに向かう前日の一九一四年七月二五日、「バルセロナも見納めです。これで最後だと思うと、いろいろな想いが押し寄せてきます(3)」と日記は書き始められる。第1章では、人間の言語活動の起源をフロイトの『快原理の彼岸』に探り、ニンの日記が帯びる象徴性の高さを確認した。すなわち、人は愛するものとの別れに耐えかねて語り始めるのである、と。人が自伝を書く理由を探る石川美子は、自伝とは喪失から啓示にいたる喪の作業である、とそれを言い換えている。[4]

アメリカに渡ったのは、母ローザの実家があるキューバに近く、ニューヨークにも親戚がいて心強いし、女性が働くにはアメリカのほうがいいとも考えたようだ。母は声楽家として自立することは早々に諦め、下宿業やいまでいう個人輸入業などをして家計を支えた。『日記』には「貧しさと、それにともなうさえないことども[5]」のなかで母を助け、弟たちの面倒をみる様子が書かれている。「反少女」「不滅の少女[6]」を自称した矢川澄子が、アメリカでのニンは「侘しい母子家庭の長女」であり「もてない貧しい移住者の娘」、「自閉症寸前の少女[7]」だったと言いあてたとおりである。

毛皮の裏のついたコートを纏い、コロンの香りを漂わせる父ホアキンのような人は見かけない。地下鉄に乗れば人は反芻動物のように口を動かしているし、男たちはエレベーターという動く階段を待ちながら、手の平に唾を吐いては擦りあわせている。「不思議な国だ、アメリカという国は[8]」と少女はつぶやく。

不思議の国のアナイスは、胸いっぱいに空虚をかかえた、さびしがりやで泣き虫の女の子だ。

今朝、お父さんとお母さんと六歳くらいの女の子が、三人揃って聖体拝領を受けていた。どうしてわたしのそばにはお父さんがいないの？　パパやママンと一緒に聖体拝領を受けるというよろこびが、なぜわたしには許されていないの？　今日はそのことをいつもより深く考えてしまっ

て、聖体拝領もパパのためだけに受けた。パパ、ママン、とずっと繰り返して。なんてすてきな言葉なんでしょう。でもあとで真実を思い知らされて、心の底から泣いた。神さまだけが、わたしの深いかなしみを知っている。夢に見るのはパパのことばかり。パパがやってきて、わたしがキスすると、胸にぎゅっと抱きしめてくれる。甘いひととき。でもあとでまた真実を突きつけられて、心は再び涙にくれる。（略）あんまりかなしくて、もう書けません。

【図9】初めての聖体拝領

聖体拝領のたび、パパを思ってかなしみがこみあげてくる、どうしてかわからないけれど。昨夜は、パパが来てくれるという手紙が届いた夢を見た。ああ、本当だったらどんなにしあわせでしょう！　本当なら、世界一しあわせな女の子になれるのに。（略）聖体拝領の瞬間、わたしはキリストのからだをいただくのじゃなくて、パパにキスして、パパを抱きしめているみたい(9)。

一〇代前半のニンが（ウェディング・ドレスさながらの）白い衣装に身を包み、両手の平を合わせた写真がある。アール・デコの画家タマラ・ド・レンピッカの《初めて聖体を拝領する少女》（一九二九年）は、それを模したかと思うほど衣装も構図も酷似しているのだが、ただ、タマラの描く少女は明確な官能性を表情に湛えている。キリストの血と肉を体内に入れるという、聖体拝領の儀式が宿す官能性があり、教会を「神の花嫁」とみなす聖書の記述もある（「エペソ人への手紙」五：二五―二七『新約聖書』）。『リノット』においてもきわだっているのは、少女アナイスの父恋（ちちこい）が濃密な宗教性と官能性を帯びていることだ（ニン自身のちに「宗教的な恍惚と近親姦的情熱を混同していた[10]」と回想している）。アメリカに移住した一九一四年と翌一五年のクリスマスには、キリストならぬ父の訪れを心待ちにしては失望し、一六年にはついに待ち人来たらずと思い定めたようだ。どれだけ祈っても父を連れてきてくれない神にも失望し、カトリック信仰を棄てた、と言明する[11]。

　ニンの後半生のパートナー、ルパート・ポールは『ヘンリー&ジューン』の序文でニンを「ピューリタン的カトリック[12]」と呼ぶが、最晩年のニンを病床に見舞った『アナイス・ニンの日記』第一巻の訳者、原真佐子に対しては、「アナイスはピューリタンだから、必要以上に苦しんできたのですよ[13]」と語ったという。一方、晩年のニンともっとも親しい友人の一人だったバーバラ・クラフトは、「彼女ほど徹底した無神論者には会ったことがない」というヘンリー・ミラーの言葉とともに、死の間際、司祭を呼ぼうか、と問う弟にニンが「やめてちょうだい[14]」と答えたというエピソードを紹介する。わたしたちに求められるのは、この極端な二者択一の答えを探すことではなく、キリスト教をめぐるこの両極のどこかに潜む、おそらく父とも関わるニンの秘密を探ることだろう。

　興味深いのは、ドン・ジュアンがスキャンダルとなるのは、誘惑者であるのみならず、偶像破壊者としての無神論者であるためだ、というショシャナ・フェルマンの議論である。[15] 人間に罪悪感を植えつけたキリストと、アメリカ大陸を発見したコロンブスを二大悪とみなしたというニンの父は、確かに第一級のドン・ジュアンの資質を備えていた。その父をして「わたしにもはや神はない（ジュ・ネ・プリュ・ド・デュー）」[16]と言わしめた娘が、父を凌駕するドナ・ジュアナであったこともまた確かである。

❇『インセスト』のあとさき

矢川澄子は少女アナイスにぞっこんだといい、『リノット』を『アンネの日記』と並ぶ、子どもの手になる子どものための真の児童文学と讃える。[17] 矢川が注目するのは、涙に濡れた父恋が二〇年の軌跡を描いて父との再会に至る、心理的かつ劇的な旅の記録としての日記であり、この父と娘のあいだに事実として何が起きたかなど「はっきりいってどうでもいいことだ」[18]と断じる。一方鹿島茂は、女性の手になる性愛文学としてニンの無削除版日記を超えるものはいまだ書かれていない、と述べる。[19]この二人の日本人の意見は、『インセスト』を「いまだかつて語られたことがない物語」[20]と評したエリカ・ジョングのそれに近いかもしれない。が、ジョングの立場は、キリスト教的タブー意識の浸透した欧米では、きわめて例外的といっていい。ルース・チャーノックやサンディー・ドイルのようにニンに対して共感的な書き手も、『インセスト』は多くの批評家に「扇情的でポルノ的」[21]と受けとめられたといい、エロティカに続き無削除版日記、特に『インセスト』を出版したことを「裏切りと誤算の連続[22]」と捉える。ドイルが述べるように、エロティカの出版に際してニンが危惧したこと――それ以外のもので人に記憶されなくなること――がかなりの程度現実となったことは確かだ。英語圏の一般的な書店で、たいていは官能的な写真を表紙にしたエロティカ、『ヘンリー&ジューン』、『インセスト』以外のニンの本を目にすることは少ない。

ジョングは『インセスト』出版当時、タイトルに売らんかな（コマーシャル）の気配があると述べたが、近年、その出版をめぐる事情が明らかになりつつある。『インセスト』の訳者、杉崎和子は、ニンが無削除版の公開に消極的であったことを明らかにするが、ついに周囲の説得に応じたのは、二人の夫――東海岸のヒュー・ガイラーと西海岸のルパート・ポール――をみずからの死後に養うためだったという[23]。ニンがガイラーに経済的に依存していたことを批判する者は、投資で全財産を失った夫を、彼女が死してなお（鶴の恩返しのように）支え続けたことを知ってどう思うのだろう。『インセスト』の出版がポールとニンの弟、ホアキン・ニン＝クルメルの仲を決裂させたことも知られているが、ホアキンが敬虔なクリスチャンであり、カリフォルニア大学バークレー校の教授であったこと、何より日記の出版に際し、関係者を傷つけないようニンがい

【図 10】『インセスト』表紙

【図 11】ルパート・ポールの
写真が使われたニン研究誌のカバー

【図 12】ヒュー・ガイラー
（イアン・ヒューゴー）

かに腐心したかを思えば、少なくとも弟が存命中の出版は、配慮に欠くものだったといわれても仕方ないだろう。さらに、ニン公認の伝記作者でありながら、諸般の事情によりその伝記が日の目を見ることがなかったエヴリン・ヒンツの死後、明らかになったことがある。無削除版を出すとしても、それはヒンツによる伝記の出版と二一世紀の到来を待たねばならない、というのがニンの遺志だったという[24]。無削除版日記第一巻『ヘンリー&ジューン』の出版は一九八六年だから、四半世紀も早まったことになる。八五年のガイラーの死を待ちかねていたかのようなその出版は、ニン財団が「ニンの人生の細部を利用して金儲けに汲々としている」[25]とまである批評家をしていわしめた。これらはテクスト外の情報ではあるが、日記というジャンル、そしてニンが生きた人生と書いた作品の特異性が、それらをテクストと切り離すことを困難にする。出版間もない『インセスト』を驚嘆とともに読み、語ったジョングや矢川がいわば無垢な読者だったとすれば、堕落後の読者というべきわたしたちは、この作品といかに向きあうことができるだろう。

もう一つ、ニンの日記において考えるべき未解決の事項として、編集の問題がある。一九六六年出版の編集版日記第一巻の表紙には、編者としてガンサー・ストゥルマンの名が記されている。「アナイス・ニンの文学エージェントである彼との間では、そういう契約になっていた[26]」と杉崎はいうが、「そういう契約」の詳細は判然としない。『ヘンリー&ジューン』の編者、ハーコート社のジョン・フェローンは、ストゥルマンを「アナイスのエージェントであり、仮の／予備的(プレリミナリー)な編者[27]」と呼ぶが、それは場合によっては「名目上の」という意味を含むのだろうか。

編集版第一巻出版間際の時期を綴った第六巻でニンは「日記を完璧に編集したかったので、多くの作業が必要だった[28]」と記し、評論集『未来の小説』では、「わたしは小説の書き手として日記を編集した[29]」と明言している。フェローンは『ヘンリー&ジューン』の編集方針について「ぼくが手本にしたのは、きれいにマニキュアを塗ったような、アナイスが日記の第一巻に施した編集のわざだった。（略）アナイスはためらうことなくカットしたり、つけ加えたり、洗練させたり、おそらくは創作もしている[30]」と述べる。担当編集者として出版のプロセスに関わったフェローンの証言には重みがある。三〇年代から日記出版の可能性を探りながら、「小説の書き手」としては長く不遇を託ち、満を持して出した第一巻は少なくとも、実質的にニンが編集したであろうと推測できる。亡くなるまでの約一〇年で六巻が出版されたが、またたく間にカルト的人気を博したニンの多忙と、最終的に作家の命を奪うことになる病気の進行のため、巻を下るほどニンが関わる割合は低下し、杉崎が報告するように「私の書いた文章ではない[31]」と嘆く場面もあったかもしれない。死後出版の第七巻については、ポールが編集したとする複数の証言がある[32]。なお、作品としての完成度がもっとも高いのは第一巻であり、巻を重ねるほど文体の緻密さ、内省の深さ、他者分析の鋭さとともに失われていく、というのは広く共有された評価である。

『ヘンリー&ジューン』の編集をめぐるフェローンとポールの激しい攻防については、『インセスト』を含む以降の無削除版編集にも関わることなので、ここで詳しく検討したい。フェローンいうところの「怒濤のコラボレーション[33]」が始まったのは、ガイラーの死からほんの数週間後のことだったという。ニンにとって初の、フィクションとしては唯一のベストセラーとなったエロティカ編集の腕を買われ、アナイス・ニン・トラストの代表であるポールから、フェローンに依頼があったのだ。このときすでに編集版全七巻、初期の日記全四巻が出版されていた。屋上屋を架すかのように第二のシリーズを始めることにフェローンは懐疑的で、ヘンリー・ジューン・アナイスの三角関係を集中的に描く本にしよう、と提案する。最大の争点は「わたしは泣いた」と繰り返すエンディングである。それこそがアナイスの詩的散文の真髄だと固執するポールに、より両義的な結末を望んだフェローンは、ポールの判断は客観的にみて間違っているが、「お手上げだ[34]」とついに折れ、以降無削除版の編集にはいっさい関わろうとしなかった。

編集版第一巻と、ニン自身に倣って編集したとフェローンのいう無削除版第一巻『ヘンリー&

ジューン』は、初期の日記を加えた三シリーズのなかでも、その緻密な文体と物語性の高さにおいてきわだっている。フェローンが去ったあと、無削除版第二巻以降の『インセスト』、『炎』、『より月に近く』に編者の名はないが、ベンジャミン・フランクリン五世[35]によればガンサー・ストゥルマンが（ポール・ヘロン曰くポールの介入を受けながら）編集したという。[36]続く『蜃気楼』、『空中ブランコ』、『他者の日記』、『よろこばしき変容』はポール・ヘロンが編集しているが、単一のテーマに絞った『ヘンリー&ジューン』の編集方針は無削除版日記のなかでも例外的である。従って、父物語という枠組みがあるにせよ、相変わらずミラー（元）夫妻も出てくれば精神分析医との関係も描かれる『インセスト』と、『人工の冬』パリ版の「リリス」、またはジーモア版の「人工の冬」を単純に比較することはできない。それでも、ニンの読者たるわたしたちにできるのは、三シリーズの日記、二版の小説（「リリス」「人工の冬」）と、あたかもリゾーム状に広がるアナイス・ニンの父物語群を、パリンプセストとして読み重ね、読み解いていくことだ。

❊かつて語られたことのない物語

デュラスはゴダールとの対話のなかで、インセストはいたるところにあると言うが、[37]一般的には、人類のもっとも強力かつ普遍的なタブーであると考えられている。だが、それがタブーである所以、それが科学的また文化的に人間社会において何を構成するかは、さほど明確になっているわけではない。

文化人類学における親族研究の古典『親族の基本構造』（一九四九年）において、レヴィ＝ストロースはインセスト・タブーを「［自然と文化を］結ぶまさに紐[38]」と位置づけ、その境界性、両義性を指摘する一方で、遺伝理論の観点からも社会秩序の観点からも、インセストの有害性を立証することはできないと述べる。精神分析学の父フロイトは『トーテムとタブー』（一九一三年）において、少年の最初の性的対象は母や姉妹等近親者であるのが通常であると述べたうえで、近親姦をテーマとした文学作品を縦横に論じるオットー・ランクの諸作品を紹介する[39]。ニンの父的存在（ファーザー・フィギュア）の一人でもあったランクは、その浩瀚な『文学作品と伝説における近親相姦モチーフ』において、みずからの父的存在であるフロイトが『夢判断』（一八九九年）で述べた言葉――「［オイディプス］の運命がわれわれの心を動かすのは、もっぱらそれが、われわれの運命にもなりえたであろうという理由からである」――を引き、近親姦的欲望のもつ詩的真実を探求する[40]。

矢川もまた、まかり間違えば誰もが近親姦に手を染める可能性を秘めていると、フロイトとほぼ同じ言葉を書きつける。そのうえで、内気で泣き虫のリノットが、インセスト・タブーを侵犯するに至るまでの内的必然と、その複雑微妙な心理を記録し続けたことを文学史上の達成とみなし、この特別な娘と特別な父は「二十年がかりの周到な下準備ののちに、（略）結ばれるべくして結ばれたのだった[41]」と結論づける。『インセスト』の記述によれば、父は一六歳の娘の写真を見て「わが許嫁」と呼んだというし（p.205）、ニンも渡米後間もなく父の写真が送られてきたことを思い出し、「わたしはこの、内なる父の自己のイメージに恋したのだ[42]」と告白する。再会を前にした父の手紙は恋文そのものので、娘はその芝居臭さを笑いつつ「分身！　わたしの邪悪な分身！」と（p.155）、同様に芝居じみた台詞をつぶやく。それればかりか父の友人は「あなたは娘と恋に落ちるわよ。気をつけなさい」と警告するし（p.250）、父の若い後妻までもが「婚約者たちを二人きりにしてあげましょう[43]」と気遣うなど、周囲の者たちも総出でこのインセスト劇を盛りあげようとするかのようだ。

一方、ルーヴルでニンに《ロトと娘たち》を見せ、シェリーやスタンダールも作品化した史実に基づくインセスト劇『チェンチ一族』を上演した、もう一人のインセストを愛する芸術家、アルトーは、ニンと父のただならぬ関係を察知すると「きみという人は不純（impurity）そのものだ」となじる（p.234）。対してニンは、これほど純粋な愛はないと、アルトーの二重基準にあらがう。ニンがピューリタンか否か、という問題とも関わるが、そもそも二一歳でパリに帰還したばかりの彼女は、パリジャンは汚らわしいと嘆いていたのだ。それが、想像力に取り憑かれた「イマジー」なる分身と共存するようになると、純粋な自己と不純な自己の分裂を経験する。『オックスフォード英語辞典』によるとincestは「不純」を意味するラテン語に由来するが、ワーナー・ソラースはそれが「人種」「血統」を意味するポルトガル語castaを派生させたことをもとに、「人種的純粋性[44]」をも意味しうると示唆する。レヴィ＝ストロースがインセストに見いだした文化と自然をめぐる両義性が、「不純」と「純粋」の両義をもはらみうるとすれば、それは「神聖なる宗教的情熱をもって、このうえない近親姦の罪を犯す[45]」と宣言するニンに似つかわしいことではある。この特異な愛の純粋性を主張し、ジョングのいう「相互的誘惑[46]」を引き受けながら、父と南仏のホテルで過ごした九日間、そして生涯にわたり、一方で深い罪悪感に苛まれ続けたニンにとって、このタブー侵犯は語の正用・誤用、二重の意味において、つまり、悪であり悪でないという二律背反的な確信とともに行なわれた「確信犯的犯行[47]」だったのではないか（ほぼ二〇年生き別れになっていた牧師の父との近親姦を告白するキャサリン・ハリソンの回想録『キス』（一九九七年）との決定的な違いはそこにある）。

ジョングの『インセスト』評は「ドナ・ジュアナの勝利」と題されている。一〇〇〇人以上の女を抱いたと豪語するドン・ジュアンの父と互角に渡りあうばかりか、ドナ・ジュアナ像の造形において父をはるかに凌駕していたと、この近親姦の娘を勝者として提示したのだ。だが、それはやはり例外的な評価である。『インセスト』の翌年に出版されたノエル・ライリー・フィッチの評伝以降、幼時の性的虐待の犠牲者としてニンを捉える傾向が強い[48]。フロイトは女性患者が頻繁に語る「父の誘惑」の記憶に着目しながら、最終的にはエディプス期特有の願望充足的幻想であると断じるに至る[49]。五〇年代のニンの精神分析医ボグナーは、空想であれ現実であれ、患者がいだく罪悪感に変わりはない、と言ったという[50]。だがむしろ、バトラーの次のような繊細な議論に耳を傾けることのほうが有意義なのではないか。

子どもの性的虐待の現実をめぐる議論が、時として子どもにふりかかる搾取の性質を見誤るのには、ある理由がある。性的虐待とは、単にセクシュアリティが大人によって一方的に押しつけられるということでも、セクシュアリティが子どもによって一方的に幻想されるということでもない。そうではなくて、愛――子どもの生存にとってなくてはならない愛が搾取され、強い愛情につけこまれるということなのだ。[51]

ニンの父はスペイン系の（優男ながら）暴君として、家族に暴力をふるうのが日常茶飯であったことは知られている。幼い娘のスカートをまくりあげ、あるいは下着をおろして尻を叩くとか、裸の写真を撮りまくるとかいうこと自体、明らかな性的虐待である。体罰が性的意味をもちうることはフロイトも認めている。[52] 確かに、幼少期以来のニンの父へのふるまい方は、ジュディス・ハーマンが被虐待児の特徴として述べることと重なる部分が多い。曰く、被虐待児は虐待者に病的な愛着を起こして理想化する、完璧な演技者となる、加害者との関係の再演は性的色あいを帯びた転位となる、等。[53] だがそれでも、ニンが性的ファンタジーと断ったうえで書いているようなレイプ、[54] またはそれに類することがあったかどうかは、インセストの事実を確認できないのと同程度に確認不可能である。文学批評は病跡学とは一線を画すべきだろう。

矢川がニンの少女性に着目するのと対照的に、原（冥王）のニン理解のキーワードは「成熟」である。失った父を探す娘にとって成熟はいかに可能か、というペリクリーズ的な問いがニンの日記を貫くテーマだが、彼女はついに娘の論理を超えられなかった、と原は結論づける。[55] だが、自分を愛さなかった父、棄てた父への「二〇年にわたる飢餓感」の果てに「男と女として、性の成就とともに出逢う」というとき（p.152）、彼女は娘として父に再会することを拒否し、対等な男と女として、ドン・ジュアンとドナ・ジュアナとして対峙する、と宣言しているのだ。そうして二人の誘惑者による相互的誘惑を経て、結ばれるべくして結ばれたのち、関係から立ち去るのは女のほうである。キム・クリザンはそれを「復讐以外の何ものでもない」[56]と断じるが、それは一面の真実ではある。鹿島は無削除版の読解を通じて、ニンには異性愛嫌悪があり、本当に愛したのはジューンだったのではないか、と推測する。[57]実際『インセスト』には、「わたしは男たちにある種の復讐を仕掛けているのだ、男を勝ち得ては棄てるという悪魔的な衝動に駆られているのだと、意識するようになった」とも（p.196）「ジューンとわたしは世界中の男たちに憎悪をぶちまける。」とも言明されている（p.30）。男による復讐は、「復讐劇」と呼ばれる演劇ジャンルがあるように、多くの英雄／主人公を生み出してきた。一方、復讐のジェンダー論的非対称性に注目するウルズラ・リヒターによれば、癒やしやケア、母親役割を求められる女による復讐は、タブー視される傾向がある。[58]タブー侵犯者として、ニンの復讐の対象は父ホアキンという個人にとどまらず、異性愛主義、ジェンダー規範、家父長制、そしておそらくは神という父を戴く世界に及ぶだろう。

「女復讐者」[59]を自称するマキシーン・ホン・キングストン『チャイナタウンの女武者』（一九七五年）の語り手によれば、復讐とは報告すること、告げることによって報いることである。ニンがめざましいのは、タブーを侵犯したのみならずそれを書く胆力があったことだとジョングはいうが、それはバトラーがアンティゴネーについて語っていることと響きあう。[60] ニンの「報告」に耳を傾けてみよう。

せめてわが近親姦の愛については、書かずにいたかった。決して誰にも言わないと、父に約束したのだ。でも、ある夜このホテルで、父とのことを話せる相手が誰もいないことに気づいてしまった。息苦しくなって、また書き始めた。（略）そうせずにいられなかったのだ。人生の極みに達し、いまこそ手もとに置いて書きとめたいそのときに、日記を殺すなんてできなかった。ありのままに書くことが、どれほど大きな罪であっても。（pp.216-17）

誰にも言うな、日記にも書くなという父の命令ないし懇願は、『女武者』や『カラーパープル』（一九八二年）の女性主人公がタブーを前に課された沈黙と重なる。また、バトラーがアンティゴネーについて「彼女は行動し、彼女は語り、発話行為が宿命的な罪となるような者となる」[61]と述べたことにも呼応する（「宿命的な」と訳したのは「死をもたらす」の意味にもなる語 fatal だが、状況が整わないなかでの『インセスト』の出版が作家にもたらしたものを思わせもする）。父との約束に反して日記に書きつけたニンは、そのようにして父ではなく日記に忠実であること、父の娘でなく日記作家であることを選んだのだ。

書くことによって報いる復讐者としてのニンは、「異常と呼びうるものがあるとしたら、それは愛する能力をもたないことだけだ」[62]と断言した、愛する人としてのニン像と矛盾するように思える。だが彼女は、「愛ではなく復讐を」と述べた直後に「愛と復讐はいつも混ざりあっている」と書き添える（p.341）。父に対しても、内なるトラウマの子を救うためには、まず愛を――相互的な愛を――実現することが必要だったはずだ。二〇年間片恋を強いられた娘にとって、それこそが愛と復讐を同時に叶える悲喜劇的な結末だったのかもしれない。そのうえで、ドン・ジュアンとしての父のキャリアの大団円を閉じる役割は拒絶した。死の間際、コロノスのオイディプスはアンティゴネーに、父である自分以上におまえを愛した者はいない、その父なしでおまえは残りの人生を生きてゆかねばならぬ、と告げる。[63] それは父ホアキンがニンに、「言ってみろ、おまえの恋人たちのなかで、わたしほど情熱的に愛し、おまえを満足させた者はいるか」[64] と問うのに酷似している。自分の愛を占有しようとする父に対し、アンティゴネーは愛の対象を父から兄にずらすことで「乱交的に服従した」[65] とバトラーはいう。「親切心から「いいえ」と嘘をつく」[66] ニンもまた、乱交的に服従してみせたといえるだろう。まさにこの父娘は神話を生き、ギリシャ悲劇を再演していたのだ。

　ニンが「わが人生のテーマ、人生の小説」と呼ぶ父物語を日記に書き始めたのは（p.238）、父と過ごした南仏はヴァレスキュールのホテルをあとにした一週間後のことだった。中絶／死産をめぐる記述もそうだが、きわめて重要度の高い事柄は時間を置いて、まさに物語るように書く傾向がニンにはあった。本章を閉じる前に、『インセスト』の最後半部に置かれた、もう一つの重要な問題について考えたい。

❊中絶／死産／誕生

『インセスト』が読者に衝撃を与えたのは、父との関係の詳細とともに、編集版日記第一巻で「死産」とされていたものが、薬による中絶の失敗からの人工的早産であったことが明らかになったからだ。女性作家のトラウマ的体験と自伝的書きもの（ライフライティング）を論じるスゼット・ヘンキは、『インセスト』の出版が「フェミニスト・コミュニティーに爆弾を落とした」[67]というが、日記を爆弾に喩えるのはニン自身が好んだことでもある[68]。だが、父との関係について編集版日記にいくつもの仄めかしがあったように、父なき世界に生まれるよりあなたは暗闇のなかで死んだ方がいい、と胎児に語りかける場面は、中絶への暗示だったと解釈することもできる。その語りかけは、奇しくもランクが『出生外傷』（一九二四年）のエピグラフに掲げた、ニーチェ『悲劇の誕生』（一八七二年）で魔神（ダイモン）がミダス王に告げる言葉と符合する――「もっとも善いことは、御身にとってはまったく手が届かぬことだ。それは、生まれなかったこと、存在しないこと、なにものでもないことなのだ。しかし、御身にとって次に善いことは――すぐに死ぬことだ[69]」。

語りかける母に子はお腹を蹴って応え、さらに母は「まぁ、元気がいいのね、創造の途上にあって、わたしが再び〈無（ネアン）〉に押し戻そうとしているわが子よ。闇と無意識、そして非在の楽園へと」と語りかける（p.373）。中絶経験を詠（うた）う女性詩を論じるバーバラ・ジョンソンは、「一人称の語り手による、不在の、死んだ、あるいは生命のない存在への直接的な語りかけ（アドレス）[70]としての頓呼法（アポストロフィ）に注目するが、ニンの語りにおいては母－子のダイアローグが描かれている。

イルメラ・日地谷＝キルシュネライトは、瀬戸内寂聴の「雉子（きぎす）」（一九六三年）が人工妊娠中絶を扱ったことを挙げ、女性が性を描くことへのタブー意識の強い「西洋では絶対に印刷できなかった」[71]と述べる。だが、ジーン・リースの『闇のなかの旅』（*Voyage in the Dark*）は一九三四年に、ジョンソンが論じたグウェンドリン・ブルックスの「母」は四五年に出版されている。日記の中絶／死産の描写を短編小説に仕立てたニンの「誕生」が『トワイス・ア・イヤー』誌に掲載されたのは三八年、メイドの中絶を描く「ねずみ」を含む『ガラスの鐘の下で』は四四年に出版されている。ドゥルシラ・コーネルはグラシエラ・アベリン＝サスに依拠しつつ、女性が自分の物語として中絶経験を語ることの重要性を説くが[72]、中絶が非合法だった時代にあって、ニンは勇気ある書き手の一人だったといえるだろう。加えていえば、比較的淡泊なリースの書きぶりと比べ、編集版・無削除版ともに一〇頁を超える手術の描写は、女性的経験を記録した文学として貴重である（それだけに、一六世紀から二一世紀まで、一七ヶ国の女性作家が中絶の経験を語る文学を集めたアンソロジー『選び抜かれた言葉』（*Choice Words*）（二〇二〇年）がニンを選んでいないのは残念なことだ）。

カーサ・ポリットは編集版出版時に中絶を隠蔽したことを「ニンの罪」[73]と捉え、中絶が非合法だった六〇年代に事実を明らかにしていれば有意義だったのだが、と述べる。だがそれはたとえば、性的マイノリティにカミングアウトを強いることと似ていないだろうか。芸術と芸術家の母になることを

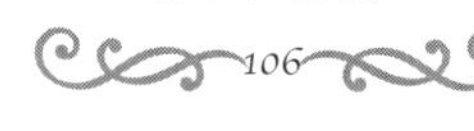

選び、生物学的な母になることを選ばなかったニンを、ポドニークスは「六〇年代以降の選択尊重（プロ・チョイス）運動を予見していた[74]」と指摘する。事実、一九七一年、『ヌーヴェル・オプセルヴァトゥール』誌上でボーヴォワール、デュラス、ドヌーヴらが中絶の経験を明らかにし、フランスの中絶合法化に貢献した「三四三人のマニフェスト」に応答する形で、『ミズ』一九七二年春号に五三名のアメリカ人女性が名乗りをあげたときは、リリアン・ヘルマン、アン・セクストン、スーザン・ソンタグらとともに、ニンも名を連ねている。

大部の評伝『アナイス・ニン——伝記』（*Anaïs Nin: A Biography*）（一九九五年）により、ニン評価が否定的な方向に傾くことに貢献したとされるディアドラ・ベアは、『インセスト』における中絶の描写はニンが書きえた最高のものだと、その文学的価値を認めながら、「怪物的に自己中心主義的かつ利己的で、その冷淡な無関心さは空怖ろしい[75]」と断じる。わたし自身は、死産であれ中絶であれ、ニンが深い喪失感を味わったことに変わりはないというダイアン・リチャード＝アラーディスや、この件についてニンが示すありとあらゆる矛盾や混乱こそが、中絶というトラウマ経験の痛ましい証言であり、それはニンが繰り返し記録する胎児や死んだ子どもの夢にも現れている、というヘンキに同意する[76]。

これほどさまざまな感情がごちゃごちゃになって押し寄せてくるのを経験したことはない——
母、女、完全な女となることを誇らしく思い、人間を創造することを愛おしみ、母性の無限の可能性を信じる。この小さなヘンリーを欲し、拒み、愛と秤にかける（この子をとるか、ヘンリーをとるか）。かなしくて、うれしくて、傷ついて、途方に暮れた。（p.329）

編集版日記第一巻に書かれていた「自分だけが世話を焼かれ、優しくしてもらわなければ気がすまない芸術家[77]」とは、父ホアキンであるとともに、ニンが子の父と信じるミラーその人であることが明らかになった。子どもであり続ける芸術家ミラーと、そのミラーが受胎させた子とのあいだの選択は、ジョンソンのいう出産と詩作のあいだの「一種のライヴァル関係[78]」、かつてもいまも女性にのしかかる、母になることと芸術家／職業人であることの二者択一とも重なる。ランクは父になるのにふさわしいから彼の家で育ててもらえないかと空想したかと思うと、ランクはすでに子どもも、多くの責任もかかえているから無理だと思い直し、ヘンリーの子を夫に押しつけるわけにはいかない、母に育ててもらおうかと考えるなど、ニンの心は揺れ動き、「まったく混乱している」という本人の言葉どおりである（p.331）。

結局、複数回にわたるキニーネの処置が功を奏さず、六ヶ月にまで育ってしまった子どもを、ニンは人工的に早産させる。現実的にも象徴的にも、それは出産と堕胎を同時に経験することだったろう。それはまた、数日間に及ぶ母と子の死闘であり、母のなかでは、産み落とそうと全力でいきむ自分と、「押し出し、殺し、別れ、失うことを拒むわたしのなかの一部」との葛藤であり（p.377）、「手放したいと思い、抱きしめたいと思い、とどめておきたいと思い、失いたいと思う、生きたいと思い、

死にたいと思う」感情の揺れ動きでもあった（p.380）。自己の増殖であり分裂でもある胎児が母の肉体から分離していく出産という現象――「出産という行為が構成する、（言語と欲動、象徴的なるものと記号的なるものの閾で発生する）分裂と象徴化の奇妙な形態(79)」とクリステヴァが記したとおりの光景が繰り広げられ、語られる。かつてよろこびに向かって開かれた脚が、同じ形で開かれながら苦痛に苛まれ、快楽のなかで流れた液体に血が混じる。器具を挿入して苦痛をいや増しにしようとする医師を制し、ニンが両手をお腹に乗せ、「指先で至極優しくとん、とん、とん、と叩きながら円を描く」と（p.380）、子宮は反応し始める。それは呪術の儀式のようにも、自己の肉体、そして胎児との対話のようにも思える。

産み落とされ、堕ろされた子は、「閉じた瞳に長い睫が落ちて、完璧に作られた」人形のような女の子だった。彼女によって味わわされた苦痛に憎しみがこみあげるが、「初めての死の創造」「母性の失敗」を実感し（p.381）、怒りは大きなかなしみに変わる。医師は手足が母親似だったと言うが、ニンはミラーに似ていたような気がする、と思う。だが数日後、ミラーが『北回帰線』の出版を報告にくると、「わたしにとってはこちらの誕生のほうが興味深い」と告げる（p.383）。ミラーと自分とのあいだに生まれ／生まれなかった子、つまり再生産（プロクリエイション）と、ミラーと自分の創造（クリエイション）が重ねられ、比較され、そして後者が選ばれる。

「誕生」のエピソードのもう一つのクライマックスは、退院の日に訪れる。子どものころ聖体拝領で神と父を混同して味わったような恍惚感に、ニンは満たされる。

わたしは死んだ。そして朝、生まれ変わった。（略）空を、空と一つになるのを感じ、太陽を、太陽と一つになるのを感じ、無限と神のなかに自分を投げ出した。神がわたしの全身を貫いた。（略）わたしは神のなかに溶けていった。イメージはない。空間、黄金、純粋、恍惚、無限を感じた——深く、必然の聖体拝領。（p.384）

父を自分の所に連れてきてくれない神に絶望し、カトリック信仰を棄てたはずのニンが、この世界に父はいない、と身内の子に告げて、子を堕ろし、みずからも死の間際まで接近した経験ののち、神秘体験としかいいようのないもののなかで再び神を見いだし、神と一体化する。「わたしは生まれ、女になった」とニンはいうが（p.384）、「わたしは生まれ、芸術家になった」ともいうべきだったろう。

ニンは数回の中絶を経験しているが、初めての経験が哲学的・形而上学的・宗教的ともいえる思索とともに書かれたのに対し、無削除版日記第五巻『蜃気楼』で一九四〇年夏の経験を語る口ぶりは、きわめて政治的な、リプロダクティヴ・ヘルス／ライツの意識に貫かれている。[80] 病院で手足を拘束され、精神的苦痛を味わわされたうえに、麻酔もかけずに施術され、甚大な肉体的苦痛にも曝された。唯一の肯定的経験として語られるのは、同じ目的で病院を訪れた女性との、一種風変わりな交流である。カーテンで仕切られて顔は見えないその人に訊かれて、施術の様子を話す。

> 横になり、痛みについて囁きながら、女性とあれほど強い近しさを感じたことはなかった――この、顔も見えず、どこの誰かもわからない女性と。彼女もまた寝台に横になり、原始的な恐怖や、人を殺すといううしろめたさや罪悪感をいだく。自然にあらがう不公平な闘い、男がわたしたちの意志に反して作った法との不平等な闘いを闘い、そのため命を危険に曝し、未熟な者による用手分娩、経済的不正と道徳的非難に身をゆだねる――いま女性はまさに犠牲者である（略）。中絶禁止に対して、どれだけ言葉を費やせばいいのか。（略）母性は使命を果たすべき務めとして、他の職業と何ら変わるところはない。自由意志によって選ぶべきものであり、女性に強いられるべきものではない。[81]

充分に政治的でないと批判されることの多いニンだが、四〇年代の日記に記された言葉は、六〇年代以降の第二波フェミニズムにこそふさわしく、アメリカで中絶の権利を認めたロウ対ウェイド判決が覆され、半世紀前の状態に戻ろうとしている二一世紀現在にこそ読まれるべきだ。それは、有史以来の家父長制のなかで女性たちが共有してきた経験と記憶に裏打ちされた言葉だから、父への愛憎、父との和解と格闘と訣別の物語である『インセスト』とともに読まれるにふさわしい。

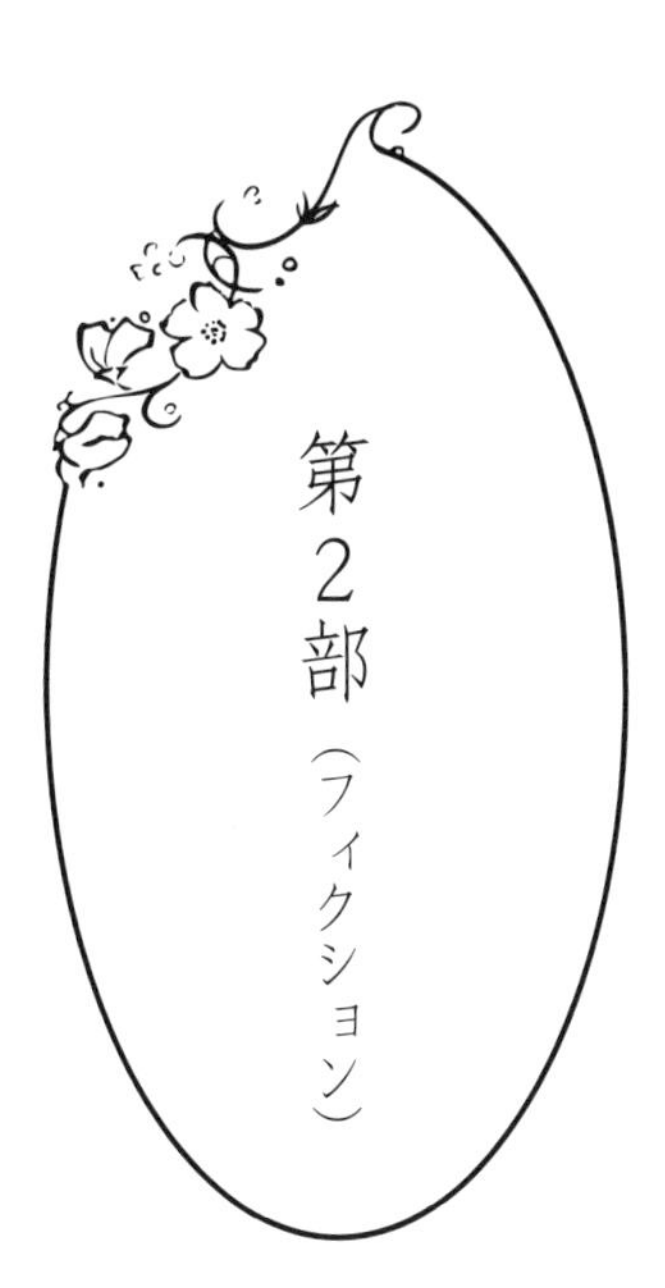

第2部（フィクション）

第5章『近親相姦の家』で夢見る分身たち
——シュルレアリスム・映画・アルトー

わたしは何を言えばいいのかしら？
おとぎ話のふりした真実だけを

『近親相姦の家』

❇種子としての散文詩

詩から出発して戯曲や小説に向かう作家は、シェイクスピアからテネシー・ウィリアムズ、本章で重要な役割を果たすアントナン・アルトー、日本でも島崎藤村から町田康、川上未映子に至るまで枚挙にいとまがない。ヘンリー・ミラーが住んでいたパリの芸術家村めいた袋小路（キュ・ド・サック）、ヴィラ・スーラ(1)を拠点とするシアナ・エディションズ（シアナ［Siana］はアナイス［Anaïs］の逆綴り）から出版されたニン

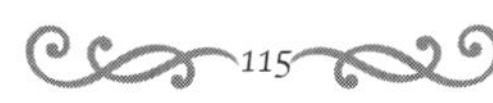

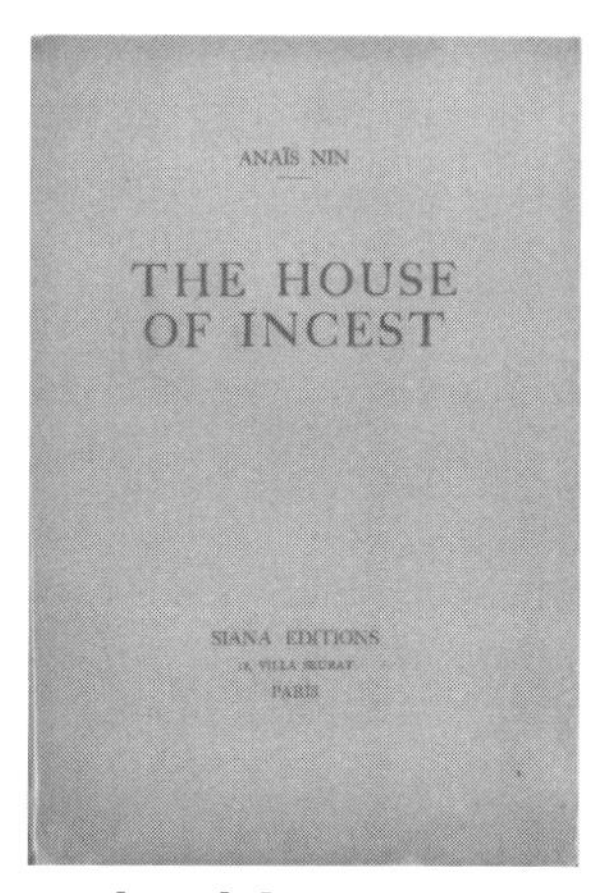

【図 13】『近親相姦の家』
シアナ・エディション初版 1936 年

【図 14】『近親相姦の家』
アナイス・ニン・プレス　1958 年
（ヴァル・テルヴァーグによる
フォトモンタージュ）

の第一創作集『近親相姦の家』も、作家によって「わたしのすべての作品の種であり、のちにそこからいくつもの小説が生まれた詩」[2]であると認識されている。ニンの作品中もっとも前衛的・実験的であるとともに、フィクションの傑作と評価する声も高い[3]。本章は創作家（フィクションライター）としてのニンの原点と考えられる本作を、シュルレアリスム、映画、ミラー、アルトーらからの影響関係を明らかにしつつ論じるものである。

揺籃期の作家として創作の方法を模索していたニンは、一九三三年一一月、ミラー宛ての手紙で、「アルラウネ」という習作を「ファンタジー」と「人間的な本」の二つに分けることにした、と報告している[4]。その「ファンタジー」こそ『近親相姦の家』であり、「人間的な本」は三九年に出版された第一小説集『人工の冬』として結実した。つまり「すべての作品の種」とは、その原型となる種が二つに分かれた片割れであり、ニンの初期二作品は双子ないし分身――ニンが偏愛し、当の二作品にも通底するテーマ――の関係にあることがわかる。アルラウネとはマンドレイクのドイツ語名で、ニン自身の説明によれば、「紫の花をつけ、人体に似た形に枝分かれした根からは麻薬が作られた。創世記に媚薬として描かれたマンドレイクは、当時もいまも、神秘的な力をもつと信じられている(5)」という。心なしかジューンに似た女優、ブリギッテ・ヘルム主演のドイツ映画『妖花アラウネ』（一九二八年）はサビーナの造形に霊感を与えたとされる。一方、ニンは日記に「わたしと踊りながらジューンは言った、アルラウネというマンドレイクのドイツ語名が好きで、それこそが彼女にとってわたしの名前なのだと(6)」と記す。（『ハムレット』が『ハムレット』となる以前の原型的作品を原（ウア）『ハムレット』と呼ぶシェイクスピア研究の顰（ひそ）みに倣えば）原『近親相姦の家』というべき「アルラウネ」を象徴する女性もまた、語り手とアルラウネ、ニンとジューンが「柔らかい髪で接合された(7)」ヤヌスのような存在だったことになる。

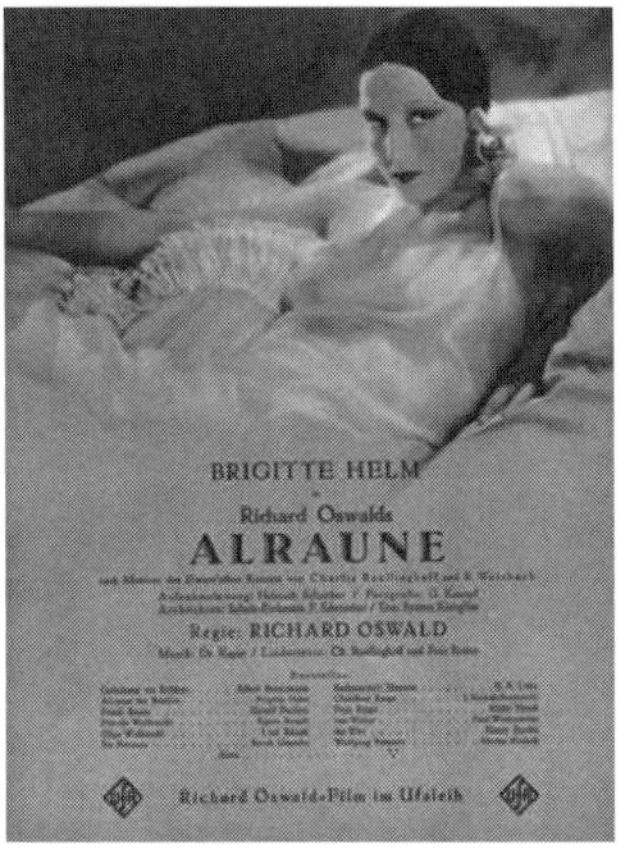

【図15】ブリギッテ・ヘルム
（映画『妖花アラウネ』）

　父と娘の特異な愛を描いた作品「リリス」は『人工の冬』に収められたにもかかわらず、この「ファンタジー」が『近親相姦の家』と名づけられたのは、愛しあう姉と弟や、聖書のインセスト物語に基づく絵画《ロトと娘たち》への言及があり、分身への愛をインセストになぞら

えた面もあるが、ニンから父への暗号めいた意地悪／からかい／告発の身ぶりでもあったようだ。無削除版日記第三巻『炎』では、娘が書いたという作品のタイトルを聞いて（英語が読めないだけに一層）取り乱す父の様子が茶化されている。

ほんとうにおかしくて仕方がない。「近親相姦」とタイトルに掲げたのは、父が怖気をふるうだろうとわかっていたからだし、父の数々の欺瞞への挑戦であり、父の閉鎖性への秘かな懲罰だった。（略）父は自分自身に対してすらみずからを曝け出そうとしない。だから大文字で、表紙に書いてあげたのだ、『近親相姦の家』と。そうして、わたしは笑う。[8]

まさに近親相姦の家の怖るべき娘の面目躍如というところである。本書を読んだダレルは「タイトルはばかばかしい」としながら、「この種のスタイルで書かれていて、こんなにいきいきしたのは読んだことがない。現実と無縁の夢の世界。ほんとうにいきいきしていて、奇妙な毒気がある」[9]とやや興奮気味にミラーに書き送り、一方ミラーは、シュルレアリスムの名に値する作品があるとしたらこれを措いてない、と一旦は述べながら、いやシュルレアリスムではない、「分類しようのない作品だ」[10]と語ったという。

❊霊感の星座群（コンステレーションズ）

シュルレアリスムという星座

いかに分類するかは措くとして、この奇妙（クィア）な作品の影響関係を、いま少し探ってみよう。

アナイス・ニンはシュルレアリスム的作風をもつ作家であるといわれることが多い。ことに三〇年代のニンは、ブルトンが『シュルレアリスム宣言』（一九二四年）を発表した街、パリ——運動の生地にして聖地——に生きていたわけで、シュルレアリスムとの関係については、その近さと遠さを含めて考える必要がある。

『日記』第一巻、一九三二年四月の記述には、「わたしの新しい本、『近親相姦の家』の冒頭二頁を、シュルレアリスト的なスタイルで書いた。『トランジション』とブルトンとランボーの影響を受けている[11]」とあり、インタヴュー・講演集『女は語る』（*A Woman Speaks*）（一九七五年）では「三〇年代、わたしはシュルレアリストのグループに加わったことはないのですが、シュルレアリスムはわたしたちが呼吸する空気のなかにありました。絵画にしろ映画にしろ、見るものすべてがシュルレアリスム的だったのです[12]」と述べる。一方、『日記』第二巻ではブルトンの知性主義への違和感と、それがシュルレアリスムの全面的な信奉者とならなかった理由であると述懐している[13]。また、無削除版日記第五巻『空中ブランコ』では五〇代のニンがパリ時代を回想し、「ブルトンと親しくなろうとしたが、銀行家の妻（ファム・ド・バンキエ）というレッテルを貼られ、不愉快になって距離を置いた[14]」と興味深い告白をしている。ブ

【図16】アントナン・アルトー
（ドライヤー『裁かるるジャンヌ』1928年）

ルトンが主導したシュルレアリスムにしろ、スタインやヘミングウェイに代表される亡命アメリカ人文学にしろ、全盛期は一〇年代だったわけで、ニンはそうした運動やサークルに加わるには「遅れてきた青年」だったのだ。そして、同様に遅れてきた作家の卵であるミラーやダレルと「クーポールの三銃士[15]」を自称して切磋琢磨していたのである。

だが全盛期を過ぎたとはいえ、三〇年代の空気にも充満していたシュルレアリスムの影響を細胞に浸透させたことは、本人の発言のみならず作品に明らかである。その際注意すべきは、シュルレアリスムの首謀者（ドン）であったブルトンが「銀行家の妻」というニンの仮面しか見なかったのに対し、初期シュルレアリスムで中心的役割を果たしながらのちに排斥されたアルトーは、短期間であれニンと魂の近親性を確認しあい、それが作品にも深々と刻印されていることだ[16]。シュルレアリスムの名に値する作品があるとしたらこれを措いてない、いやしかしシュルレアリスムではない、分類しようのない作品だ、と述べたミラーは「少しでもきみに似ている人間がぼくには一人として思いつかない。きみを読んでも思いつくのはきみ自身だけ[17]」と手紙に書く。いまわたしたちがしようとしているのは、文学的孤児の影響関係を探るという、矛盾に満ちた試みなのかもしれない。

ニンは『近親相姦の家』を「女の『地獄の季節』[18]」と呼んだ。ランボーがいわゆる「見者の手紙」で、詩人が見者になるために必要なプロセスとして述べた「あらゆる感覚の、長期にわたる、大がかりな、秩序だった錯乱。あらゆる形の愛、苦悩、狂気[19]」とは、本作執筆時のニンが人生においても創作においても「魂と肉体の実験室」で繰り広げた、過酷な生成の過程と重なる。夢の記録／記憶がもとになっているという作家の言葉や、「現実と無縁の夢の世界」というダレルの評がある一方で、実は本作のそこここには、日記と照合可能な現実のできごとや人物が散りばめられている。だがそれらは日記とも小説とも異なる形で化学変化を起こし、あるいは溶解しあるいは結晶化して、確かに「シュルレアリスム的」としかいいようのない世界を現前させる。夢と現実、昼と夜、意識と無意識、液体と鉱物……といった二つの世界が混ざりあってできたいびつな真珠(バロックパール)のような作品が『近親相姦の家』なのかもしれない。

映画という星座

「シュルレアリスムのもっとも成功した表現[20]」とニンが考えていた映画からの影響も見逃せないが、ヘレン・トゥーキーが指摘するように、たとえば音楽と比較して、ニンの審美的モデルとして映画が論じられることは少ない[21]。

ドイツ映画『妖花アラウネ』のジューンを思わせるヒロインが、サビーナの造形に霊感を与えたことはすでに述べた。そこでアラウネ（アルラウネ）を演じたブリギッテ・ヘルムがマリア／アンドロ

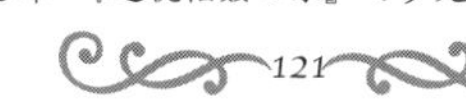

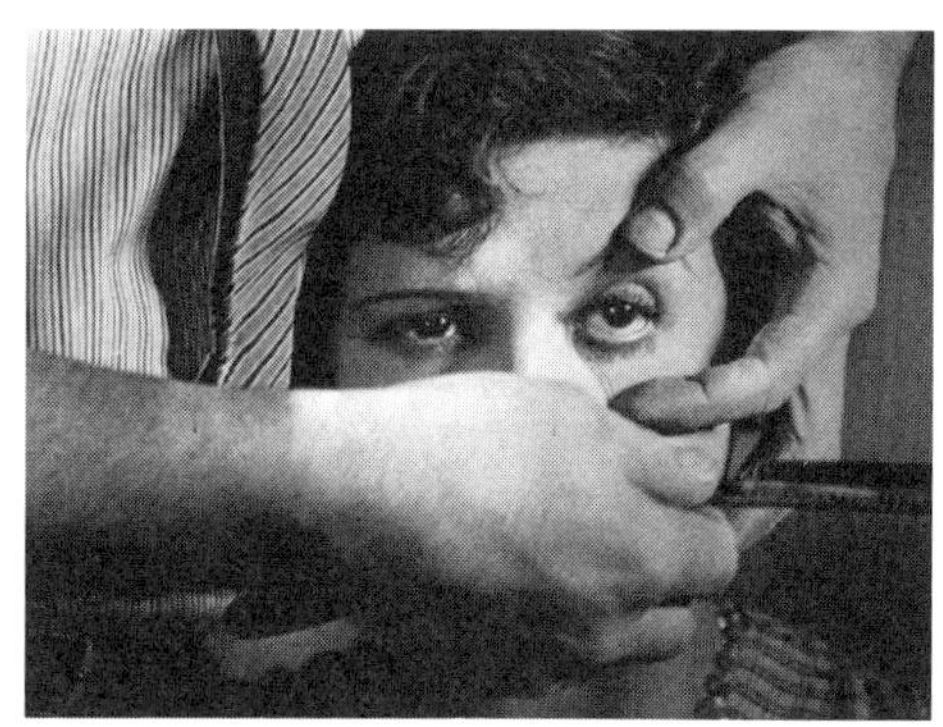

【図17】ブニュエル／ダリ『アンダルシアの犬』

◀【図18】フリッツ・ラング『メトロポリス』

イドの二役を演じるSF映画の金字塔『メトロポリス』(一九二七年)を観たニンは、「世界でもっとも驚くべき映画の一つ、『メトロポリス』を観た。(略)現実と非現実、詩と科学があますところなく表現され、しかも繋がりうるのは映画を措いてない、と昨夜は強く実感した[22]」と興奮気味に日記に綴る。四〇年代、ニューヨークはイサム・ノグチのスタジオでブニュエルに紹介されたニンは、ブニュエルとダリによる『アンダルシアの犬』(一九二九年)をパリで観たときの衝撃を回想する。

ずいぶん昔、屋根裏のシネマテークの、寒いけれど大入り満員の部屋で、初めてシュルレアリスム映画を観たときの記憶が蘇った。青白い顔のアンリ・ラングロワが紹介役だった。(略)それは、商業映画館でない実験映画のクラブとして、初めてのものだった[23]。

三〇年代にミラーと繰り広げた芸術論のなかでニンは、映画がシュルレアリスムのもっとも成功した表現だとしたら、シュルレアリスムの物語と夢に何よりふさわしい媒体はシナリオである、と自説を述べた。

わたしは例として、音のない神秘、『アンダルシアの犬』の夢のシーンの感覚をあげた。何一つ説明されず、言語化されることもない。路上にころがる腕。窓から身を乗り出す女。舗道で転倒する自転車。腕の傷。剃刀で切りとられる眼球。台詞はない。イメージだけが連なるサイレント映画、さながら夢のなかのよう。[24]

映画を観る行為が夢見に似ていることはいうまでもない。ブニュエルは自伝『映画、わが自由の幻想』(*My Last Sigh*)(一九八三年)において「夢そのもの、そして夢見るよろこびへの狂おしいほどの愛(アムール・フ)——それはわたしがシュルレアリストたちと共有した、もっとも重要な事柄である。『アンダルシアの犬』はわたしとダリの夢が出逢うところから生まれた[25]」と制作秘話を語るが、それはニンが『近親相姦の家』日本語版(一九六九年)に寄せた言葉と響きあう。「一九三〇年代、パリでのことであるが、ヘンリー・ミラーとわたしは様々な夢の記録をつくることを始めたのだった。ふたりは、その夢を織り合わせ、ミラーは彼のものを「夜の生のさ中へ」と呼び、わたしは自分の記録を『近親相姦の家』と呼

【図19】シルヴァーレイクの「光の家」
（©Anaïs Nin Foundation.）

んだ[26]」。『アンダルシアの犬』も『近親相姦の家』も、二人の芸術家の「夢のコラボレーション」から生まれたというわけだ。

　残酷さとユーモアがあざなわれ、網膜と神経と脳髄を強打するこのシュルレアリスム映画の傑作は、映画生誕の地パリでシネフィルとなったニンにとっても衝撃だったに違いない。「時速九〇キロで交尾していた金魚が死んだ」(p.20)、「彼女は手鏡で自分をまじまじと見つめ、眼のなかに落ちた睫を探した」など(p.2[illegible])、映画的ともとれる表現が散見される本作もまた、残酷さとユーモアがあざなわれた作品といえる。ニンとユーモアは珍しい組みあわせとも思えるが、作家は「笑いと涙は切り離せない経験だ」と明言している(p.17)。それは、ニンには涙を、ミラーには笑いを、ほぼ独占的に象徴させた『ヘンリー&ジューン』の編集方針とは相容れない認識である。

「わたしは映画という表現自体が好きなのです。小説を読んでいても、さまざまな場面に置かれた人物を見て、映画のような印象を受けます。つまりとても映画志向が強いのでしょうね[27]」とも、「わたしたちの無意識の生は、ほかのいかなる芸術より映画と密に対応している[28]」とも、「それぞれの文明が自分にふさわしい芸術形式を選ぶとしたら、現代文明の表現としては、論理的に映画を措いてない[29]」ともいうニンは、「イメージの時代[30]」であり映画の世紀でもあった二〇世紀の芸術家にふさわし

【図20】マヤ・デレン
『変形された時間での儀礼』

【図21】ケネス・アンガー
『快楽殿の創造』

い感性のもち主だったのだろう。

ある映画評の冒頭でニンは、「夢、幻想、経験のシュルレアリスム的側面[31]」の表現としてアルトーが初期の映画にいだいた夢が、短期間で失われてしまったことを嘆く。だが、アルトーが早々に見失った夢を、ニンは別の形で追い続けようとしたようだ。六〇年代、ロサンジェルスはシルヴァーレイクに、フランク・ロイド・ライトの孫、エリック・ライト（後半生のパートナー、ルパート・ポールの異父弟（ハーフブラザー））の設計による「光の家[32]」を建てたときは、ここでアントニオーニの『夜』（一九六一年）のような映画が撮れるかもしれない、と夢想し、画家サム・フランシスの妻として生きていた出光真子が映像制作の道を歩み始めると、自分もやりたかったことだ、と励ましている[33]。映画作家への夢は夢のままにとどまったが、マヤ・デレンの『変形された時間での儀礼』（一九四六年）、ケネス・アンガーの『快楽殿の創造』（一九五四

【図22】イアン・ヒューゴー
『アトランティスの鐘』

年）、夫イアン・ヒューゴー（ヒュー・ガイラー）が『近親相姦の家』を映像化した『アトランティスの鐘』（一九五二年）に出演したニンは、作家としては異例といえるほど映画と積極的に深く関わったことは確かだ[34]。映画は小説に影響を与えるだろうかと問われたニンは、フェリーニやベルイマンの作品を挙げ、映画と夢が影響を与えあうように、映画と小説も影響を与えあうだろう、と述べる[35]。『近親相姦の家』はヒューゴーによる映画化以外にも、五八年以降の版に添えられたヴァル・テルバーグのフォトモンタージュ、エドガー・ヴァレーズによる音楽『ノクターナル』、ミラーの『シナリオ』等、マルチメディアなアダプテーションを生んでいる[36]。だが、小説と映画が双方向的に影響を与えあい、小説は映画に近づいていくだろうとニンがいうとき、それはいわゆる翻案可能性を超えた、作品内部のメディア翻訳性を示唆しているのではないか。強力な映像喚起力をもつ『近親相姦の家』は、文学から映画への応答とも、読むシュルレアリスム映画とも呼ぶことができる。それはある作品のメディア間翻訳であるアダプテーションとは異なり、一つのメディアを別のメディアに翻訳しようとする、より根源的で尖鋭な冒険なのではないか。

人という星座

人物としては、まずミラーの名を挙げるべきだろう。一九三一年の冬に出逢い、三九年、第二次世界大戦の勃発に際しニンはニューヨークへ、ミラーはダレルの待つギリシャへ向かいパリを離れるまで、二人は作家としても人間としても深い影響関係にあり、それぞれの第一作、『近親相姦の家』と『北回帰線』は、おたがいの存在なしにはまったく違うものになっていた可能性がある。ミラーが教師でニンが生徒、という構図が強調されがちだが、ニンがミラー文学に与えた影響についてはジャック・ラリエや中村亨が指摘しており、ミラー自身、「思いきり削ってくれてもいい」とニンに積極的介入を請い、晩年のインタヴューでも『北回帰線』ほど推敲した作品はなく、そこにはニンの貢献が大きかったと述べている。[37]

ミラーはあるときはまさに厳格な教師のように語法の誤りを指摘し、一方あるときは、きみの書いたものに手を入れようとするなんて傲慢だったと、謙虚な友人のように反省する。[38] 結果としてできあがったものは、二人の影響関係のなかでこそ生まれた作品であると同時に、まぎれもなくニンにしか書きえない作品である。それは、ジューンをめぐるニンの洞察がミラーに計り知れない啓示を与えたとしても、「翼の生えた、セックスをもった、歩くアメリカ」[39]である女性を造形したのはミラーその人であったのと同じことだ。なおミラーの描くジューンについてニンは「あまりにリアリズム的で、直接的だ。ああいう書き方でジューンに到達(ペネトレイト)することはできない」[40]と述べている。

詩人、劇作家、俳優、残酷演劇の創始者にして体現者であるアントナン・アルトーとニンの出逢いは、ニンの精神分析医でありアルトー演劇の支援者（パトロン）であったルネ・アランディによりもたらされた。みずからの天才と狂気、病苦と麻薬中毒に苛まれ続けたアルトーと、郊外に住む銀行家の妻だったニンに共通点はないように思えるが、アランディはニンに「あなたはアルトーを思わせる。ただ、彼は激しい怒りに取り憑かれていて、わたしにはどうしてあげることもできないのですが[41]」と語ったという。アルトーはニンに宛てた手紙で「あなたはぼくと同じ世界の住人です。だが、あなたはぼくにないすべてを与えてくれる。あなたはぼくの相補物だ[42]」と書き、四歳のとき母がつけてくれたという愛称「ナナキ」と署名する。ニンはアルトーに「たぐいまれなる双子性[43]」を見いだし、強く魅かれるが、彼にキスされると死に、狂気に引きずり込まれるような恐怖を覚える。アルトーがモデルとされる短編、「あるシュルレアリストの肖像」の語り手は、残酷演劇の創始者ピエールに「兄（ブラザー）よ、兄（ブラザー）、あなたを深く愛しています。でもどうかわたしに触れないで[44]」と懇願する。アルトーの狂気に関するニンの記述はきわめて二律背反的というか、きわどく矛盾している。『日記』第一巻には「みんなぼくを気狂いだと思ってる。あなたもそうなの？　それがあなたを怖れさせるの？」と問うアルトーに「その瞬間、彼の眼を見ると、彼が狂っているとわかった、そして、わたしは彼の狂気を愛しているのだということも[45]」と綴られるが、「あるシュルレアリストの肖像」のピエールが同様のことを言うと語り手は、「あなたは狂っていないわ、ピエール、あなたが見るものすべてがわたしにも見えるし、あなたが感じるものすべてをわたしも感じるの。あなたは狂ってなどいない[46]」と断言する。アルトー－ピエールが狂っているのか、いないのか、彼の狂気を愛するのか、怖れるのか。一つ確かなのは、狂気

(insanity, madness）という言葉が頻出する『近親相姦の家』という作品、および「詩人にとって狂気は正気より聖性に近いと思える」[47]と言明するこの時期のニンが、狂気と詩を司る見者の領域にもっとも接近していたということだ。

聖書のインセスト物語に基づく絵画《ロトと娘たち》を愛し、『チェンチ一族』を作・演出・主演し、晩年は二人の祖母やアランディの妻イヴォンヌを含む「心の娘たち」[48]との奇妙な親族関係を夢想したアルトーもまた、インセストに取り憑かれた芸術家だった。だが『日記』によれば、アルトーはニンと父の関係を怪しむと、「汚らわしい」と非難したという。[49]男たちは詩や神話に登場する女性の性的逸脱は称揚しても、眼の前にアルテミスやヴィーナスが現れると道徳的審判を下すのだと、ニンはアルトーの二重基準を悟り、魂の兄のもとを去る。

二人が魂の血縁性を感じあったことは事実だろう。のみならず芸術家としても、『演劇とその分身』（一九三八年）の著者とニンは近しい存在だったと考えられる。まだ「アルラウネ」と呼ばれていた草稿段階の『近親相姦の家』に次のような手紙を添えて、ニンはアルトーに送る。

神経の言語と神経の知覚を用いたあなたは御存じのはずです。横たわるとき、そこに横たわるのが肉体——肉や血や筋肉——でなく、宙に浮かび幻覚の蠢くハンモックだと感じるのがどういうことか。あなたはここに見いだすでしょう、あなたの言葉が創りあげる星座群、あなたの感情の断片化への応答を。あざなわれ、並び、寄り添い、こだまし、同じ速度で眩暈（めまい）する響きあいを。（略）

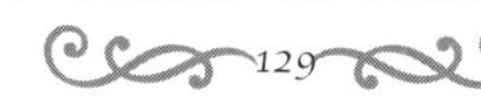

この本の頁をめくれば、きっとおわかりいただけることでしょう、あなたを受けとめるために、わたしが一つの世界を用意したことを。[50]

応えてアルトーも、「あなたの魂の強度、厳密な言葉の選択は、わたしの思考法ときわめて近いものを感じます」[51]と書き、自分にとっては信じがたい苦悩の果てにようやく到達できる知を、いったいあなたはどのように獲得しているのか、と問う。みずからの（悪）夢のなかで安らうことができるというニンと、それは拷問でしかないというアルトーには消しがたい差異もある。が、次節でも触れるように、違和に満ちた身体感覚、異様な輝きを放つ鉱物的宇宙感覚等、『近親相姦の家』はニンとアルトーの芸術的近親性を鮮やかに映し出す。

一方、シャリ・ベンストックは本作とジューナ・バーンズ『夜の森』（一九三六年）が主題・イメジャリーとも並行関係にあるといい、ニン自身はアンナ・カヴァン『眠りの家』（一九四七年）と本作の相似性を指摘する。[52]思えば、オットー・ランクがニンと出逢う以前に『文学作品と伝説における近親相姦モチーフ』及び『分身／ドッペルゲンガー』（一九二五年）を著していたことも、不思議な符号ではある。アメリカ文学の伝統のなかでは孤立しているように見えるニンだが、作家として人間として女性として過酷な生成を生きた、三〇年代のパリという魂と肉体の実験室で、いくつものたぐいまれなる分身たちとの邂逅を果たしていたようだ。

❇『近親相姦の家』のなかから外へ

ではそろそろ、『近親相姦の家』のなかへ入ってみよう。作品は、導入部に加え七つの部分から成るが、導入部は次のように始まる。

朝起きてこの本を書き始めようとしたとき、わたしは咳をした。喉につかえていたものがこみあげてきた。絡みつく糸を断ち切って、わたしはそれを引っ張りだした。ベッドに戻るとわたしは言った――心臓を吐き出したのだわ。(p.1)

さらに、インディオは愛する女が死ぬとその骨からケーナという笛を作る、それは胸に突き刺さるような音色を響かせる、という伝説とともに、「ものを書く人間なら、そのプロセスを知っている。(略)ただ、わたしは愛するものが死ぬまで待ちはしないけれど」と続く(p.1)。まず作品と自己の関係――創作とは自己の分身を生み出す行為であること――が語られ、次いで作品と他者の関係――愛するものの喪失が人を創造に向かわせること、創造とは喪の行為であること――が示唆される。ここからわかるのは、語り手が作家であること、読者がいままさに読もうとしている作品がいかに生まれたか、あるいは創作一般に関わる秘密が吐き出されようとしていることだ。創造物を肉体の外に出す

こと、すなわち創造(クリエイション)と出産(プロクリエイション)の連想はエクリチュール・フェミニン的ともとれるが[53]、自己と肉体のあいだに宿る違和は非 ‐ エクリチュール・フェミニン的でもある。

作品の誕生をメタフィクション的に語る導入部に続き、第一部では語り手の誕生が描かれる。

最初に水のなかで生まれたときのことを憶えている。まわりは黄金(きん)色の硫黄のように透きとおり、骨はゴムでできているように動く。（略）アトランティスの鐘の記憶に満ちた誕生。つねに失われた音に耳を澄まし、失われた色を追い求め、永遠に際(きわ)に立つ。（略）人(ボディ)が逍ると無音の音楽のように大聖堂が揺れる、無音の楽園からはじき出された。（pp.3-4）

あたかも羊水の海にたゆたうような前エディプス的想像界を思わせるが、世界(アトランティス)はこのときすでに失われていること、水と鉱物――流れるものと動かぬもの――が混在していることに注意を払いたい。「額に戴いた宝石から、わたしたちの心(ハート)は血を流した」（p.10）、「アラビアの笛の音(ね)が聞こえると、胸のなかを液体の炎が流れるのを感じた。（略）サファイアの船に乗り、わたしは珊瑚の海を渡った。舳先で歌うと、帆は膨らみ裂けて、裂けた端が燃えあがった。わたしの声で雲も千切れた」（p.19）、「夢はわたしのなかを巨大な銅鑼のように響き渡る」（p.21）、「恒星と惑星の群れが動く音が聞こえる。星々が位置を変えると、少し錆がきしむような音をたてる。星々の通る道は絹のようにしっとりと輝き、星々の呼吸はめぐる」（p.23）、「木星では冷気がアンモニアを凍らせ、水晶みたいなアンモニアのなかから天使たちが現れたのを思い出す」といった表現は（p.25）、「私が通過するとき、世界中のあらゆる石と、広がりの放つ燐光が、私を横切って道をつけるのを私は感じる」「水晶のようなわが肉体の中を、水は波うち流れていった」「緑石（みどりいし）の珊瑚の結晶がくるくる回っている／ダイヤモンドの洞窟を吹く風は／私らの毛穴の水っぽい敷居で／別の空の思いがけない琺瑯を回転させるだろう」「天使のような小さな詩人が／自分の心臓の鎧戸を開く。／いくつもの天がひしめく。忘却が／シンフォニーを根こそぎにする」「ぼくたちは恒星間の激動に飢えているのです／ぼくたちの血のかわりに／おお星の溶岩を注ぎこんで下さい[54]」など、アルトーが初期の詩や散文に書きつけた言葉と交差し、響きあう。液体と鉱物、「際」や「敷居」のような境界的領域、音楽、天使などに加え、髪や根、襞といった繊維状のものも共通のモティーフとしてある。「その風には、硫黄さえたちこめていた。微細きわまる支根が静脈叢さながらにその風を満たし、からみ合う支根からは稲妻が発していた[55]」とアルトーが書けば、「時を超えたサボテンの向こうには竹藪があり、風に永遠に襞をつけられていた」とニンは応答する（p.19）、かのようである。二人の言葉の隣に「植物たちの智慧――たとえ根をそなえたものであっても、植物には外というものがあり、そこで何かとともに――風や、動物や、人間とともにリゾームになる[56]」というドゥルーズ＝ガタリの言葉を置いてみれば、わたしたちは根や襞の分裂・増殖をまのあたりにするだろう。

　夜見る夢の世界を描いた第一部が終わると、第二部では昼と夜が引き剝がされる。作品と自己の誕生に続く世界の誕生だが、語り手は灰の差し染める夜明けの層に落ちていくのか、漆黒の夜の層に落ちていくのかわからぬまま、あわいに墜落する。

次いで登場するサビーナは、『日記』のジューンや「ジューナ」(『人工の冬』パリ版)のジョハンナを連想させるが、散文詩と呼ばれる本作のシュルレアルな抽象度は高い。

彼女はビザンチンの偶像――両脚を開いて踊る偶像だった。わたしは花粉と蜜を使って書いた。(略)彼女のイメージを男たちの眼に刺青した。(p.9)

語り手が作家であることは冒頭から明らかだったが、ここでは彼女が女を描く作家であり、女を愛する女であることがわかる。語り手とサビーナは作家と偶像ではあるが、主体と客体ではない。二人は「不実な関係(perfidious union)」を結んでいるが(p.11)、『ウェブスター英語辞典』によれば、unionには同盟とともに結婚、性交の意味がある。

フルートは嘆き、わたしたちの華奢なからだを風の二重唱が吹き抜けた。羽のベッドで崇拝が欲情に変わったとき、わたしたちの骨がきしんだことをかすかに思い出す。(p.10)

冒頭、ケーナについて説明する語り手は、わたしは愛するものが死ぬまで待ちはしない、と宣言したが、それはこのように、生きた女の肉体を楽器に変え、歌わせるすべを知っていたからなのだ。語り手はまた「女と女のあいだに嘲りはない」というが（p.11）、これは一九三三年四月の日記にもある言葉で、そこには加えて「男のことはいつも笑いそうになる」[57]と書かれている。「酸が不可視の文字（スクリプト）をあらわにするように、音のなかの音、場面（シーン）のなかの場面、女のなかの女があらわになる」と（p.9）、映画的語彙を駆使して語られるのは、おたがいがおたがいに生成変化する女同士の愛だ（「わたしはあなたになる。そして、あなたはわたしになる」[p.13]）。

　第四部「ランヴァンの鏡に映る自分を見つめるナルシス」と表現されるジャンヌのモデルは（p.28）、作家、サン＝テグジュペリの元婚約者、ジャン・コクトーのミューズ、アンドレ・マルロー夫人といくつもの顔をもつ、ルイーズ・ド・ヴィルモランであるとされる。ジャンヌとはまた、姉弟の近親姦的愛を描くジャン・コクトー『恐るべき子供たち』のヒロインのモデルとなった女性（ジャンヌ・ブルゴワン）の名でもある。ニンは「コクトーの『恐るべき子供たち』よりも、ジャンヌと弟の愛をよく描きたい[58]」と目論んでいた。

> 鏡の前に座り、わたしは自分を笑う。髪を梳かす。眼が二つ。二つに分けて長い三つ編みにした髪、足が二本。箱のなかのサイコロを見るように、それらを見る。振って、出てきたら、それでもわたしになるのかしら。こんなばらばらのかけらが、どうやったらわたしになるのかわからない。わたしは存在しない。わたしは肉体ではない。（略）鼻をかんだら、鼻がハンカチにくっついてくるような気がしてこわい。（p.31）

誕生したはずの自己は、箱のなかで振られるサイコロのような、福笑いのパーツのような、いまにもばらばらに砕けてしまいそうな幽き（かそけ）ものでしかない。それは「すぐにあなたは見ることになる／わたしのこの身体が／破片になって飛び散り／そして寄り集まるのを」[59]というアルトーの身体感覚と重なる。乾いた笑いと恐怖を携えて、存在と非在の裂け目、身体の断片化と複数化へとわたしたちをいざなう。

わたしは下手くそな指に引っぱられられるマリオネット。ばらばらの方向に引っぱられ、調子はずれにぎくしゃく、片手はでくの坊、片手はゆらゆら宙を舞う。（p.16）

これもまた「このどん底の痙攣、（略）「個人的な自動人形」の厚ぼったい、猥雑なシルエット」[60]と表現されるアルトーの身体感覚に通じるが、ドゥルーズ＝ガタリは「リゾームないし多様体としての操り人形の糸」[61]に、一者としての人形使いの意図を超える可能性を見いだす。ニンとアルトーの自動人形（マリオネット）のぎくしゃくした猥雑な動きは、違和に満ちながらも多様性に向かって開かれている、もしくは破れている、裂けているといったほうがいいのかもしれない。

弟を愛するジャンヌは、椅子の背に映る弟の影にくちづけ、「わたしたちの愛は叶うことのない、長い影へのくちづけのようなもの」だと言うと（p.31）、語り手を近親相姦の家に招き入れる。[62]そこには決して見つからない部屋があり、静止した海、枯れ木と鉱物の庭が広がる。欲望はあっても快楽はなく、精液も渇いて石化する。それは運動性を欠いた、限りなく死に近い世界だ。

絵画の部屋へ迷い込んだ語り手は、《ロトと娘たち》に遭遇する。この絵の淵源は『創世記』第一九章、同性愛のはびこるソドムとゴモラの町を神が滅亡させようとするが、決して後ろを振り向くな、と言い渡して天使はロト一家を逃がす。その掟を破った妻は塩の柱と化した。ロトと二人の娘は山に逃れたが、血が途絶えることを怖れた娘たちは父を酔わせて交わり、それぞれ子をなした。同性愛とインセストという二大タブーを描く物語は、[63]ルーベンス、クールベを含む多くの画家が画題としてきた。アルトーとニンがルーヴル美術館で観た絵はルーカス・ファン・ライデン作とされてきたが、現在ルーヴルの展示に添えられた説明には「作者不詳、一五二〇年から三〇年にアントワープで活動」とある。

【図23】《ロトと娘たち》

ルーベンスやクールベがもっぱら（タイトルどおり）ロトと娘たちのインセストに焦点を当てるのに対し、この絵では、退廃の街ソドムとゴモラが雷鳴に打たれて燃えあがり、「振り向くな」との禁を破ったロトの妻は塩の柱と化し、手前には天幕から出たロトと娘たちがいて、三つの時間が同じ画面に混在している。おそらくそれが、この絵が喚起するのは「生成（ドゥヴニール）という観念」であり、演劇が言葉を話したら「そうなるはずの姿そのもの」[64]だとア

ルトーが述べる理由なのだろう。

ルーヴルでこの絵を観たときのニンの反応についてアルトーは「芸術への反応が一つの存在を動かし、愛のように振動させるのを見たのは、初めてのことです。あなたの感覚は震え、あなたのなかで肉体と魂が完全に一つになっているのがわかりました。純粋に霊的な感動が、あなたのなかであれほどの嵐を巻き起こすとは[65]」と記す。二人の作家にとってきわめて重要なテーマを絵画として描いたのがこの作品なら、散文詩として言語化したのが『近親相姦の家』だが、後者の語り手は前者に「父と娘、弟と姉、母と息子の打ち消しがたい欲望」、そして「彼らの愛のよろこびと恐怖」を見てとる（p.36）。

分身のような姉妹のような三人の女性たち（語り手、サビーナ、ジャンヌ）は、アルトーがモデルとされる「現代のキリスト」に逢う（p.47）。神経の言語を使う彼は、書くものにおいて語り手の兄だという。先にドゥルーズ＝ガタリを引いて、一者性と多様性をともにはらむ自動人形の両義性について述べたが、「果物の皮を剝くように皮膚を剝がされた」という現代のキリストも（p.47）、まったく同様の矛盾を生きている。

ぼくは庭の心地よさを、皮膚という肉体の表面でなく、全身で痛いほどに感じた。優しく暖かい空気と芳しい香りが針のようにぼくを貫き、孔という孔は血を吹き出した。すべての孔は開き、優しさ、ぬくもり、香気を呼吸した。全身が侵され、貫かれ、反応し、すべての微細な細胞と孔がいきいきと呼吸し、よろこびに震え、ぼくは痛みに耐えかねて叫んだ。（pp.47-48）

全身の皮膚を剝かれ、外／他／世界に対してこれ以上なく開かれ、同時にいわば侵され／犯されてもいる、浸透膜としての自己を生きる彼にとって、生きるとは、震えるほどのよろこびと泣き叫ぶほどの苦痛を味わい続けること――エクスタシーと拷問を同時に経験することだ（第7章で論じる「ジューナ」の、ミラーがモデルとされるハンスについても、「彼の肉体の全細胞は敏感なスポンジだ。（略）彼の肉体の孔という孔は敏感で、侵入されやすく（pregnable）、充ち満ちている」[66]と表現される。悲劇としかいいようのない生を生きた現代のキリスト－アルトーと「幸福すぎて笑いがこみあげてきちまう」[67]というハンス－ミラーは対照的に思えるが、脱男性的、多孔的感受性と生のありようを共有する芸術家であったようだ）。だが、近親相姦の家にとどまる限り、自己は他者によって浸透されるのでなく、他者のなかの自己しか愛せない。ジャンヌによって近親相姦の家にいざなわれた語り手は、現代のキリストによって外へ出ることを促される。

最後に登場する踊り手は、腕のない女の舞踊を踊る。握りしめること、しがみつくことに汲々として、開くこと、手放すこと、流れに身をまかせることを知らなかったため、罰として腕をもがれた女の踊りだという。初めは音楽など聞こえていないようだったが、やがて音楽と地球のリズムに合わせて回り、光と闇に均等に顔を向けながら、なお光のほうへ踊りだしていく姿が描かれる。作品冒頭で、昼と夜のあわいに墜落し、やがてすべてが静止した近親相姦の家に幽閉されていた者が、音楽と踊りによって「動き」を獲得し、「流れ」に身をまかせるすべを知る（p.51）。そのようにして、鉱物のなかに封じ込められ、凍りついていた運動性を解き放ってみせる。アルトーが舞台照明を担当した、エルバ・ウアラ（ニンとパリではハウスボートを、ニューヨークでは出版事業を共有したゴンザロ・モレの妻）の「腕のない女の舞踊」に基づくエピソードである。(68)

詩（ポエジー）と映像（イメジャリー）の氾濫が読む者を圧倒し、解釈を拒むかに見える『近親相姦の家』は、ニンがしばしばユングのものとして紹介する「夢のなかから歩み出る(69)（Proceed from the dream outward）」という言葉を、作品を書くことによって実践してみせた記録と捉えることもできる。魂の兄と呼んだアルトーがそうだったように、インセストに取り憑かれた作家であったニンが、インセストの物語を書くことによってインセストという（悪）夢からめざめ、作家としての自己出産を果たしたのである。

第6章　アナイス・ニンの埋められた子ども

——『人工の冬』パリ版という旅

❇『人工の冬』パリ版への旅

二〇〇七年、アメリカのアナイス・ニン研究誌『カフェ・イン・スペース——アナイス・ニン・リテラリー・ジャーナル』[1]を発行するスカイ・ブルー・プレスから、『人工の冬』パリ版が復刻された。これは、一九三九年、パリのオベリスク・プレスから出版されながら、諸般の事情により七〇年近く埋もれてきた同書を、誤植も含めて忠実に再現したファクシミリ版であり、ニン研究にとっての事件であるとともに、個人的にも待望の出版だった。

そもそも『人工の冬』パリ版なるものの存在を知ったのは、『カフェ』の前身である『アナイス——インターナショナル・ジャーナル』（一九八三—二〇〇一年）第七号で、「ハンス&ジョハンナ」と

【図24】『人工の冬』
スカイ・ブルー・プレス版（2007）

【図25】『人工の冬』
オベリスク・プレス／パリ版（1939）

題されたテクストを見つけたときのことである。編集者ガンサー・ストゥルマンによれば、それは一九三九年にパリで出版された『人工の冬』にのみ収められた小説「ジューナ」の一部であり、無削除版日記第一巻として刊行された『ヘンリー&ジューン』の小説版にあたるという。さっそく読んでみると、『ヘンリー&ジューン』や編集版の日記と比べても作品としての結晶度が高く、濃密（デンス）にして赤裸々（ネイキッド）という印象を受けた。描かれるのはなるほど『ヘンリー&ジューン』と同形の特異な三角関係だが、わけても女性（同士）の性／愛をめぐる繊細な描写と洞察に眼を見張った。以来「ジューナ」の、そしてパリ版の全容を知りたいという欲求に突き動かされたわたしは、『人工の冬』パリ版への旅に発つことになった。

　まずは、ニューヨーク公共図書館の所蔵を突きとめた。が、はるばる出向いてさんざん待たされたあげく、帰ってきた答えは「所在不明(ミシング)」の一言だった。[2] 次に向かったのは、アメリカの古書サイトである。そこには、ニンが知人への手紙で述べたところでは五〇〇部印刷されたパリ版が、[3] コンスタントに何冊か出品されていた。スカイ・ブルー・プレス版の出版以降、稀少性が薄れて値が下がったようだが、二〇〇〇年代にはおおよそ五〇〇から一〇〇〇ドルの値がついていた。そのなかから表紙のない一冊を三〇〇ドルほどで入手、一読して、いよいよ傑作であることを確信した。

本章は、アナイス・ニンの埋められた子どもというべき『人工の冬』パリ版の数奇な運命を、その時代的・地政学的特殊性および人的ネットワークの背景を含めてたどるとともに、その早すぎた埋葬の謎に迫る。

❇環大西洋的・環大陸的ネットワーク
——シェイクスピア&カンパニー、オベリスク・プレスと仲間たち

二〇世紀には、若く才能がありながらいまだ周縁にとどまる作家や、主に「猥褻」の咎により禁書・焚書の憂き目に遭った作品を支援し、時に出版の手助けをする「作家のための書店」や小規模出版社が、大西洋の両側に存在した。その先駆けとなったのは、いまもパリ左岸、二〇一九年に大火に見舞われたノートルダム大聖堂の足もとに佇む、シェイクスピア&カンパニーである。その誕生はノート

【図26】シルヴィア・ビーチ

ルダム大火のちょうど一〇〇年前の一九一九年、アメリカ人女性シルヴィア・ビーチが、デュピュイトラン通り八番地に英語書店を開いたときに遡る（のちにオデオン通り一二番地に移転）。もともとは（ジッド、ジョイス、スタインらが会員に名を連ねる）貸本屋として始まったが、英語圏からの観光客をあてにして販売も始め、一九二二年、『ユリシーズ』の出版により世界文学史に名を残した。英米で発売禁止処分を受け、途方に暮れるジョイスに救いの手を差し伸べたのが、出版の知識も経験もなく、ただ本を愛する心と大作家への尊敬に突き動かされた、ジョイスいうところの「若く勇敢なヤンキー[4]」だった。「海の向こうに存在する抑圧によって利益を得ることになろうとは、予想だにしなかった[5]」とビーチがいうとき、「海」という言葉で彼女が意味したのは大西洋だろうが、そこにはドーヴァー海峡も含まれねばならない。「世界中の発禁本はまずパリで出版された」の文字が表紙に踊るヒュー・フォードの『パブリッシュト・イン・パリ』によると、ビーチは一九二五年の時点で「現代文学の最重要人物の一人」と、彼女の書店は「ヨーロッパにおけるアメリカ最重要の文学的拠点[6]」と評されたというが、英語文学の惑星的歴史を考えるうえで、この小書店の果たした役割は大きい。

ミラーが「あの美しい、日本人のような面差しの友人、ミス・ニン[7]」をともなってビーチのもと

【図27】ジャック・カハーン

【図28】モーリス・ジロディアス

を訪れ、『北回帰線』の出版について相談すると、ビーチはイギリス人ジャック・カハーンの経営するオベリスク・プレスを推薦したという。ビーチが困難をものともせず、作家の煩雑な要求にも応えて出版をやり遂げたのは、それがジョイスだったからであり、D・H・ロレンスの『チャタレイ夫人の恋人』（一九二八年）も「残念ながら断らざるをえなかった。（略）わたしが出したい本は一冊だけ、『ユリシーズ』のあとに何がありうるでしょう、とは言えなかったけれど」[8]と述べている。

結局ミラーは『北回帰線』、『黒い春』（一九三六年）、『南回帰線』（一九三九年）をオベリスク・トリロジーとして出版、さらに『マックスと白い食菌細胞』（*Max and the White Phagocytes*）（一九三八年）はダレルの『黒い本』（一九三八年）、ニンの『人工の冬』とともに、ミラーが当時住んでいた通りの名にちなみ、ヴィラ・スーラ・シリーズと呼ばれた。オベリスクの出版目録にはほかに、ジョイス『フィネガンズ・ウェイク（抄）』（一九三〇年）、ホール『孤独の井戸』（一九三三年）、ロレンス『チャタレイ夫人の恋人』（一九三六年）等が含まれる。三九年にカハーンが急逝すると、息子のモーリス・ジロディアス（ナチスの迫害を逃れるためユダヤ系の名を棄て、母方の名に改名）はオリンピア・プレスを起こし、レアージュ『О嬢の物語』（一九五四年）、ナボコフ『ロリータ』（一九五五年）、ホッフェンバーグ&サザーン『キャンディ』（一九五八年）、バロウズ『裸のランチ』（一九五九年）等いわくつきの本を出し続けた。これら名だたる異端（ないし異端的正当）の書は、大半がアメリカやイギリスで発売禁止の憂き目にあった作品である。フランスでの出版については検閲の対象にならないという、法の網の目をかいくぐった隙間産業的な面もあったようだ。

イギリスで猥褻出版物禁止法が成立したのは一八五七年、アメリカで同法に相当するコムストック法が成立したのは一八七三年だから、まさにヴィクトリア朝の真ん中である。『北回帰線』の発売禁止が米最高裁判決により解除されたのが一九六四年――こちらは第二波フェミニズムの初期――であることを考えると、二〇世紀も後半に至るまで、アングロサクソン圏には性表現をめぐる強い禁制が働いていたことがわかる。ニンが繰り返し批判したピューリタン的風土は、法によっても下支えされていたわけだ。

二〇世紀、性的タブーの壁に阻まれた作家を救うための、英―米―仏を結ぶ地下水路的(サブテレニアン)アングロ―フレンチコネクションがあったと考えられる。そこでは、フランス語圏をいだくカナダも意外な役割を果たしていた。ビーチの回想録によると、『ユリシーズ』のアメリカへの密輸に大活躍したのがへミングウェイで、発禁処分のないカナダの友人宅にまとめて送らせたのち、ズボンの前と後ろに一冊ずつ仕込み、「妊夫みたいな格好になって」[9]フェリーで何往復もしてアメリカ本土に持ち込んだのだという。実に文学への愛、作家への尊敬、書店主への友情がなければできないことである。アメリカの「亡命文学」というと、アメリカからフランスへの移動／視線にのみ注目しがちだが、ヨーロッパ大陸から海を越えてアメリカ大陸を、または海峡を隔てたイギリスをまなざ（し返）すことも、モダニズムの再考に新たな視点をもたらしうるだろう。

本節の副題を「シェイクスピア&カンパニー、オベリスク・プレスと仲間たち」としたが、シェイクスピア&カンパニーとオベリスク、オリンピアには少なからぬ差異もある。前者のビーチは、多くの作家がオデオン通りの店をパリの住所にし、一方で彼女と店を支えるために尽力するなど、作家と厚い信頼関係を築いたが、カハーン、ジロディアス親子は作家とのトラブルが絶えなかったようだ。カハーンは回想録でミラーの才能を絶賛し、われこそ発見者なりといいたげだが、[10]ミラーは彼を蛇蝎（だかつ）のごとく嫌い、自作の出版もカハーンの功績とは認めず、いやいや出版したのにそれすら忘れている、と切り捨てる[11]（とはいえ息子のジロディアスは、回想録の少なからぬ頁をニンとミラーに割き、『人工の冬』は『北回帰線』への女性からの応答であるとの洞察と、誰も読まないヴィラ・スーラ・シリーズを書評用に出版社・新聞社に送る作業は、「現代の有害な不条理の完璧な隠喩と思えた」[12]と——モダニズムと不条理の親和性も想起させつつ——あながち説得力がないわけでもない皮肉を記している）。

また、ビーチが「一冊の本だけの出版者」[13]を自認し、あとは書店主に徹したのに対し、カハーン、

【図29】ジョージ・ホイットマン

ジロディアス親子は揃って山っ気が強かった。バー「セシル」の常連だったカハーンは、GIや英語圏からの観光客をあてにして、セシル・バーなる筆名でソフト・ポルノを執筆、それが主たる収入源だったようだ。実際、オベリスク、オリンピア両社の出版目録に並ぶのは、モダニズムの粋というべきハイ・リテラチャーとポルノ的トラッシュ・リテラチャーのハイブリッドである。だがそれは、エリオットの『荒地』（一九二二年）において、西洋文明・文化の正典的アイテムと大衆文化的アイテムが混在していることとも、少なからぬモダニズムの傑作が「文学かポルノか」の論争や裁判に繋がったこととも、ニンが小説や散文詩と並びエロティカを執筆したこととも、おそらく無縁ではない。（ニンの導き手の一人だった）フロイトが性的抑圧と無意識を結びつけて精神分析学を打ち立てたのも、二〇世紀前半のことだ。モダニズムおよび二〇世紀の知にとって、セクシュアリティをめぐる問題がいかに重要なものだったかということだろう。

オベリスクの出版事業は一九二九年から三九年に至る両大戦間の一〇年、ジロディアスのオリンピアはパリでは一九五三年から六五年までの一二年活動した。一方ビーチは、一九四二年、ドイツ人将校からすべての本を没収すると脅迫を受けると店を畳み、六二年に亡くなるまで再開することはなかった。だが、ビュシュリー通りに「ミストラル」という英語書店を開いていたアメリカ人青年、ジョージ・ホイットマンがビーチの遺志により店の名を継ぎ、一九六四年、ミストラルはシェイクスピア＆カンパニーとして生まれ変わった。新生シェイクスピア＆カンパニーが先代から引き継いだのは店名だけではない。作家と読者に出逢いの場や、場合によっては食事や寝床まで提供する懐の深さも共有していた。オベリスクのカハーンが亡くなり、第二次世界大戦が始まった一九三九年にアメリカへ戻ったニンも、五四年のパリ再訪時に店を訪ねている。

セーヌ河沿いの本屋は、かつて知っていた本屋と同じではないが、似た雰囲気がある。ユトリロが描いた家のように、土台もしっかりしておらず、小さな窓にがたのきた鎧戸、そして、ジョージ・ホイットマンがいる。栄養不足で髭づらの、本に囲まれた聖人。本を貸し、二階に文無しの友人たちを泊め、本を売る気はあまりなく、店の奥の狭くて足の置き場もないような部屋に、机と小さいガス・ストーヴを置いている。本がほしくて来た者たちは、皆残って話をしていく。その傍らでジョージは手紙を書いたり、郵便物を開けたり、本を注文したりしている。狭くて信じられないような階段があり、弧を描いて彼の寝室、もしくは共同寝室へ続いていく。彼はそこにヘンリー・ミラーやほかの訪問者を泊めたがるのだった。トイレは三階下の地下にある。本だらけの部屋がもう一つ、それから廊下に小さいコンロがあって、彼はそこでみんなのために料理をふるまうのだった。(14)

【図 30】フランシス・ステロフ

【図 31】ゴサム・ブック・マートの看板「賢者はここで釣りをする」

一九七四年、先の引用が収められた『アナイス・ニンの日記』第五巻の出版に際しサイン会が行なわれたときは、店からサン＝ミッシェル広場まで長蛇の列ができたといわれ、ニンとホイットマンのロマンスを囁く声もある[15]。ホイットマンが二〇一一年に亡くなると、娘の（いうまでもなくビーチにちなんだ）シルヴィアが後を継ぎ、以前にもまして世界中から客が集い、賑わうようになった。また、詩人のローレンス・ファーリンゲッティはソルボンヌ留学時代にホイットマンと親交があった。彼がサンフランシスコで開いたシティ・ライツ・ブックストアは、大西洋をはさんだシェイクスピア&カンパニーの姉妹店といえる（実際二人の晩年には、合併の話が実現寸前までいったようだ[16]）。

　大西洋の向こうの東海岸に眼を向けると、一九二〇年、つまりシェイクスピア&カンパニー開店の翌年、フランシス・ステロフがニューヨーク西四五丁目にゴサム・ブック・マートを開いた（二三年に西四七丁目五一番地、四六年に西四一丁目に移転）。ジロディアスの回想録には、オベリスクのアメリカ唯一の得意先として「ニューヨークの有名な前衛書店、ゴサム・ブック・マートの元気なフランシス・ステロフ」[17]が紹介されている。ニンはアメリカへの帰国直前、「あなたの本は全部わたしの所に送りなさい。任せておいて」[18]という手紙をステロフからもらい、一九四二年、『人工の冬』をジーモア・プレスから出版したときは資金援助を受けている。

人生へのカムバックを果たすため、超人的な努力を払う。［ゴサム・ブック・マートの］フランシス・ステロフを訪ねた。わたしたちにとって、シルヴィア・ビーチがパリで果たしたのと同じ役割を果たしてくれた人だ。わたしたちの本のために尽力してくれた彼女が、優しく暖かい笑顔で迎えてくれる。本に囲まれて忙しそうだが、彼女の自慢は本からたくさん学ぶことというより、本を愛する心だ。何時間も立ち読みする人も歓迎するし、無名の雑誌、無名の詩人も歓迎する。ジェイムズ・ジョイス協会は彼女の店で会合を開く。一時くらいになると、本の出版を祝うティー・パーティーが開かれる。店には写真がたくさん飾られている。ヴァージニア・ウルフ、ジェイムズ・ジョイス、ホイットマン、ドライサー、ヘミングウェイ、オニール、Ｄ・Ｈ・ロレンス、エズラ・パウンド[19]。

大西洋の両側で同時期に同じスピリットをもつ書店が、パリでは外国人女性により、ニューヨーク

【図32】シェイクスピア＆カンパニー
現（3代目）店主シルヴィア・ホイットマン

ではロシア移民二世の女性により開かれたことになる。ニンがより親交を深める機会をもったのはステロフで、彼女が信奉する神智学教会の集まりに誘われたり、ニンの講演旅行にステロフが同行したりしている。一九七二年、ニンをめぐるイベントがニューヨークで開かれるとステロフも登壇し、ニンをはじめとする作家との信頼関係が書店を育ててくれた、と述べるとともに、『アナイス・ニンの日記』を読んだことが「八五歳にしてわたしを解放してくれました(20)」とも告白した。

独立系書店の環大西洋的ネットワークを考えるうえで、注目すべき証言がある。ビーチとステロフのもう一つの共通点はユダヤ系であることだが、ドイツ占領下のフランスで、半年の収容所生活を経て解放されたビーチに、アメリカで定職があれば帰国を許されるだろうとの予測のもと、ゴサムから正式な仕事のオファーがあったというのだ(21)。海を越えた女同士の絆を示すエピソードだが、おそらくビーチは公私にわたるパートナー、アドリエンヌ・モニエとのもう一つの絆を選んだのだろう、申し出が実現することはなかった。

ニューヨークで『ユリシーズ』や『チャタレイ夫人』、『北回帰線』を売るということは、ある時点まで犯罪でありえたわけで、ゴサムで長く働いたタネンバームによると、ステロフが裁判所に出廷したことも一度ならずあり、実際に逮捕され、ランダムハウスの創業者、ベネット・サーフの取り計らいで出獄を許されたこともあったという。[22]「生きている作家はまさに生きるために書くのであり、そうした作家の手になる良い本のために、彼女ほど尽力した者はいない」[23]とアメリカ初の女性桂冠詩人、ルイーズ・ボーガンが述べるとおり、シェイクスピア&カンパニーと並ぶ「作家のための書店」の主だったステロフは、一九八九年に一〇二歳で亡くなる数週間前まで、店で采配を振るい続けた。彼女の死後も、宝石商が軒を連ねるダイヤモンド・ディストリクトの一角で店は続けられたが、二〇〇七年、「賢者はここで釣りをする（Wise Men Fish Here）」と刻まれた看板はついに下ろされることとなった。ゴサムのコレクションはペンシルヴェニア大学図書館に寄贈されたが、そのなかにはニンの個人蔵書も含まれている。[24]

❈『人工の冬』パリ版の旅

アナイス・ニンの初期三作（『私のD・H・ロレンス論』『近親相姦の家』『人工の冬』）は作家のパリ時代に書かれたためもあり、初版はいずれもパリで出版された。だが、他の二作がその後も版を重ねたのに対し、『人工の冬』パリ版だけは、英語圏での刊行すら二〇〇七年を待たねばならなかった。オベリスクから出版されたヴィラ・スーラ・シリーズ（ミラー『マックスと白い食菌細胞』、ダレル『黒い本』、ニン『人工の冬』）はすべて発禁処分を受けたが、前二者は六一年の猥褻法失効以降アメリカで出版さ

【図33】ジーモア・プレス版『人工の冬』
イアン・ヒューゴーによる銅版画

れるようになったのに対し、パリ版だけが七〇年近く埋もれていたのはなぜなのだろう。『人工の冬』という名の旅を、もう少したどってみる必要がある。

銀行員である夫の転勤にともなう一五年のフランス生活（それは彼女にとって帰郷でもあった）に別れを告げたニンは、ニューヨークはグリニッチ・ヴィレッジに居を構えた。そこで、ヴァージニア・ウルフやガートルード・スタインもそうしたように、自著を中心に印刷・出版したのである。[25] 出版事業のパートナーであり恋人でもあったペルー人、ゴンザロ・モレ（Gonzalo More）の名にちなんだジーモア（Gemor）・プレスの第一作に選ばれたのが『人工の冬』の改訂版で、ゴサム・ブック・マートのフランシス・ステロフともう一人の友人、スリーマ・ソーコルの経済的支援により実現したものだ。だが、ジーモア版はパリ版と大きく異なっていた。わたしはジーモア版も古本サイトで購入したが、表紙を飾るのはオベリスクでなく、ニンの夫イアン・ヒューゴー（ヒュー・ガイラー）による銅版画であり、普及版三ドル、サイン付きデラックス版五ドルと記されたゴサム・ブック・マートの注文票、さらにレベッカ・ウェスト、ロレンス・ダレル、カール・ヴァン・ヴェクテン、ウィリアム・カーロス・ウィリアムズらの推薦文が添えられていた。

作品内部の異同としては、書名から定冠詞が落ちたのはマイナー・チェンジとしても、パリ版の冒頭を飾っていた「ジューナ」――『アナイス』誌上でわたしをパリ版に導いてくれたあの小説――が影も形もなくなっていた。代わりに冒頭に置かれたのは、パリ版で「リリス」と題されていた父娘物語だが、こちらはなぜかタイトルが欠落していた。タイトル・内容とも原形を保っているのは、精神分析医と患者の関係を描く「声」――三編のなかで比較的タブー性の少ない作品のみだ。結局のところ、ジーモア版には二編の作品しか収められていない。しかも、どちらもパリ版の約三分の二の長さになっている。両編とも性的にあからさまな言葉や描写が削られたほか、「リリス」からは登場人物の年齢や時代、場所を特定する表現の大半がなくなり、書物から「ジューナ」が消えたため、「ジューナ」と「声」の両方に登場するハンスは、ジーモア版の「声」からも姿を消している。三九年一〇月の日記で「わたしの美しい『人工の冬』、青服に身を包み、陰鬱で、まるでサトゥルヌスに使える僧のよう、アトランティスの空に浮かぶオベリスクを表紙にいだくあの本は、戦争とカハーンの死により、息の根を止められてしまった[26]」とその喪失を嘆いた本の改訂版としては、何か異様で暴力的な印象は拭えない。

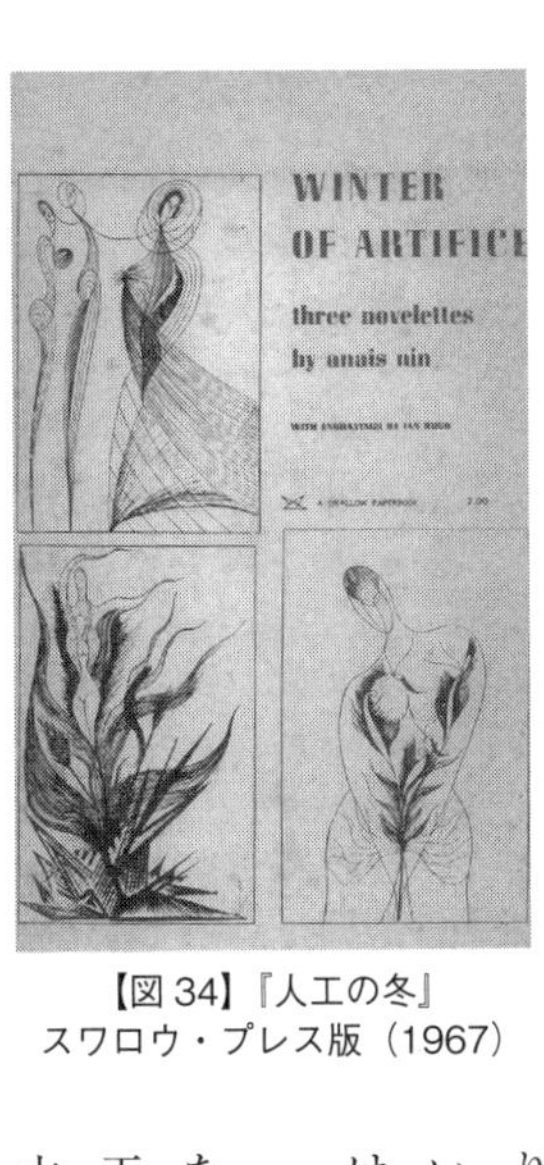

【図 34】『人工の冬』
スワロウ・プレス版（1967）

『人工の冬』という名の旅は、だがそこでも終わらなかった。現在世界中の読者がアナイス・ニンの『人工の冬』というタイトルで容易に入手できるのは、六一年にスワロウ・プレスが出版したものを定本としている。そこでは「ジューナ」の欠落はまったく別の作品「ステラ」（女優のルイーゼ・ライナーと劇作家クリフォード・オデッツがモデルとされる恋愛小説）によって埋められ、「リリス」は書名と同じ「人工の冬」に改題された。原形に近いのは、ここでもやはり「声」のみだ。そして、四二年のジーモア版と六一年のスワロウ版の間にもさまざまなヴァリエーションが存在し、研究者を混乱させる。アナイス・ニンがいかに変奏／変装を好む作家とはいえ、あまりに韜晦（とうかい）がすぎるのではないか。

ベンジャミン・フランクリン五世はジーモア版に施された改変について、アメリカの読者と検閲を意識した面もあろうが、概ねニンの作家としての成熟を示すものとの見解を示す。[27]なるほど、収められた二編とも三分の二に縮約された分、冗長さが減じたとはいえる。だが成熟というだけでは、「ジューナ」が忽然と姿を消したわけも、「リリス」からタイトルが剝がれ落ちた理由も説明することはできない。フランクリンはまた、ニンの初期作品にはミラーの影響が大きく、ニン自身そのことを不満に思っていたと述べる。確かに、パリ版をニンの最高傑作と呼び、復刻を望むポーラックへの手紙でニンがそう書いていることも、パリ時代のニンとミラーが濃密な影響関係にあったことも事実だ。[28]だが、作家としても人間としても女性としても、激しく劇的な生成の時期に書かれた一連のテクストは、創作にせよ日記にせよ、アナイス・ニンがもっともアナイス・ニンらしい時代だったともいえるのではないか。加えて、『人工の冬』の三年前、やはりミラーとの恋愛・協力関係のもとで書かれた『近親相姦の家』を、フランクリンがニンの最高傑作と評していることを考えれば、論理的矛盾といわざるをえない。

『人工の冬』パリ版は、ヘンリー&ジューン・ミラーとの関係（「ジューナ」）、父との特異な愛（「リリス」）、精神分析の問題（「声」）と、ニンにとってきわめて重要な三つのテーマを描いている。また、パリ版では三作の登場人物は重なりあい絡まりあっており、連作中編集としての有機的整合性を獲得しているのに対し、ジーモア版以降の諸版でそれが損なわれていることは否めない。みずから「わたしの美しい本」と呼んだ第一小説集の有機的整合性を犠牲にしても、ニンが隠蔽しなければならないこととは何だったのだろう。ミラーとの個人的関係を批評家に書かれることは「わたしの人生に重大な損害をもたらす[29]」とニンが述べていること、ジーモア版で削除されたのが「リリス」でなく「ジューナ」であったことを考えると、人類の普遍的タブーとされるインセスト以上のタブー性を、「ジューナ」という作品がニンにとってもっていたということだろうか。

ジョハンナがいつの日かこの本を読むことがありませんように。（p.89）

という作品内の言葉が、もう一つの手がかりになるのではないか。本章冒頭で述べたとおり、「ジューナ」には女性（同士）の性／愛をめぐる繊細な描写と洞察が含まれている。だが、ジョハンナがジューナに愛を告白しながら「あなたは残酷で賢い人。（略）残酷よ、ひどく残酷」と言うように（p.99）、ジョハンナという女性の「仮面を剝がす」作業が冷酷さをともなうことも確かだ（p.78）。この作品がヘンリー&ジューン・ミラーとニンの三角関係に基づくものであることは明らかだが、パリで出版され、長く埋もれていたパリ版をジューンが読む可能性は低い。だがアメリカで出版するとなれば、ジューンの眼に触れる確率は格段に高くなる。先に引いたゴシック体――原文ではすべて大文字――で書かれた言葉は、作品に唐突に挿入された、作家の叫びにも似た願いだったのではないか。とすれば、「声」のエンディングに加えられた改編も同じように考えることができる。一度は神に喩えられた精神分析医が、パリ版の最後では「興奮した案山子」「死臭漂う「声」」など（pp.285, 289）、散々な書かれ方をしている。「声」のモデルとされるランクは三四年にニューヨークに渡っているから、読む可能性があるとすればジーモア版だろう。パリ版の赤裸々さ、描かれた人間たちに対する酷薄さが、ジーモア版改編の背後にある可能性を示唆して本章の筆を置き、作品論は次章以降に譲りたい。

第7章　反『ヘンリー&ジューン』小説としての「ジューナ」

❇『ヘンリー&ジューン』と「ジューナ」

『人工の冬』パリ版が出版されたのは第二次世界大戦前夜だったが、アナイス・ニンが「両親の突然の離別によって外国へ移住を余儀なくされた、母子家庭の長女」[1]としてニューヨークの港に降りたったのは一九一四年、まさに第一次世界大戦の勃発と期を一にしていた。愛する父のいるヨーロッパを離れ、たどりついたアメリカは「すばらしき新世界」というより奇妙な異郷であり、ニューヨークの地下鉄で乗客たちがガムを噛むのを見た弟が「あの人たち反芻動物なの?」[2]と尋ねるエピソードを、ニンは繰り返し紹介している。だが、スペインからアメリカへ向かう船の上で、投函されない父への手紙、または旅の記録として書き始めた日記を、手書きからタイプに起こし、何度も書き直し、打ち直し、フィクションとして、また『アナイス・ニンの日記』という作品として、幾通りにも語り直す

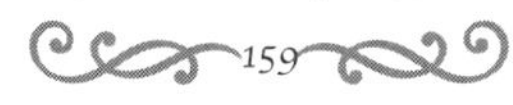

アナイス・ニンこそ反芻動物のような書き手というべきであり、そのテクスト群はまぎれもないパリンプセストの様相を帯びる。本章は、長く失われていたパリ版のなかでももっとも失われた作品であり、スカイ・ブルー・プレスによる復刻版が出たとはいえ、一般読者にはいまもほとんど知られていない「ジューナ」を取りあげ、ニン文学の秘密を握る作品として浮かびあがらせるとともに、セクシュアリティを描く作家としてのニンの先見性・実験性・前衛性に光を当てることを試みる。

「ジューナ」の背景にあるアナイス・ニンとヘンリー&ジューン・ミラーの関係を、いま一度簡単に復習しておこう。『アナイス・ニンの日記』第一巻の読者は、そこで作家の友人夫妻として、少々遅い文学的青春をパリで謳歌するミラーと、悪魔的な魅力を湛えたその妻、ジューンに紹介されることになる。それが実は友情を超えたバイセクシュアルな三角関係であることが白日のもととなったのは、『ヘンリー&ジューン』が出版された一九八六年、『日記』の出版から数えてちょうど二〇年後のことだった。フィリップ・カウフマンによる同名映画（一九九〇年）の効果もあって世界的ベストセラーとなり、新しい読者を獲得するとともに、古くからの読者や生前のニンを知る人の一部には、偶像破壊的なショックを与えたようだ。そして奇しくもほぼ二〇年後の二〇〇七年、『人工の冬』パリ版は、あたかも死海文書のように読者のもとに届けられた。その巻頭を飾る「ジューナ」は原(ウァ)『ヘンリー&ジューン』であり、最良のヘンリー&ジューン物語であるとともに、二一世紀の読者をも驚愕させずにおかないであろう、性をめぐる洞察が散りばめられている。反芻動物のように、あるいは強迫神経症患者のように特定のテーマを変奏し続ける作家、アナイス・ニン——彼女にふさわしいのは現代批評的な読み直しよりも、古代から中世のヨーロッパで行なわれたという、羊皮紙を読み重ねるような作業かもしれない。『アナイス・ニンの日記』第一巻、『ヘンリー&ジューン』、そして「ジューナ」という三種類のテクストを前にして、わたしたち読者に求められるのは、複数のテクストから響いてくる複数の声に耳を澄ますこと、アナイス・ニンをパリンプセストとして読み重ね、読み解いていくことだろう。

第2章では、『ヘンリー&ジューン』には「女性の（性的）成長物語」という枠組みが与えられているのだろうか、という問いを設定し、少なくともそのような筋として読めるし、それが編者の意図／筋書きだったのだろう、と示唆した。編者が「編者の前書き」に署名のあるルパート・ポールであれ、その後明らかになったようにハーコート社のジョン・フェローンであれ、男性であることがおそらくここでは重要なのだ。ヘンリー・ミラーという、ニンより一〇歳以上年長で人生の裏側も知り抜いた「父親のような」「強い男」に導かれ、アナイスが「女になる」までを描くというプロットは、異性愛主義的で家父長制的、つまり凡庸かつ反動的であると指摘することもできる。[3] その枠組みのなかでジューンは背景に退き、アナイスとジューンの性／愛を描くレズビアン・エレメントは希釈される。カウフマン映画のエンディングも、若き日の作家と生き写しの女優、マリア・デ・メディロスが車のなかで涙を流し、原作最終頁の言葉（「昨夜、わたしは泣いた。わたしが女になった、そのプロセスがつらいものだったから、泣いたのだ」）を口にして、ミラーを演じる役者は自転車で伴走しながらおどけてみせるという、象徴的な図柄だった。涙を流すアナイスと、いつも楽しく陽気なヘンリー、悲劇的なアナイスと喜劇的なヘンリー——だが実は、アナイスの涙で終わるあの結末は、編者の反対に抗して、ニンのパートナーでありアナイス・ニン・トラストの責任者であるポールの執拗な介入の結果であることが（ニンをめぐる所有権争いさながらの）往復書簡で明らかになっている。[4] メロドラマ的なプロットとキャラクター設定が『ヘンリー＆ジューン』の商業的成功に寄与したであろうことは想像に難くない。

ところが「ジューナ」を傍らに置いてみると、『ヘンリー＆ジューン』の七〇年近く前に出版された小説／虚構が、日記／生の記録をあらかじめ脱構築していたかのような、奇妙に脱臼した既視感を味わわされることになる。女同士の愛憎劇を立ち聞きされたかもしれないと怖れた二人の女が、抜き足差し足隣の部屋を覗いてみると、彼女たちの別種の愛憎の対象である男は、薔薇色の頬に幸福そうな笑みを浮かべ「泥のように眠り、鼾（いびき）をかいていた」とゴシック体で結ばれる。[5]「ジューナ」のエンディングは、その少し前でも少しあとでも悲劇の様相を帯びていたであろうバイセクシュアルな三角関係を、一瞬だけ喜劇のほうに揺り戻し、そして宙づりにする。修羅場の隣室で泥のように眠る男の無神経な幸福、その悦ばしい笑いが三人を包む、まさに一瞬の奇跡のような、悲喜劇（トラジコミック）的なエンディングである。翻って、ポールが『ヘンリー＆ジューン』で固執した涙のエンディングは、わかりやすいがやや安手とも思える。「かなしいけれど——ドラマティックで予言的な（略）ヘンリー—ジューン—アナイス物語へのすばらしいフィナーレ[6]」だというポールの判断を、彼岸の作家はどう受けとめたのだろう。「仮面の微笑」を浮かべるのみだったろうか（p.17）。

やはり第2章で、『ヘンリー&ジューン』の主人公はヘンリーでもジューンでもなく、タイトルから抜け落ちた第三項、アナイス・ニン以外にはありえないと、ある意味で当然すぎることを書いた。無削除版日記第一巻の出版を遡ること四七年前に書かれた小説のタイトルには、まさにこの第三項を占める女性の名が掲げられている。ニンがみずからの分身である語り手に与えたジューナという名には、ニンが愛した二人の女性――ジューン・ミラーとジューナ・バーンズ――の名が折り畳まれ、重ねあわされているだろう。この名前の女性は連作小説『内面の都市』(*Cities of the Interior*)(一九五九年)にも繰り返し登場しており、二〇世紀前半にパリ左岸で活躍した女性を論じるシャリ・ベンストックによれば、「ニン作品においてもっとも重要な人物名」[7]だという。もしかすると、ニンは作品を書きながら、愛した二人の女性に繰り返し変身したのかもしれない[8](父にもらった名前を盗まれたと、バーンズは激怒したというのだが)。ジューンを思わせる女性にはジョハンナ、ヘンリーとおぼしき芸術家にはハンスという名が与えられている。『ヘンリー&ジューン』には編集版日記でほぼ完璧に隠蔽されていた夫ヒューゴーが登場し、第三の男というべき位置を占めるが、小説である「ジューナ」に夫の文字はない。第四の女と呼びうる、作家の妻のかつての恋人――『ヘンリー&ジューン』のジーン――はヒルドレッドと名を変え、想像上の場を確保している。興味深いことに、ジューナ、ジョハンナ、ヒルドレッドという三人の登場人物、さらにニンがタイトルでオマージュを捧げたバーンズを加えた四人の女性は、全員がバイセクシュアルと考えられる。いまパリでジューナとジョハンナの未知なる愛の形に驚愕するハンスは、かつてニューヨークでは、ヒルドレッドとジョハンナへの嫉妬に苦しめられたのだった。男性的バイタリティーを体現するかに見えるハンスは、なぜかつねに女に寝取（コキュ）られる男として描かれる。

とはいえ、「プロコフィエフのようにも、中国の賢人のようにも、ドイツの学者のようにも」見えるとされ（p.9）、一文無しでもベッドが蚤だらけでも、幸福すぎて笑いがこみあげてくると、くつくつと笑っては熊のように頭を左右に振ってみせるハンスは、ニンが描いたミラーの肖像として、もっとも魅力的といえるだろう。対するジューナは、ニン作品の女性には珍しく、実によく笑う（九〇頁の作品中、計二七回、laughまたはsmileという言葉が彼女に対して使われている）。あまつさえ「わたしはまばたき一つしない。絶対に泣かない」と宣言する（p.44）。原『ヘンリー&ジューン』であるこの小説は、語り手の人物造形において反『ヘンリー&ジューン』と呼びうるのだ。ジューナの笑いは、どちらかというと均質なハンスの笑いと違い、初々しい笑い、晴れやかな笑い、男への嘲笑、さらには「仮面の微笑」まで、はるかに陰影に富んでいる。冥王まさ子は、原麗衣（あきえ）名で出した『アナイス・ニンの日記』文庫版の「訳者あとがき」で、ニンを天女と呼び、そのかろやかでしなやかな羽ばたきに憧れた。[9]本作でも、「香水の霧のように透きとおっている」とされ（p.56）、そのしなやかな強さを讃えられるジューナは、しばしば天女とも精霊とも呼びたいような不思議を湛えている。だが同時に、一切の感情を押し殺してジューナが纏う仮面の微笑とは、大庭みな子の「山姥の微笑」と同質のものだろう。天女と山姥の二項対立があるとしたら、それはレイ・チョウのいう聖女とふしだら女の二項対立、[10]もしくは家庭の天使と娼婦の二項対立同様、男の浅知恵にすぎないことを知っているニンは、ジューナとともに微笑み、メデューサのように笑うだろう。
パリ版に収められていた「ジューナ」が――「ジューナ」だけが――ジーモア版から姿を消した理由は、ジューン‐ヘンリー‐アナイスの三角関係について、作家が望む以上のことを明かしてしまうからだろう、とノエル・ライリー・フィッチは推測する。(11) それがもっともわかりやすい理由であることは確かだ。前章では、作家が女の仮面を剝がすしぐさの酷薄さが関係しているのではないか、と示唆した。その謎をさらに探るため、作品への「深海潜水(ディープシー・ダイヴィング)」(12)を試みよう。

❇ハンスとジューナ

わたしは微笑んだ、仮面の微笑を。

「ジューナ」

「ジューナ」はパリのカフェのシーンから始まる。ワインがテーブルにこぼれ、ハンスの青い瞳が光り、銀食器やグラスやコインのぶつかる音が響き、「ペダルを踏んで声を反響させるように」「決まって、ふぅむというようなつぶやきで終わる」ハンスの柔らかい声がころがる（p.9）。味覚、臭覚、視覚、聴覚、（柔らかい声が間接的に喚起する）触覚と、五感すべてへの刺激、ころがり反響する声や音が帯びる運動性と音楽性、こぼれる酒が暗示する過剰と横溢、おそらく酒はその端緒にすぎない陶酔と酩酊――都市の酒場のさんざめく空間が眼の前に立ち現われるような、身体と都市と世界が接続した運動体として感じられるような、祝祭的官能性に満ちた描写だ。通過儀礼を前にした乙女さながらの語り手に焦点をあてた『ヘンリー&ジューン』の冒頭とは、およそ異なる風景である。作品の枠組みとなる冒頭と結末、さらに人物造形においても、「ジューナ」はあくまで『ヘンリー&ジューン』にあらがおうとするかのようだ。

ハンスとジューナの関係において重要なのは二人が芸術家であることで、本作は女性作家による先駆的性愛文学であると同時に、芸術家とは何かを描く芸術家小説でもある。ジューナは自分たちが「夢見ながら書き、食べながら書き、ファックしながらも書いている。わたしたちほど勤勉なカップルってないわ」と言うし（p.65）、ハンスは「ぼくたちの狂気を、大切な花のように育てよう」と促す（p.53）。テッド・ヒューズとシルヴィア・プラス、フィッツジェラルドとゼルダ等作家同士のカップルはいるが、書いて愛する関係の様態を主要テーマの一つとして描いた作品は珍しいのではないか。それは「わたしたちの共同作業がもたらす恍惚、つねに肉体と精神がともに燃えあがる二重のクライマックス、創造と愛というこの二重の炎」を書きつける作業にとどまらない（p.18）。「あなたはわたしの言葉を盗んだ」とジューナはハンスを告発し、「もう尽くすのはおしまい。（略）わたしだって盗んでやる。（略）ハンスを愛するより、自分の本を愛する」と宣言する（p.45）。シクスーが一九七五年に記した「女性による「言葉」の「奪取」[13]」に先んじること三六年、ジューナはアナイス・ニンの尽くす女というイメージを裏切る。ジョハンナも「[ハンス]は神じゃない……もう、違う。わたしが、わたしこそが神よ。(略)あのひとのために払った犠牲が、わたしを偉大にしたんだわ」と述べて(p.91)、脱ファム・ファタール宣言をする。創造者=神としての男性芸術家というイリガライ的問題意識も繰り返し語られるが、「神なんて偽物（フェイク）」と言い放つ本作のジューナは(p.52)、神との「密約」[14]を打ち明ける『信天翁の子供たち』のジューナより過激である。

ハンスとジューナの性愛表現に続き、彼が眠りに落ちたあと、「わたしは赤い井戸の底に横たわり、笑っていた。わたしのよろこびは無限のスパイラルを描いて昇っていった」というジューナの描写は(p.33)、フロイトやラカンが知ることを切望して叶わなかった女の悦楽（フェミニン・ジュイサンス）の一つの開示といえるだろう。ジューナはまた、ハンスの本が身内でわが子のように大きくなるのを感じるといい、「まったき母(all-mother)」とも呼ばれる(p.64)。一方で、彼女はハンスを「おとぎ話のように美しい嘘」であやしながら(p.65)、彼の「たいそうな演説を秘かに笑う」(p.55)。これは創造（クリエイション）と出産（プロクリエイション）をめぐるエクリチュール・フェミニン的問題系に呼応しつつ、母性の本質主義をかろやかに笑うふるまいだろう[15]。

一方、「彼の肉体の全細胞は敏感なスポンジだ。飲み、食べ、吸収する、スポンジ状の物質からなる一〇〇万の細胞。彼の肉体の孔という孔は敏感で、侵入されやすく(pregnable)、充ち満ちている」と表現されるハンスのありようは(p.47)、男性的セクシュアリティを逸脱している。第2章では『ヘンリー&ジューン』における「貫通の女性化」を指摘したが、ここで描かれているのは「男性の肉体の女性化」ではないか。『近親相姦の家』ではアルトーがモデルとされる現代のキリストについて同様の表現がみられるし、それはジューナによる芸術家の定義――「多くの顔をもち、飄々としていて、流動的で、とらえがたい（multiple, and detached, fluid and amorphous）」――とも似ている（p.41）。芸術家とは多孔的かつ女性的ないし両性具有的な存在であるとの認識は、ドゥルーズ＝ガタリも共有するものだ。

エクリチュールが女性への生成変化を産み出すこと、一つの社会的領野を隈なく貫いて浸透し、男性にも伝染して、男性を女性への生成変化に取り込むに足るだけの力をもった女性性の原子を産み出すことが必要なのだ。とても穏やかでありながら、厳しく、粘り強く、一徹で、屈服することのない微粒子。（略）ロレンスやミラーなど、最も男性的で、男性至上主義のきわみといわれる作家たちもまた、女性の近傍域、もしくはその識別不可能性のゾーンに入る微粒子を受けとめ、放出し続けることになる。彼らは書くことによって女性に〈なる〉のだ[16]。

ドゥルーズ＝ガタリがミラーの内に見いだし、一九八〇年出版の『千のプラトー』で「女性への生成変化」と名づけた現象を、ニンが三〇年代において言語化し、作品化していたことの意義は大きい。

芸術家同士であるハンスとジューナの関係は、恋愛と性愛と友愛が渾然一体となった、たぐいまれなものだ。だがこの稀有な関係はその絶頂において、輝きはやがて失われ、金の薄片のように剝がれ落ちてゆくだろうという喪失の予感に染め抜かれている。ジューナが全身鏡の前でイヴニング・パーティーに出かける支度をし、ハンスがソファに横たわってそれを眺める場面を、長くなるが引用しよう。

窓は庭に向かって開かれており、ハンスは言った。「これはまるで『ペレアスとメリザンド』のセットだ。夢そのものだ（略）。そこに立つきみはほとんど透きとおっている、きみが振りかける香水の霧のように。もっと香水をかけるんだ、水彩画に「色止め」を施すように。アトマイザーを貸してごらん。きみのからだじゅうに香水を振りかけよう、きみが水彩画みたいに消えてしまわぬように」（略）

あの日の温度、あの温度のなかで血は花開き、皮膚は極小の孔を、もっとも秘かに折り畳まれた花弁のように広げた。あの日の温度は、わたしの人生で何度も繰り返されるだろう。だが温度は再生されても、ソファに横になってわたしの着替えを見ていたハンスと過ごした時は、二度と戻らない。彼の言葉も、わたしの応えも、もう二度と。彼が口にしたのは、首を絞めるようにあの日の息の根を止め、まるごと封印しておきたいという、暗い願いだった。そうやって色も温度も消し去ってしまえば、あの日のかけらたりとて繰り返すことはなく、断片が全体を想起させ、一〇年後、アストゥリアスに座るわたしを不意打ちすることもないだろう。黄金、息を止めたかのようにそよとも動かぬ空気、温度、でもそこに彼はいない、彼の言葉も、わたしの応えもない。

できごとの歯痒いような不完全さやかけがえのなさは、さまざまな気分や感情や役柄のもと、舞台設定だけを繰り返すだろう。未来のいつの日か、鏡の前でまた香水をつけ、あの過ぎし日の断片(かけら)だけを繰り返すとき、あの終わらなかった、再現しえない時が、わたしのなかに痛みを呼び覚ますのだろうか。そんなものは殺してしまえ、さもなくば、何時間でも座って言葉をジャグリングして、封じ込めてしまうのだ。(pp.56-58)

「わたしの知る英語で書かれた散文のなかで、もっとも魔法のようで魅惑的で、ノスタルジーを掻きたてるものの一つ[17]」とポーラックが述べたように、未来へのノスタルジーにも似た喪失の予感に満ちた描写は、さながらクリムトの絵を思わせる。二人の恋人たちがその予感を共有していること、恋(または人生)が虚構のようなものとして捉えられていること、そして、このかけがえのない瞬間においても、いやだからこそ、それをいかに言語化するかという作家意識に貫かれていることに留意したい。

❁ジョハンナとジューナ

そしてわたしは菫色のインクで、あの夜のことを書きつけた。

「ジューナ」

「ジューナ」はジョハンナがニューヨークからパリに現れる前後で二分されるが、冒頭から不在の彼女について語りあうハンスとジューナがすでに欲望の三角形に絡めとられていることは、『ヘンリー&ジューン』と同じである。ジューナはハンスに「あなたの友人であり、彼女の友人でもありえた人はいないわ。（略）二人のうちどちらかを選ばないわけにはいかないのよ」と言う（p.12）。だが彼女は、二人のうち一人を選ぶ選択をしないばかりか、二人の友人とも恋人ともなる。女になるか芸術家になるかの二者択一をランクに迫られたニンが、最後まで語る女として生きたことも想起しうる。

ジョハンナが戻ってきたら、自分たちがたがいに悪意をもつように仕向けるだろう、と怖れるハンスにジューナは、「わたしたちのあいだにあるもの、絆を、ジョハンナは理解することもこわすこともできないわ」と言う(p.17)。『ヘンリー&ジューン』では、同じことを案じるジューンをアナイスが「わたしたちのあいだには、すばらしい秘密があるでしょう。わたしがあなたについて知っていることは、わたし自身の知識だけに基づいている」と諭す場面がある。日記の語り手も小説の語り手も、語る女としてのヤヌスにしてバイセクシュアル二重スパイという、危険な役割を演じる。ハンスとジューナの関係の要点が芸術家同士のカップルであることだとすると、ジョハンナとジューンの関係の要点は、いうまでもなく女同士であることだ。そして、異性愛のある理想型を示すかに見える前者が、ビザンチン絵画の金のようなはかなさに裏打ちされていたとすれば、後者は二つの深淵がたがいを覗き込むような、差異と同一化がくるくる螺旋を描いてころがり落ちていくような、狂気と隣りあわせの愛である。

　わたしがジョハンナになりたいのと同じくらいに、ジョハンナもわたしになりたがっているのがわかった。二人ともどんなにか、肉体を交換し、顔を交換したいと思っているかがわかった。(p.103)

　わたしたちがともにあることとほかの女たちの絆に、似たところがあろうなどとは思いもよらなかった。わたしたちはわたしたち自身の比類なさを信じ、全世界を脇に追いやった。およそ比較などということはプライドが許さなかった。ジョハンナとわたし、二人きり、知識も経験も脱ぎ捨てて。（略）裸のままで、過去の汚れなど知らずに。（略）

二人の女。異様なるもの（ストレンジネス）。（略）新しい肉体、新しい魂、新しい知性、新しい言葉。わたしたちはそのすべてをわたしたち自身のなかから創りあげ、わたしたち自身の現実を象る（かたどる）だろう。無垢。ほかの昼やほかの夜、ほかの人に繋がる根はない。わたしたちの欲望と恐怖の顔を、新たに見つめる強さ。（略）新しい声。ジョハンナの声はかすれ、息もできない。わたしの声は彼女の呼気と同じ、ほとんど声にならない息だけ、それほどにもわたしたちは怖れていた。（pp.101-02）

ランボーの『地獄の季節』（一八七三年）には「ぼくは新しい花、新しい星、新しい肉体、新しい言葉を発明しようとした[18]」と語彙レベルで重なる表現がある。それはランボーのいう「女たちの地獄[19]」もしくは女たちの性／愛の荒野で、ジョハンナとジューナが試みたことでもあり、ニンが『人工の冬』の構想段階で、「ロレンスが同性愛を扱ったより、ラドクリフ・ホールがレズビアニズムを扱ったより率直に描く[20]」と述べたときに意図したことだったのではないか。

わたしはジョハンナの天才となろう。（略）ハンスとわたしがたがいの作品をもち寄り、ジョハンナの肖像を描くとき、わたしは彼女の不思議を至るところに刻印し、明らかにし、彼が決して彼女から逃れられないようにしよう。わたしはジョハンナのなかに溶け、もはや彼に彼女の欠点など見つけられないようにするのだ。（p.19）

ジューナはハンス同様、創造者としてジョハンナに相対する。が、それは芸術家とミューズ、主体と客体といった二項的なありようではなく、「ジョハンナのなかに溶け」、対象と一体化することによって行なわれる。このことは、ボーヴォワールが『第二の性』で女性同士の愛について述べた言葉と重なる。

女同士の愛は瞑想的だ。愛撫は他者を所有するためというより、相手のなかにゆっくり自己を再創造するために行なわれる。差異は揚棄され、闘いも、勝ち負けもない。まったき相互依存の状態において、たがいが同時に主体であり客体であり、女王にして奴隷となる。一元性は相互性となる。[21]

ジューナとジョハンナの関係は二者間で完結するのでなく、ジョハンナとハンスを結びつけもする(「彼を彼女に、いっそう完全な形で結びつけるのだ」[p.19])。一方、「彼がわたしを愛撫するとき、ジョハンナとわたしが渾然一体となった混合物で、わたしは彼に毒を盛る。かつて男に仕掛けられた、もっとも深い裏切り」というとき(p.20)、ジューナはジョハンナと女同士の同盟を結び、ハンスを憎み(「今夜、わたしたちはハンスが嫌い。男が嫌い」[p.94])、笑い、毒を盛る。[22] ここには女のホモエロティシズム、ホモセクシュアリティのみならず、ホモソーシャリティまでが明確に言語化されている。女同士の絆をユートピア的に語るのでなく、それを(甘美な)毒として、(愛という名の)悪として提示し、さらには同盟を結んだ相手への嫉妬も隠蔽されることはない(「ジョハンナが死んでくれたら」[p.35])。永遠に反転をやめない球体のような関係が成立するのは、それが三角形に流れる情熱とバイセクシュアルな欲望に染め抜かれているからであり、そこに両性性(バイセクシュアル)/両性愛のモンスターとしてのジューナがいるからだ。とりわけ、破滅的な夫婦喧嘩の場に同席したジューナが、深い理解をもってハンスと見つめあい、すぐにジョハンナのあとを追って優しく抱きしめる性／愛の家の二重スパイぶりは、人を震撼させずにおかないだろう。

二人の女が「一足で七里ゆくおとぎ話の靴を履き、笑って宇宙を駆け抜ける」とき（p.93）、男たちの眼は「社会がわたしたちに与えた名で呼んだ」という（p.96）。その名とは、オスカー・ワイルドの同性愛裁判で発せられた「敢えてその名を語らぬ愛」と近しい名であるに違いない。憎悪と嫉妬と侮辱に満ちた男たちの視線をあざ笑うように踊り続ける二人の女を、ウェイターは「あんたたち二人、出ていきな！」と追い出す（p.97）。社会の同性愛嫌悪と女性嫌悪は、三角形の一点であるハンスにも共有される。ジョハンナとジューナに怒りと憎悪のまなざしを向けると、アフリカ人が嘘つき女の首にかけたというネックレスの話をして、「きみたち二人とも、さぞ似合うだろうよ！」と毒づく（pp.97-98）。ジョハンナ－ジューンとジューナ－アナイスの嘘は自他ともに認めるものだが、男性中心主義・ロゴス中心主義批判において「女性は、欺瞞の形象あるいは潜在態（ピュイサンス）として、弾劾され、貶め（おとし）られ、軽蔑されます(23)」というデリダを参照するなら、彼女らは反－ロゴスの仮面として嘘を身に纏ったとも考えられる。が、一度はジューナと語りあうなかで、内面化した女性嫌悪を克服したかに見えたジョハンナも、女同士の性愛の一夜が明けると、「レズビアンごっこをしてみせた」だけだと（p.106）、作中初めて使われる「その名」を挙げて、同性愛嫌悪をあらわにし、ジューナに呪詛の言葉を投げつける。対するジューナは、わたしたちは敵ではない、と語りかける。やはり少し長くなるが引用しよう。

ジョハンナ、ジョハンナ、もしあなたがわたしたちのあいだに憎しみを掻きたてたら、あなたは魔法の絆をこわし、わたしたちがたがいを認識するようにはわたしたちを認識しない世界に、二人を投げ込むことになるでしょう！　彼でさえ気づきえなかったすべてのこと！　彼がわたしたち二人のうちに愛しえなかったすべてを、わたしたちはいかに繊細に摘みとり、たがいを養い、愛への、愛における微妙なものへの飢えを癒したことでしょう！　それは、女の知による癒しでした。いまこのときにこそ、彼の指のあいだからこぼれ落ちるいっさいがあるというのに、わたしたちは競争の、寒々しい闘争の痛みに目覚めなければならないのでしょうか。（略）すべてのありふれた時間を驚異のレベルに引きあげるわたしたちの力——それはみな失われてしまうのでしょうか、ジョハンナ。失われていいわけはない。わたしの腕のなかにいて。わたしたちの不実な同盟(perfidious alliance)を続けましょう。一緒なら、わたしたちは女王、だからわたしたちは勝つ。いがみあい、憎しみを育てれば、わたしたちはたがいを不具にしてしまう。（略）これは裏切りではなく、間結婚（インターマリッジ）であり、三位一体であり、三角形に流れる情熱なのです。なのにあなたは、敵を見るような眼でわたしを見る。わたしはあなたを完成しただけ。でも、わたしもあなたなしには完成しない。あなたは奇跡の可能性をつぶしてしまう。たった一つのキスで、一夜のうちに、孤独と怖れと痛みを破壊したあなたとわたし——女たちのあいだのありとあらゆる苦痛と怨嗟、何世紀にもわたる戦争は、わたしたちの柔らかい双子の肉体のうちに埋葬されたのです、ジョハ

ンナ。彼のまわりを回るあなたとわたし。あなたの傷つきやすさとわたしの傷つきやすさ。わたしはいつだって、彼の攻撃を癒すすべを見つけてみせる。(pp.105-06)

驚くべき明晰さと繊細さをもって女から女への愛を語り、同時にレズビアニズムないしバイセクシュアリティの困難をも見据えた言葉である。ロレンスよりもホールよりも率直にレズビアニズムを語る、と述べたときニンが意味したのは、芳(かぐわ)しく柔らかい女の悦楽も、暗い鏡のなかを覗き込むような深淵も、女同士の愛が女性嫌悪に反転しうることも含めた、ありとあらゆることを書くという決意だったにちがいない。女の肉体で愛しあい、女の知でわかりあい、女の言葉で語りあうジューナとジョハンナの世界は、ハンスには参入することの許されぬ世界だった。女性‐作家つまりヤヌスであるニンが、女から女へ手渡され、女のあいだでのみ流通する「秘密」を言語化し作品化したことは、もしかすると女の秘密を売り渡す行為ともなりかねない。だがおそらく、「不実な同盟」としてのレズビアニズムと、「間結婚」としての不倫と、「三位一体」としての三角関係を合わせたこの情熱がありうる可能性は、奇跡の可能性ほどでしかなくて、ジューナとハンスの関係同様に、失われることを運命づけられていただろう。そうだとしても、だからこそ、いっさいが瓦解する予感に満ちた物語の最後に、高いびきで眠りこけるハンスを見つめる二人の女という、トラジコミックな三角形を提示してみせたニンの作家的手腕こそが、奇跡的な荒技と思える。[24]

アナイス・ニンの埋められた子どもというべき『人工の冬』パリ版のなかで、なぜ「ジューナ」がもっとも深く長く埋葬されていたのかという問いに対し、ミラーとの関係を知られることを避けたのだろうという推測があり、ジューンを傷つけることを怖れたのではないかとの示唆があった。本章を結ぶにあたり、その問いへの答えとして、新たにつけ加えるべきことはあるだろうか。ジョハンナや娼婦たちが掻きたてる嫉妬の強度は、ジューナからハンスへの真摯な愛情告白ともとれ、ニンにとってのミラーという存在の大きさを改めて思い知らされる。ジョハンナを崇拝し、死の果てまでついていくと誓いながら、同時に相手の死を願う二律背反の激しさも、この自伝的作品の作家を無防備にしうるだろう。二人の女が混然一体となった混合物で男に盛った毒が、書き手をも浸食する。魂と肉体の実験室で行なわれた実験の数々と、それを遂行した者たちの稀有な三角関係を描いたこの作品は、作家にとってもあまりに赤裸々で酷薄な、両刃の剣のような危険性を秘めていたのではないか、という第三の提案をして、本章を閉じたい。

第8章　精神分析——父／娘の誘惑

朝食を食べながら、ヘンリーはわたしを見つめた。「千の船を旅立たせた顔だな」
「いいえ」とわたし。「千の分析医を煙に巻いた顔よ」

『炎』

ランクの作品は、彼の誘惑の一部だった。作品は、誘惑を生き延びた。

『アナイス・ニンの日記』第七巻

❊新しい知

フロイトによる「無意識の発見」と精神分析学の創出は、二〇世紀に行なわれた知の地殻変動の一つといっていいだろう。その後この新しい知はユング、ラカンと複数の支流を生みながら、二一世紀現在に至るまで文学、哲学をはじめ人文学一般に少なからぬ影響を与え続けている。事実、文学作品を精神分析批評で読み解く試みは枚挙にいとまがない。一方、精神分析をテーマにした文学作品として、本章で取りあげるニンのそれ以外には、イマジスト詩人H・Dがフロイトに分析を受けた経験を書いた『フロイトにささぐ』、フランスのフェミニスト、エレーヌ・シクスーがフロイトの有名な症例を戯曲化した『ドラの肖像』（一九七六年）、学者作家、キース・オートリーによる『ホームズ対フロイト』（一九九三年）、ダイ・シージエのフェミナ賞受賞作『フロイトの弟子と旅する長椅子』（二〇〇三年）等がある。

ニンは二〇代後半にパリで分析を受けて以後、終生この知と情動の装置を手放さず、「わたしは精神分析にすべてを負っている[1]」と公言する。さらに、パリ国際大学都市にオットー・ランクが開いた心理学センターで学び、ニューヨークで半年ほど彼のもとで患者を診ていたこともある。患者と分析家、両方の立場で精神分析と関わり、なおかつ作品化している文学者というと、アナイス・ニンくらいのものだろう。そのいわば特権的立場に基づき、彼女は日記においても小説においても、微に入り細に入り分析の内外を描いて、時に分析医を戯画化し、「書くこともまた侵犯である」という独自のスタイルを貫いている。

ニンにとって精神分析の有効性はその理論や教義にあるのでなく、分析医との「関係」によってもたらされる。それは医師と患者、または告解士と信仰者の役割演技を超え、二人の人間のあいだの親密かつ交換不能な対話的関係である。ニンはあるインタヴューで精神分析を恋愛（ラヴアフェア）にたとえ、若い芸術家は恋をするか精神分析を受けるべきだと、いかにも彼女らしい信条を語っている。なぜなら恋も精神分析も「人を創造性と向きあわせるものだから[2]」だという。

ニンは精神分析医を「父の代理[3]」とも呼んだ。彼女がガイドを求めて分析医のもとへ赴くとき、そこで起こるのは、ジェーン・ギャロップが「娘の誘惑」と呼んだものである。ギャロップが意味したのは、イリガライが娘として父なるラカンを誘惑し、挑発し、からかうという構図である——無論、著作において。おおかたの人間が心理的・想像的可能性として想定するものを、現実に遂行してしまうこと——夢を生きること——がニンの真骨頂である。彼女は何人もの「父」を誘惑した——精神分析医ルネ・アランディとオットー・ランク、父ホアキン・ニン、批評家エドマンド・ウィルソン——あたかも始源の喪失を補償しようとするかのように。ニンの父娘関係においては、ジョングのいうように誘惑が「相互的[4]」だとしても、関係の力学をコントロールするのはつねに娘であり、父が支配権を行使しようとする

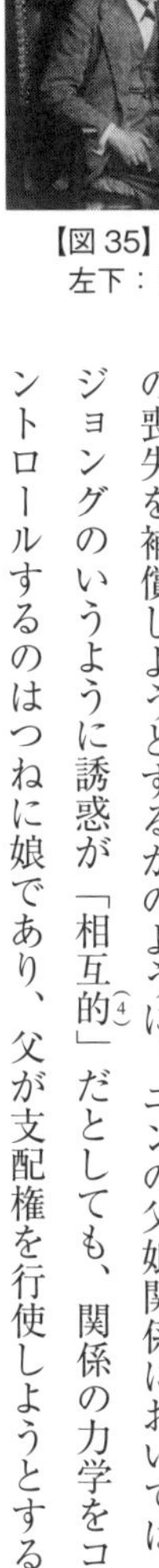

【図35】左上：オットー・ランク
左下：ジークムント・フロイト

や否や、その場を立ち去るのもまた娘だ。
本章は、編集版・初期・無削除版の日記と小説「声」（『人工の冬』所収）に描かれたニンと精神分析（医）の関係を窃視しつつ、彼女が二〇世紀の新しい知と邂逅し、格闘し、あるいは抱擁し、ニン的脱構築ないし転覆を成し遂げるさまを追う。(5)

❇ルネ・アランディ

ニンと精神分析との出逢いは、従弟のエドワルドによってもたらされた。一九二八年五月、二五歳の日記には次のように記されている。

その学問についてては何も知らなかったから、ニューヨークでエドワルドに会ったときは不意を突かれた。開口一番、いま精神分析を受けていて、自分の問題が何なのかようやくわかったというのだ。(6)

彼は「自分の問題」の中心にホモセクシュアリティがあることも告白した。（ミラー以前の）初心な若妻だったニンは「わたしのロマンティックな愛すべき従弟が、詩的な愛されし亡霊ではなくて、現実になってしまった(7)」とショックを隠せない。
一九三一年元旦の日記には、フロイトを読み始めたとの記述がある。強靱な知性に驚嘆しながらも、転移や昇華についての研究が不充分ではないかとの疑問が呈され、「芸術家がいかに利用するかというのはまた別の局面である(8)」と、ニンと精神分析を考えるうえで重要な視点が早くも提示されている。同年七月には、「『快原理の彼岸』を読んだことがフロイトへの称賛を決定づけた(9)」と述べ、心理学を徹底的に学びたいとの意欲が示される。

マリー・ボナパルトと並び、パリ精神分析学会の創設者の一人で、公私にわたるアルトーの支援者でもあったルネ・アランディのもとをニンが初めて訪ねたのは、一九三二年四月のことだ。まずは緻密かつ論理的に書かれた編集版日記を覗いてみよう。

【図36】ルネ・アランディ

髭を蓄えた「家父長的な雰囲気の(10)」アランディは、患者が自分に自信をもっていないことをただちに見抜く。「痛いところを突かれてしまった。自信!」(p.76)

アランディ博士「もちろん、分析医の眼には明らかなことで、それはあなたの外見にも現れています」

アナイス「わたしの外見に?」

アランディ博士「そう、あなたが身につけるものすべて、あなたが歩き、座り、立ち上がるふるまいのすべてが誘惑的であり、そんなふうに絶えず誘惑的にふるまい、人を魅きつけるために装うのは、自信のない人のすることと決まっています」(p.87)

九歳のとき父との離別により刻印された途方もないかなしみが原因なのだろう、とニンは考える。どれほど賞賛の言葉をかけられても、打ちのめされた自信を再構築することは困難だ。「高級娼婦としてのわたしは、九歳にしてすでに敗北を味わったのだ」と(p.91)、彼女はみずからを冷笑してみせる。

自分は胸も小さいし、肉体的にも精神的にも女性として未成熟なのではないか、と打ち明けたあとで、ニンがアランディに胸を見せる有名な「シーン」がある。

アランディ博士「まったく発達していないのですか」
アナイス「いいえ」説明に困って、「先生はお医者さまですから、お見せするのが一番簡単ですね」で、そうする。すると、アランディ博士はわたしの怖れを笑い飛ばした。
アランディ博士「完璧に女性らしい。小さくても、形がいい。あなたのからだ全体のなかで、よくバランスがとれています。まったく美しいスタイルだ。惜しむらくはもう少し肉があれば、というところですね」(pp.90-91)

これは大胆な誘惑のしぐさか、それとも傷ついた子どものなりふり構わぬふるまいか？　おそらくその両方なのだろう。より正確には、「わたしはこなごなに砕けた鏡のようだ」といわせる幼年期の心的外傷が（p.103）、心理学者スーザン・バウアーいうところの「たぐいまれなる誘惑する女、アナイス・ニン」[11]を育てたのだろう。精神分析における性愛事情を論じるバウアーは、フロイト及び精神医学界の共通認識に倣い、転移性恋愛において責任を負うべきは全面的に医師であると述べながら、ニンの場合は「相互的な搾取が行なわれたという印象を拭い去れない」[12]とつけ加える。学問の規範に例外的な二重基準を適応させるとは、まさにたぐいまれなる女性といえよう。

「アランディ博士は本当にわたしを治してくれているのだろうか」と問うニンは（p.92）、アランディの判断に全面的に身をゆだねるには知が勝ちすぎている。眼を閉じてください、と言われてセッションが始まると、彼女自身の分析も始まり、彼女はつぶやく、「彼の話すことで、わたしの知らないこと、まだ書いていないことはほとんどない」と（p.83）。ニンは分析を分析し、しばしば分析医に同意できない、抵抗する患者としての自分を発見する。

分析を受け始めて一ヶ月ほどたつと、「今日はわたしを分析しないで。あなたの話をしましょう」と誘いかける（p.100）。アランディを患者用の椅子に座らせ、彼自身が用いる定式や専門用語を駆使して分析医を分析すると、「わたしが彼をケアしているのであって、彼がわたしをケアしているのではない」と宣言する（p.166）。これは明白なゲームの規則の侵犯だが、ドゥルーズ＝ガタリによれば、

「ソファの上で時間をすごすただひとつの仕方は、精神分析家を分裂分析にかけること[13]」なのだ。
彼女は芸術家として、人生からドラマを創り、物語を生む道具として精神分析を使いうると意識している。その目的に照らすと、アランディは単純な型を作ることしかできないと断じ、彼が父的権力を行使してニンを通俗的なプチブル生活、銀行家の妻として生きる「美しい牢獄」の暮らしに押し戻そうとすると、強い反発を示す。

この結論はわたしのアランディに対する信頼に終止符を打った。わたしが分析にどれほど魔力を見いだし、どれほど有益な影響を受けてきたとしても、この種の自然らしさによって導きだされるアナイスには、その魔力も影響も打ち砕かれた。わたしの想像力と創造力にとって死であるこの凡庸な生（祖母の人生！）に入るくらいなら、神経症とオブセッションに退行することを選ぶ。この場合、病のほうが詩にとって霊感と刺激に富んでいるのだった。（p.282）

ニンはまた、アランディが自分と恋に落ちるさまを注意深く観察し、アランディにキスされたとき、彼らの分析と彼女の転移は同時に終わった、と結論づける。だが、彼女の転移が終わるのとほぼ同時にアランディの逆転移が起こり、二人は立場を逆転させする。心理的にはすでにアランディを卒業していても、患者の人生に一定の権力を行使しながら結局のところ窃視者でしかありえない「分析医の人生の悲劇」に共感し（p.164）、親身に話を聞き、助言を与える。分析医は患者に依存し始め、セッションを終えることに抵抗する。

いまあなたにやめられたら、医者としてあなたの治療に失敗したわけだから、わたしにとっては痛手です。それに、あなたのような興味深い方に会えなくなるとなれば、わたし個人も残念だ。わたしのほうも、あなたを必要としているわけです。治療をやめられたら、こちらも傷つきますよ。（p.115）

ニンに精神分析を教えたゲイの従弟、エドワルドは、実名を伏せるという本人の希望により、編集版日記ではマルグリットなる女性名を与えられ、アランディの患者兼愛人として登場する（淡く叶わぬ初恋の人であり分身の一人といえるエドワルドは、日記のなかでニンと合体したことになる）。アランディは、自分を虜にしておいて棄てようとすることへのお仕置きだと言って、ホテルでマルグリットを鞭打つ。その後マルグリットはアナイスに「おかしくておかしくて、笑いをこらえるのに必死だったわ。（略）おぉアナイス、てんでひどい芝居だった！　グラン・ギニョルよ。三文小説もいいとこ」と言うのだが（p.196）、無削除版日記第二巻『インセスト』でアランディに鞭打たれながら笑うのは、ニンその人である。ニンの父には子どもを叩く性癖があったので、アランディはニンを自分のもとに送り込んだ大きな要因の一つである人物を、下意識裏に模倣したのかもしれない。一方、編集版日記第一巻を書評するレオン・エデルは、アランディ、ランクとニンの恋愛関係（ラヴアフェア）を「象徴的な近親相姦の家[14]」と呼ぶ。「関係に取り憑かれた人間[15]」であり「インセストを愛する女であり続けた[16]」ニンは、関係の科学を司る分析医との近親姦的恋愛を繰り返し、それを作品化した。実に「オブセッションとは知的財産としてもっとも耐用性のある形式[17]」であると、セジウィックのいうとおりなのだ。
ニンがアランディと繰り広げた「死闘」をミラーに報告する手紙を、少し長くなるが紹介したい。

いつか、アランディと分析に対して猛烈な反発を感じたと言ったときのこと、覚えている？ 彼がわたしにたどりつかせようとしたのは、彼が大いに論理を駆使して、わたしの混沌を解決し、型を築くとか、そういう地点だった。わたしが「いくつかの基本的な型」の一つに当て嵌められてしまうなんて、考えるだけで腹が立ったわ。（略）わたしにとっては、いかにアランディの型に揺さぶりをかけるかという問題だった。これに取り組むにあたっては、とびきり独創的な嘘をついて、それまでの人生で一番といえるくらい入念な演技をしたわ（詳細はまたいつか）。わたしのもてる限りの分析と論理の才能を駆使したの。わたしが苦もなくいろいろ説明するものだから、そういう才能は大いにもちあわせがあると、彼も認めてくれているのだけど。あなたにほのめかしたとおり、彼の個人的な感情と戯れることもためらわなかった。わたしのありったけの力を使って、ドラマを創り、彼の理論をすり抜け、ものごとを複雑にし、ヴェールを掛け、ジューンよりも注意深く、もっと計算づくの嘘に嘘を重ねたの、わたしの知性の限りを尽くしてね。（略）わたしにとっては、知の駆け引きがこのうえないよろこびだったのだと思う。（略）たぶん、わたしは芸術家だから、芸術家なら誰でもそうするようにふるまった、つまりものごとをもっともっと複雑にするための新しい道具を見つけて、それを利用したということ。いうなれば、精神分析は芸術家の手にかかると、混沌を創造するための新たな装置になる。基本的な定式はというと、一群の人々をややこしい状況に放り投げ、数々の苦難を与えます。するとあら不思議、偉大にして深遠な本がいくつも生れるというわけ。それだけのこと。[18]

なんとも戦慄的な創造者の嘘、芸術家の手練手管である。ピーター・ブルックスを引きながらヘレン・トゥーキーがいうように、精神分析は物語芸術の側面をもつが[19]、ニンの恐るべきたくらみの記録からは、演劇性もきわめて高いことが伺える。メアリー・カーメレクはニンが日記をパフォーマンス・アートに変えたというが[20]、精神分析をもパフォーマンス・アートに変えたといえそうだ。また、ニンにとって嘘は想像力と創造性、芸術性と不可分に結びついていることもわかる。それは「嘘の衰退」におけるワイルドの認識に近く、その芸術観こそニンとオットー・ランクが共有したものでもある。

❊オットー・ランク

精神分析医として、オットー・ランクの名はいまではさほど知られていないが、一九〇五年にフロイトに師事して以降二〇年はもっとも近しい協力者の一人で、息子同然といわれるほどだった。しかし『出生外傷』がエディプス理論を逸脱するとの理由からフロイト派内部で批判が起こり、フロイトと決別してウィーンからパリ、その後ニューヨークに拠点を移した。

出生外傷とは、胎内における母子一体の状態を始源の楽園とし、人間が誕生することを外傷の経験・記憶と捉える考え方である。エディプス関係に先立つ母子関係を重視したことで異端視されたが、のちの対象関係論を先取りしていたとも、クリステヴァの女性論を母の視点でなく胎児の視点から捉え直すものとも解釈できる。ランクによれば、性愛も精神分析のセッションも一種の胎内回帰だという[21]。だとすれば、あらゆる性愛は母子関係の再現であり、精神分析における転移現象は近親姦の模倣であるという、複雑にして興味深い結論が導きだされる。

ランクのほかの著書には『英雄誕生の神話』(一九〇九年)、『文学作品と伝説における近親相姦モチーフ』、『ドン・ジュアン伝説』(*Don Juan Legend*)(一九一四年)、『分身』、『芸術と芸術家』(*Art and Artist*)(一九三二年)等がある。ニンはパリのジークムント・フロイト図書館でランクの著作に触れたようだ(日記には「精神分析図書館[22]」と記されている)。ちょうどアランディの紋切り型の分析に嫌気がさし始めたころで、「彼は芸術家がわかっていない、だからわたしはランクの『芸術と芸術家』を読んでいる」と編集版日記第一巻に記されている(p.163)。無削除版日記第二巻『インセスト』では「わたしたち[ニン、ミラー、夫ヒュー・ガイラー]は一緒にランクの『芸術と芸術家』を読んでいる。これこそわたしが書きたかった本だ![23]」となっているのも興味深い。ランクの本のタイトルだけをみても、ニンの興味、問題、あるいはアイデンティティそのものと関わるテーマが並んでいる。それが、本章のエピグラフでニンのいう「ランクの誘惑」だったのだろう。

彼が書いてきたすべてのテーマを生き抜いてきた女に、興味をもってくれるだろうか――分身、幻想と現実、文学における近親姦的な愛、創造と遊戯。すべての神話（数々の冒険と困難を経たのちの父への回帰）、すべての夢。彼の深遠な研究の世界を隅々まで生き抜くのに忙しくて、理解したり整理したりする余裕はなかった。混乱し、途方に暮れていた。わたしのすべての自己を生き抜こうとして……（p.269）

編集版では、どうしたらランクに興味をもってもらえるかとあれこれ思案する様子が描かれるが、無削除版のニンはより複雑にして決然たる（かつ悪魔的な？）芸術家意識をもって、ランクのもとに赴こうとする。

真実を組みあわせるのではなくて、ランクに話すことをこしらえ始める。話し方や態度やしぐさ、抑揚や表情を練習する。話しているわたし、ランクのなかにいて裁断を下しているわたしが見える。あれやこれやの効果をあげるにはどうしたらいいか？
普通の人が告白するところで、わたしは嘘をつく。それでもわたしが彼の所に行くのは告白するため、混乱を解決するのを助けてほしいからだ。書くことで手なづけるには、混乱が多すぎるのだから。アランディと演じたような、似非のコメディに向けて準備する。
デフォルメする――それはランクに興味をもってもらうためであり、自分自身をおもしろがらせるためでもある。なんといっても複雑さが好きなわたしなのだから。実のところ、ランクのもとに行くのは楽しむためであって、問題を解決するためではない。わたしの混乱をいや増しにし、ドラマにして、そのなかにあるものすべてを見るため、捉え尽くすためだ。[24]

前節で引用した、アランディとのセッションをめぐるミラーへの手紙では、知性と想像力で分析医を打ち負かすことへの意志が前景化されていたが、ここでのニンはシェヘラザードさながらにランクを誘惑するため、みずから劇作家となり演出家となり女優となる決意を表明している。混乱を解決するための助けを求める気持ちに「嘘いつわり」はないだろうが、患者としてよりは作家としてランクと対峙しているように思える。いっそすがすがしいほどの芸術家魂というべきだが、ニンの想定を超えていたのは、ランクとの関係が「似非のコメディ」に終わることはなかったという点だ。

編集版日記第一巻、一九三二年一一月の記述は、二〇頁以上にわたり、ランクとの対話とそれをめぐる思索で埋められている。ニンにとってこの思想家がいかに重要な存在だったかがわかる。ドイツ語訛りのきついフランス語を話す、小柄で色黒で眼光鋭い分析医と初めて会ったニンは、「わたしたちが同じ言葉を話すことがすぐにわかった」という（p.271）。当時ニンが精神分析を必要とした理由の一つに、父との関係がある（父娘が南仏ヴァレスキュールに滞在したのは同年六月で、七月の日記には「ランクの所に行き、父への情熱に赦しを請いたい[25]」との記述がある）。ランクは精神分析理論を逸脱し超越する知見をもって、問題に柔軟で即興的な攻撃を仕掛ける。アランディのドグマ的分析を聞きながら眠気を催したニンが、即興性を重んじるランクの「分析方法を分析することは不可能だ」という（p.289）。

文学における近親姦というテーマで浩瀚な書を著したランクは、女性についてはペリクリーズ、男性についてはオイディプスを用いて説明する。母－息子の近親姦的愛を描くオイディプスの英雄譚は明らかに息子の視点から書かれているが、父－娘の近親姦的愛を描くペリクリーズ伝説では、女性主人公は父の眼をとおして見られ、父の望むように書かれている。「だからいま、女性の側の物語を聞くことができてうれしいです」とランクは言う（p.275）。ニンの「嘘」についても、おとぎ話や神話、芸術との親和性を指摘して、共感的である（p.273）。

みずから作品を生むことはなくとも、芸術と芸術家を広く深く論じてきたランクは、芸術家としてのニンを理解し、ミラーと同じ時期にニンのミューズになったと考えられる。『近親相姦の家』『人工の冬』パリ版への二人の励ましと貢献は大きく、作家としてのニンの才能への信頼も共通している。同時につけ加えなければならないのは、ニンもまたこの時期の二人にさまざまな意味で支援と影響を与えたということだが。

日記を取りあげておきながら自分のポートレイトを読むとよろこんだり、女と芸術家の二者択一を迫って女を選ぶことを促したりと、いくつかの留保点はあるものの、「ランク以前とランク以降ではものの見方が変わってしまった」(p.290)、「彼をほかの精神分析学者と一緒にすべきではない。同じ言葉と手法を使っていても、彼は精神分析理論を超えて、むしろ哲学者のように、形而上学者のように書く」(p.297)、「わたしは友情の完全形に触れた」等(p.336)、きわめて例外的な位置が与えられている。ニンは亡くなる五年前の一九七二年にオットー・ランク協会で講演を行なうなど、ランクへの尊敬の念は終生変わらなかったように思える。が、無削除版の日記のなかからは、関係の異なる層が立ち現れてくる。

一九三四年一一月、主に経済的な理由からニューヨークに移ったランクを公私ともにサポートするため、ニンもニューヨークへ向かう。「公」の部分はランクの助手・秘書・翻訳者・校閲者として働くことであり、ランクのもとで精神分析を学び、患者を診ることで経済的自立を図ろうとしたのだ(三四年五月三〇日の日記に「分析家になることを決意した[26]」との記述がある)。「私」の部分は、いまにも死にそうな手紙を送ってくるランクの懇願に応じ、「二人でニューヨークに立ち向かう[27]」ためである。

ニンの到着後間もない二人の様子は、さながらハネムーンのような祝祭的気分に満ちている。ペンシルヴェニア・ステーションの自動ドアに驚き、エンパイア・ステート・ビルからニューヨークを一望し、ブロードウェイで『ハックルベリー・フィンの冒険』の芝居を観る(マーク・トウェインをこよなく愛したランクをニンは「ハック」の愛称で呼んだ。ニンの愛称はシェイクスピア『真夏の夜の夢』にも登場する妖精「パック」)。各界の著名人を主な顧客とする分析の仕事が終わると、待ちかねたようにハーレムに繰り出した。

彼が踊れないとは思いもしなかった。ランク博士は真面目一方の人生を送ってきたから、踊ったこともないだなんて。（略）

「わたしと踊って」

こわいとかみっともないという気持ちは忘れさせる。わたしはただ踊るだけ。はじめ彼はぎこちなく躓いたりステップを間違えたり、どうしていいかわからないようだった。でも、最初の踊りが終わるころには踊れるようになっていた。魔法のように。本当に楽しそうだった。「新しい世界だ――おぉきみ（マイダーリン）、まったく新しい世界に連れていってくれたね」（略）とても不思議、わたしは彼に人生のなかで自由に動くことを教わり、わたしは彼を夢のような、からだを動かす自由に導くなんて。(28)

またある日、レストランで食事しながらランクの子ども時代について尋ねると、堰を切ったように話し始め、「これまでわたしのことを尋ねてくれた人などいなかった。ずっと人の話を聞かなければならなかったんだ(29)」と涙を流したという。

それは「ヘンリーとよりも近しい、知の結婚(30)」だった。出逢う前から作品で誘惑されていたニンは、いまは「理解力と想像力で口説かれている(31)」といい、「ハックには嘘が通用しない(32)」という非－ニン的事態に陥る。

一方で救いがたくニン的なことに、そのような蜜月期にあっても、彼女はドナ・ジュアナであることをやめない。ランクが隣室で働く、彼が彼女のために用意した部屋のソファで「不貞」を働くのである――「すべての神聖なるものを引きずり下ろす[33]」ために。

「声」のリリスは、あなたは男を敵とみなすような女性ではない、と分析医に指摘されると、男に強い憎悪を感じる日もあることを思い出す[34]。『人工の冬』パリ版において、リリスは父との近親姦的な愛を経験した娘である（「リリス」）。孤児の物語『信天翁の子供たち』の主人公ジューナは、孤児院で父的権威をもつ男に味わわされた強烈な敗北感を忘れない[35]。『日記』の語り手が、父なきこの世界に生まれてくるべきではないとわが子に語りかけ、中絶を選択することを思い出してもいい。精神の、知の分身であることをたがいに意識していたであろうランクとニンの関係は、前者の作品世界を後者が生き、遂行したという意味で、創造者と作品、ピグマリオンとガラテアのようにも見える（ただしそれはそう見えるだけであって、ニンの人生を創造したのはニン自身であることを忘れてはならない）。「ヘンリーよりも近しい、知の結婚」の相手は、やはり否定しようもなく父の似姿であり、瀆神を運命づけられたニンにとって、引きずり下ろすべき玉座に座っていたのだ（なお、ミラーや父と比較しても、分析医に対しては身も蓋もない発言や描写が散見される）。

ニンの父娘物語において、娘に恋した父は嫉妬深い子どもになるのが定石である。理解ある父としてふるまっていたときのランクは、ニンの嘘にも性的逸脱にも寛容だったが、次第にガイラーともミラーとも別れさせ、自分が独占することを望むようになる。分析医として、彼はミラーや父とニンの関係も知りうる立場にあり、そのうえで愛したのだから、仮に彼が複数恋愛者（ポリアモリスト）たりえれば、ニンを失うことはなかったかもしれない。さらに、作家としてのニンを評価していたはずのランクが、彼女が作品を書くことより、彼の著作を翻訳・校閲することを優先させるよう望む。この二点が、「精神の恋、思考の結婚(36)」が破綻した理由である。

編集版日記では、第一・二巻でランクとの親密な関係が終わってからも、第三巻ではその突然の死を悼み、創造的な人間はエディプスの枠組みを超えて人格を形成するという『幸福への意志』の一節を引用しているし(37)、第七巻ではランク協会との交流に続き本章エピグラフの言葉が綴られている(38)。つまり、あくまで賢者的な分析医であるランク博士の姿が描かれている。一方、無削除版日記のランクは情熱的な恋人、ハックであるとともに、「実人生においては凡庸で通俗的、醜悪で救いがたい」「ランクがしたように人にしがみつく権利は誰ももっていない(39)」と批判される。おそらくニンが愛した男たちのなかでも、（ランクにとってのニンがそうであったろうように）もっとも両価的な感情を喚起する存在の一人だったのではないか。

別れ話のなかでランクは、ニンが悪いのではなくそのふるまいが悪いのであり、自分の愛で助けられなかったことを悔やむ(40)。だが彼女は、チューリッヒに行ってユングを誘惑することを夢想しながら、求めるのは治療ではなく「さらなる生と愛(41)」だと独語する。分析を恋愛に喩えるニンの言葉を先に引いたが、ニンは精神分析を恋愛として脱構築し、転覆した、そして分析医のオフィスをもう一つの「魂と肉体の実験室」に変えたといっていいかもしれない。恋人としてのニンは、彼女がミラーを愛したように愛してくれたランクを忘れず、恋人としてのランクは、二ヶ月で一生分の幸福を贈ってくれたニンを忘れることはなかっただろう。[42]

❇「声」

本章の最後に、精神分析医と患者たちの関係を描く小説「声」を取りあげたい。分析医のモデルはオットー・ランクとされることが多いが、描かれるエピソードから判断すると、ルネ・アランディの要素も若干入っていると考えられる。『人工の冬』パリ版では三編の連作の最後に置かれ、前二編の主人公であるジューナとリリスが患者として、ジューナの語りのなかではハンスも登場する。「声」は「ジューナ」「リリス」と比べて求心性に欠ける面があるが、精神分析医への告白という形で、「ジューナ」「リリス」に外部（と内部の中間領域）から新たな光を当てる役割も果たしている。本節ではそれらの点と、分析医については日記に書かれていないことを中心に論じる。パリ版を主な考察の対象とするが、ジーモア版・スワロウ版との比較も適宜行なう（三版の詳しい異動については第6章を参照されたい）。

「声」とは、街で一番背の高いホテルの一室にオフィスを構える、精神分析医に与えられた呼び名である。精神分析のセッションでは患者がソファに横になり、医師は背後の椅子に腰かけるので、患者にとって医師の存在は声に限定されるため、という理由もあろう。また、「神の代理」とも「いにしえの聴罪師」ともされる分析医が「声」と呼ばれることの背後に（p.203）、プラトンが唱え、デリダが批判する西洋的音声中心主義の残響を聴きとることはたやすい。

最初に「声」の部屋を訪れるのは、『人工の冬』パリ版の冒頭に置かれた「ジューナ」の主人公である。彼女はハンスとの恋のつらさを縷々訴える。人たらしのハンスは、娼婦のように誰にでも自分を与え、ジューナを差し出すことさえ厭わないのではないかと思わされる。彼女はハンスと肉体を共有しているかのように錯覚もすれば、誰も愛していなかったころより孤独を感じもする。「ジューナ」のなかではハンスとジョハンナを愛する自由なバイセクシュアル・スパイ、またはヤヌス的な女神のようにふるまっていた彼女からハンスへの、これは真摯な愛情告白とも捉えうる。「リリス」の主人公が父の素足を見て自分の足と酷似していることに驚くシーンは、分身愛の極北と思えたが、同質性より異質性によって魅かれあっているように思えるジューナとハンスにあっても、身体感覚のレベルでアイデンティティの混乱が起きる。それは愛と狂気が接近する瞬間だが、この時代のニン文学が好んで描く愛の様態でもある。

シュルレアリスム映画のような夢のなかで、ジューナは父に愛される。父は「もはやわたしに神はない」と言う。なぜなら「彼が神だった」からだ（p.267）。神々にだけ許されるインセストを犯すことにより、彼は神になったということだろうか（無削除版日記『インセスト』では、父は同じことをフランス語で言う）。「人にあるまじき」行ないにより「言葉にすることのできない場所[43]」に行った娘は盲目となる。女オイディプスの運命であろう。ほかの女たちは、娘が父に愛された、と涙を流す。

その後、ジューナは美しく着飾ろうと、顔中に針を刺して父のもとへ向かう。帰宅して鏡を見ると、顔は三角形の破片となってこなごなに崩れ落ちる。母に助けを求めると、優しく髪を梳かしてくれた。父は母と和解し、父は母に「汝の娘を愛せ、そは聖書に書かれたり[44]」とメッセージを寄せた。何とも壮絶な話だが、三角形の破片はやはりエディプス的罪悪感を連想させる。注目すべきは、父娘のインセストが遂行されたのち、母と娘、父と母が和解することだ。「リリス」を論じる次章では、母の霊と娘が一体となった復讐としてインセストを捉えることになるが、ここでは父娘のインセストによって父と母、母と娘が和解する。娘の顔はこなごなに砕けてしまうが、崩壊した家庭は修復されるのだ。それはまさに一二歳のリノットが、「わたしはこれからも、世界で一番大好きな二人がまた一緒になる道を探り続けます[45]」と、日記に誓ったことの実現である。そのようにして作家は、受け入れがたい現実を文学の魔法で変容しようとしたのだろう。

パリ版とジーモア版の結末には大きな違いがある。そこに至る前に、作家の二人の分身であるリリス、ジューナと「声」の関係を整理しておこう。リリスは「声」に恋をしそうだと告白する。それは幻を追いかけるようなものだ、とジューナは警告するが、幻と恋をすると「詩」が生まれる、とリリスは応じる[46]。リリスは「父」とリリス自身の救済を失うだろう、それはまさに自分に起きたことだった、というジューナの重ねての警告が現実となる。恋人としての「声」は所有欲と嫉妬心の強い、支離滅裂な子どもになりはてる。

パリ版最後の場面で、リリスと「声」は海岸に向かう。リリスに腕を回そうとする「声」は「興奮した案山子[47]」と呼ばれる。リリスにもう治療の必要はないからこの服を着るように、と言って「声」はウェディング・ドレスの写真を見せる。一連の奇妙でグロテスクなシュルレアリスム映画のような場面のあと、パリ版は次のように終わる。

幻想を操る彼女の力も、彼女の夢も、夜そのものでさえ、奇跡を行なうことはなかった。彼はついに、死臭漂う息をした「声」以外の何ものでもなかった[48]。

一方ジーモア版・スワロウ版の結末には、パリ版の中間部でジューナが見る長い夢の場面の一部が接続されている。同じくシュルレアリスム映画のようではあってもグロテスクではなく、無意識と精神の夜の世界を経めぐる旅のような描写で、「声」は登場しない。最後にジューナは夢をつかまえ、世界中の時計台の鐘が鳴るという奇跡が起こる。夢の世界と昼の世界が地続きになり、「この結婚のなかから、聖なる鳳(おおとり)たちが飛びたった――永遠の瞬間[49]」という言葉で締めくくられる。

パリ版の「奇跡」は「愛の奇跡[50]」という意味で使われており、「声」がジューナに結婚を示唆したにもかかわらず、それは起こらない。ジーモア版・スワロウ版では、昼の世界と夜の世界、意識と無意識、現実と芸術の結婚というような抽象的な意味に転じているが、奇跡は起こる。パリ版の三年後に出版されたジーモア版で作家が結末を変更し、およそ正反対の印象を与える結末となった。アナイス・ニンをパリンプセストとして読み直す試みを続けてきたわたしたちとしては、「声」、父／神の代理としての精神分析医に対する作家の二律背反的心理・信条に鑑みて、この夜と昼のように異なる結論を「結婚」させ、重ね読み、透かし読みすることを提案したい。

第9章「リリス」——父の娘でなく、母の娘でなく

わたしたちは、みずからの生き血で神話を書いた。

「リリス」

❊分身・愛・死

『人工の冬』パリ版が七〇年近い時を経て死海文書のように蘇ったとき、そこに収められていた「ジューナ」は、同じテーマを扱う無削除版日記『ヘンリー&ジューン』をあらかじめ脱構築していたかのような印象を与えた。父物語である「リリス」は「ジューナ」のようにジーモア版から排除されたわけではないが、なぜかタイトルが剝ぎとられていた。長さはおよそ三分の二に削られ、語りは一人称から三人称に、時制は現在から過去に変わり、登場人物の年齢や時代を特定できる表現、地名等の固有名詞は削られた。「父との対決を、わたしは日記でなくいきなり本に書きつけた[1]」という『インセスト』の記述を考えると、イヴに先行するアダムの妻の名をタイトルに掲げるこの小説こそ、ニンの父物語の原型といえるかもしれない。ニンはまた、みずから書いた複数の父物語について「小説には残酷さがあり、日記には真実がある」[2]と述べる。わたしたち読者の前には、編集版の『日記』、無削除版の『日記』、パリ版「リリス」、ジーモア版「人工の冬」と、さしあたり四種類のテクストがある。そのなかでもっとも残酷な、アナイス・ニンの原-父物語の世界に足を踏み入れてみよう。

少女リノットが聖体拝領で父と神を混同する『日記』の記述が、宗教性とともに濃密な官能性を帯びていることは第3章の『インセスト』論で確認した。「わたしにとって真の神は父だった。聖体拝領でわが身に受け入れたのは神でなく、父だった。眼を閉じ、よろこびに震えながら、白いパンを呑み込んだ」[3]という「リリス」の叙述も明確な性的含意を帯びている。二〇年間待ち焦がれた父との再会を前に、「今日、父がやってきたら、あまりに長く自分のなかに押し込めてきたこの秘密を外に引きずり出したい」という語り手は（p.123）、みずからの欲望にある決然たる暴力性をもって対応しようとしている。「名づけえぬよろこび」という表現は（p.121）、シェリーの『チェンチ一族』（一八一九年）でベアトリーチェが語る「お聞きにならないで、それは形をもたぬ行ない、語る口をもたぬ苦しみなのですから」[4]と（感情の方向性は逆だが）響きあう。さらに、ヴィクトリア朝のイギリスで、オスカー・ワイルドがみずからの同性愛をめぐる裁判で述べたとされる「あえてその名を語らぬ愛」とも重なる。性的禁忌としての近親姦と同性愛が喚起する恐怖と嫌悪の相似性については、バトラーも指摘するとおりである。[5]もう一つ、近親姦と同性愛が共有するものを挙げるとすれば、分身への愛だろう。ドライヴに出かけて、靴擦れをおこした父が靴下を脱ぐ、大変印象的なシーンがある。靴下をとると、華奢で繊細な、女のような足が現れる。

> 父に足を盗まれたような気がした。父が見ているのはわたしの足、手で触れているのはわたしの足だった。わたしはこの足を知り尽くしている、と感じた。それはわたしの足だった。（略）愛が越えていく距離がないと、それはわたしのなかで自己愛の渦のようになって、窒息するしかなくなる。（略）なぜなら他者である父はわたしの分身（ダブル）、わたしの影（シャドウ）であり、どちらが本物なのか、わたしにもわからないからだ。わたしたちのうち、どちらか一方は本当に死ぬべきだ。そうすればもう一人は自己の境界を知るだろう。自由に、そして安全に自己の向こう側へ飛ぶには、愛はこの混乱した自己同一性（アイデンティティーズ）の壁を越え、外に流れていかなければならない。わたしにはもう、自分の境界というものがわからなくなってしまった。父はどこから始まり、わたしはどこから始まるのか、父はどこで終わり、わたしたちの差異とは何なのか……（pp.151-52）

ドリアン・グレイやウィリアム・ウィルソンが分身に刃を向けたように、父か自分のどちらか一方が死なない限り、アイデンティティの混乱は収束しようがない、とリリスは考える。アナイス・ニンを二律背反的に魅了し続けた分身物語の、一つの極北がここにある。その一歩先には、混沌と狂気が漆黒の大口を広げているだろう。

熱く乾いた地中海風（ミストラル）が吹くなか、ほかに客のいないホテルの部屋で、一対の分身が見つめあう。（ジーモア版ではイタリックが施されることになる）六頁に及ぶ場面から、長くなるが引用しよう。

音楽を聴くように、わたしたちは見つめあった。父は枕を背もたれに、わたしはベッドの足にもたれ、二人の頭のなかではコンサートが開かれていた。二つの箱はオーケストラの共鳴音ではちきれんばかり。一〇〇の楽器がいっせいに鳴り響く。フルートの音色は二巻きの長い糸のように彼とわたしの過去を紡ぎ、ヴァイオリンの弦は体内の泉のように震えやまず、神経も動きをやめず、セックスの強打のごときドラムの強打、どくどくと流れる血、あらゆる脈動を呑み込む欲望のビート、どんな楽器の音より大きく、ハープは歌う神よ神よ天使たちよ、（略）いまオーケストラは声を揃え、一瞬、恋をし、神よと歌うハープに恋をし、ヴァイオリンは髪ふり乱し、わたしは脚のあいだでそっとヴァイオリンの弓を引き、わが身で音楽を奏で、泡だつわたしのからだ、ハープは神よと歌い、世界中の女は彼の下に横たわり受胎の儀式、ドラムのビート、セックスのビート、ヴァイオリンケースのなかには花粉、ヴァイオリンケースの曲線と女の尻の曲線、チェロの叫び、涙を流さず哀歌を歌うチェロ、左右に音符のきらめく地下道を行く、音符は神よ神よ神よと歌うハープに到る階段のよう、音が暗く悔悟の響きを強めると半人半獣（フォーン）はフルートを吹いてからかい、黒い音符はチェロの涙がたどる埃まみれの道を昇り、大地が揺れると二つの崩れた壁に、わたしたちの信頼が崩れた壁に音楽は轟き、チェロは泣き、ヴァイオリンは震え、セックスのビートは白鍵と黒鍵をまっぷたつに裂き、ピアノの音の階段は沈黙の地獄に転げ落ち、なぜなら遠く、ヴァイオリンの音の背後から、向こうから、オーケストラの第二の声、楽器たちが腹からふりしぼる声が、熱い指に押された音の下、これらの音に対抗し、楽器の腹の底からの歌、楽器のなかの花粉から、つまびく指が起こす風から、黒いレースと電線の上の骰子（ダイス）の声で音符の絨毯は弔いを歌う。（pp.143-145）

父娘の愛を描く無削除版日記『インセスト』と同じなのは、二人が滞在するあいだ地中海風（ミストラル）が吹き続けることだが[6]、文体がまったく違うことは一読してわかる。鹿島茂が述べるように『アナイス・ニンの日記』には「激しく揺らぐ自己と、それを冷静に書き留めるもうひとりの自己とのせめぎあいがあ[7]」るとすれば、「インセストについて、最高に堕落した本を書きたい――仮借なく、リアルな[8]」と『日記』に記された「リリス」は、芸術作品として練りあげられ、磨きあげられている。

音楽的比喩が洪水のように氾濫し、聴覚とともに視覚、触覚も刺激される、のみならず、続く場面では「口蓋の屋根の味わい」と味覚が加わり、「舌に指に宿る音楽」と触覚、味覚、聴覚が連動する（p.146）。少なからぬ抒情も浸潤しているが、「セックスのビート」と繰り返される以上、音楽家の父と娘のあいだの性愛表現ととるのが自然だろう。六頁に及ぶ描写の始まりに吹いていた地中海風（ミストラル）は、深夜、自室へ戻る語り手が、修道院の廊下のようにアーチ型をした「オペラの舞台のような」廊下を歩くときも吹きやまない――まさに演劇の効果音のように。ベッドに吊られた蚊帳は古い婚礼の天蓋

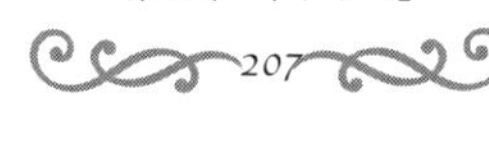

を思わせ、語り手は「わが父の奇しき花嫁」と呼ばれる（p.148）。演劇において結婚は幸福な結末を意味し、オペラなら祝婚歌が歌われるはずだ。だが、先の長い引用の最後に歌われるのは弔いの歌である。このたぐいまれな分身たちの結婚は反－結婚と呼ぶべきものなのだろうか。彼と彼女の愛は死の愛／愛の死なのだ。西洋文学における分身物語を論じるオットー・ランクが、分身が死の意味と愛の意味に結びつきうると指摘していたことを思い出そう。[9] そしてそれはまさに、「おお墓よ！　婚礼の間よ！」[10] というアンティゴネーの叫びと響きあう、近親姦的結婚なのである。

❊虎を放つ

　雌虎の登場。

『インセスト』

　わたしは父のなかの虎を放つだろう。

「リリス」

エリカ・ジョングは『インセスト』の書評で、ニンが父を「はるかに凌ぐ強度をもってドナ・ジュアナを体現することにより、彼のドン・ジュアニズムに打ち勝った[11]」と述べた。だが、この稀代のドン・ジュアンとドナ・ジュアナの死闘がもっともよく活写されるのは、日記より残酷さにおいて勝るとニンが述べた小説、しかも、ジーモア版ではなくパリ版の『人工の冬』に収められた「リリス」においてである。

複数の恋人と同じ部屋で逢瀬を重ねるわざを共有するあたりは、前哨戦である。テーブルに肘をつくな、と父に言われると、成熟の度合いにおいても大胆さにおいても、自分よりはるかに劣る父が説教するなんて滑稽だ、と娘はうそぶく。自分が繰り返しついてきたような嘘をつかれ、実践してきたような策略を使われていることがおかしい、と笑う。ジューナの笑いはハンスのそれよりはるかに陰影に富んではいたが、そこには優しい微笑も明るい哄笑もあった。だが、娘が父を笑うとき、それは決まって冷笑、失笑、または嘲笑である。父と娘はドン・ジュアンとドナ・ジュアナ、二人の役者、虚言者、芸術家、二匹の虎として対峙するが、「わたしは子どもではない」と宣言するとき（p.189）、娘はみずからの従属性、「父の娘」であること、この父の娘であること、最終的には親－子関係そのものを拒絶する。

ドン・ジュアン伝説がモリエールの戯曲やモーツァルトのオペラになっていること、「鳶(とび)色の髪のイゾリーナ」という表現が『テバルドとイゾリーナ』（一八二五年）というモルラッキのオペラを連想させること（p.144）、父と娘が過ごすホテルはオペラの舞台を思わせ、そこで父が娘に「恋愛喜劇」を演じるのに倦いたと言えば、娘は父の「良風美俗の喜劇(コメディ・オヴ・グッド・マナーズ)」に辟易し（p.173）、「母はわたしを女優とみなしていた」と語り手が述べるなど（p.120）、演劇（性）への仄めかしは多い。「リリス」は『チェンチ一族』ならぬ、散文で書かれたインセスト劇といえるかもしれない。

演劇性は父と娘の虚言癖とも結びついている。隠しごとをしたり嘘をついたりするようになったのは父が酷薄だったからだという語り手は、「わが美しき嘘の楼閣」により（p.118）、父に棄てられたという内心の傷、移民の母子家庭の娘としてアメリカに生きる苛酷な現実を生き延びる。「日記の表紙の内側にもう一つの世界を創りあげ、そこには本当のことを書いた。人と話すときは嘘ばかりついていたのと対照的に」とは（p.117）、現実と虚構の関係がねじれている。日記は耐えがたい現実を耐えるための夢の世界であり、嘘は耐えがたい現実を生きるためのわざ（アート）だとすれば、「日記は嘘なのだ[12]」というニンの言葉も、嘘と創造性を結びつける知見も、逆説的な説得力を帯びる。いずれにせよ、父への手紙として書き始められた日記とともに、語り手の生きるすべといえる虚言も、父を淵源とすることになる。語り手の錯綜した虚‐実の起源の場には父がいる。ほかに客のいないホテルで過ごした日々と、たぐいまれなる性愛／官能描写の場面を経て、二人がすれ違い始めるのも、嘘と真実をめぐる立場の相違である。

> 深いかなしみをもって、最初に嘘をついたのは、わたしだった。なぜならわたしには、父にこう言う勇気がなかったのだ。「わたしたちの愛は嫉妬など超越した、偉大なものであるべきです。弱い者につくような嘘はつかないでください」と。

彼の眼に宿るもの、すばやい瞬き、青い水面(みなも)の揺らぎ、かすかな震えから嫉妬の表情を見抜くすべを学んだわたしには、言えなかった。真実は不可能だった。(p.148)

語り手は母に対しては夫の、弟たちに対しては父の代理になったというが(p.137)、ドナ・ジュアナになることも、父を模倣して父になること、そのようにして父を愛することだったはずだ。片や、ドン・ジュアンとしてのキャリアを娘への神話的な愛の物語——彼の物語——で終えようとする父は、ドン・ジュアンとドナ・ジュアナとして複数恋愛(ポリアモリー)を生きようとする娘の流儀を受け入れることができない[13]。「わたしだけがおまえの偉大な愛だ」という父の言葉を否定することを語り手はためらう(p.131)。それはバトラーが注意を促す、『コロノスのオイディプス』でのアンティゴネーのふるまいに酷似する。

> 「この男以上におまえを愛した者はいなかったというのに、これから先おまえはこの男なしで生きてゆかねばならぬのだ」(略)自分をアンティゴネーにとって唯一の男と位置づけるオイディプスによる、これは要求であり、呪いである。だが、彼女がこの呪いに敬意を表しつつも従わないことは明らかだ。父への愛を兄への愛へと置き換えるのだから。(略)彼女は彼の要求に従う。だが、乱交的に従うのである[14]。

オイディプスの近親姦的所有の欲望を、バトラーはアンティゴネーへの呪いと呼ぶ。だが、ニンのエロティカ『リトル・バーズ』の同名ドラマ（二〇二〇年）の脚本を手がけたカタール系アメリカ人アーティスト、ソフィア・アル＝マリアの映像作品『ビースト・タイプ・ソング』（*Beast Type Song*）（二〇一九年）に響く言葉――わたしはおまえの言葉を学んだ。今度はそれを使っておまえを呪ってやる――に倣えば、父のふるまいを学んでドナ・ジュアナとなった娘が、そのドナ・ジュアナイズムによって父を呪っている、とも考えられる。父を模倣し、父になることが父を愛することだったはずが、父への生成変化が強度を増すと、父と競い、父を凌駕し、父を呪うことになる。

若い女性ヴァイオリニストを連れてコンサート旅行に行く父は、講演の準備をするためといって、列車の個室を娘に予約させる。別の用事にもお使いになるのでしょうね、という娘の言葉が父の逆鱗に触れる。「わたしは子どもではありません。あなたの作り話（ストーリー）など信じられるわけがないわ」と言う娘は（p.189）、自分も父に嘘をついてきたから父の嘘が見破れるのだと、ドナ・ジュアナとしてのみならず虚言者としても父を凌駕していると宣言する（自分の嘘は幻と快楽のため、父の嘘は虚栄のためと、差異化も試みるのだが）。自分をドン・ジュアンと責めたおまえの母のように責めるがいい、と父に促されると、娘のなかで変容が起きる。

わたしはもう、自分が自分でなくなって母になり、その赤ら顔、与え、奉仕することに倦んだ肉体、父のわがままと無責任に反発する肉体が乗り移ったような気がした。母の怒りと絶望を感じ

た。（略）わたしは母となり、あなたは人間として失格だと、いま一度父に告げていた。（pp.190-91）
「父になる」ことはドナ・ジュアナになることだったが、「母になる」ことは復讐者になることを意味する。母の霊が乗り移って、母と娘が一体となり、娘が子ども時代に受けた傷と、母が味わった屈辱と不幸に報いようとする。『ハムレット』が父の亡霊と息子による復讐劇だとしたら、「リリス」は母の霊と娘による復讐劇だ。[15] リリスと父のインセスト自体、父を奪っていった若い愛人からこちら側に奪い返すための、母と娘の復讐と解釈することもできる。かつて神格化された父は、いまや人間失格の宣告を受ける。それは、ジューナとジョハンナが共通の恋人であるハンスを憎み、ふたりが「混然一体となった混合物で彼に毒を盛る」という（p.20）、「ジューナ」に描かれた女同士（フィーメイル・ホモソーシャリティ）の絆を想起させる。また、ニンにとって本当に重要なのは父との関係でなく母とのそれだったのではないか、という原真佐子（冥王まさ子）の指摘も思い出すべきだろう。原はすでに死の迫ったニンをカリフォルニアに見舞った際、そのことを本人に確かめようとしたが、進行した病状のためか、答えを避けられたのか、叶わなかったという。[16] 七〇年代に原が示した洞察に同意する研究者も、二一世紀を迎えたいま、複数存在する。[17]
プロットとしては、最終的には赦しが描かれる。「父を決して赦さなかった母」をリリスが超越した（p.165）、もしくは、母と合体したリリスが赦すことにより、母をも憎悪の軛（くびき）から解放した、とも解釈できる。最後に「誕生」のエピソードが添えられ、死んだ女の子とともに、リリスのなかの父を求める少女も死に、新しい女として生まれ変わる、という再生の物語に仕立てられている。それでも、この作品のクライマックスは、二匹の虎としての父と娘の死闘にこそあるというべきだろう。もっとも決定的な、「リリス」でしか読めない言葉は、その少し前に現れる。

わたしはあなたの見知らぬ女。(略)ここに立つわたしはあなたの娘でなく、母の娘でもない。それは、親の愛という傷(スティグマ)を逃れた、このわたし。(p.168)

アナイス・ニンを「父の娘」と呼んだ矢川澄子に対し、そうではなくて実は「母の娘」だったのではないか、と原は示唆した。だがリリスは、自分は父の娘でなく、母の娘でもないという。それは孤児宣言というべきものだ。父を模倣してドナ・ジュアナとなり、母と一体化して復讐者となったあとで、彼女は孤児として生まれ変わり、トラウマの子であること、エディプスの娘であることを拒否する。この孤児主義とも呼びうる自己認識が、複数の芸術家・思想家によって共有されていることは、第3章「想像の父を求めて」で確認した。オクタビオ・パスは孤児概念が母性や父性に先立つ意識の最古層に属すると主張する。ヘーゲルのアンティゴネー読解を検証するデリダは、親族構造を理解するにあたり、なぜヘーゲルは近親姦の娘を導入したのかと問い、「孤児院が無意識の構造だとしたらどうだろう。(略)孤児の無意識ほど非オイディプス的な、実にアンチ・オイディプス的なものはない」と述べ、さらに「ヘーゲル的家族の存在神学に私生児の居場所はあるだろうか[18]」と問うて、近親姦の娘‐孤児‐私生児という親族関係の三変種を繋いでみせる。ニンの魂の兄というべきアルトーは「われ、アントナン・アルトー、われはわが息子／わが父、わが母／そしてわれ自身なり[19]」という言葉をみずからの墓碑銘として書きつける。さらにもう一つ、リリスの心情と決意に近しい言葉を挙げるとすれば、「私は父も信じない／母も信じない／わたいには（ママ）／パパ‐ママなんかいない[20]」というドゥルーズ＝ガタリのアンチ・オイディプス宣言だろうか。

エディプスの三角形を形成する近代家族、そこで刻印されたトラウマに囚われ続け、生涯精神分析という杖を手放せなかったと考えられてきたアナイス・ニンは、一方で父を棄て、母も棄て、神を拒絶し、あるいはみずからのうちに母性と父性と神性をいだき、孤児として「チベットの砂漠[21]」に立つ、強靱な精神のもち主であった。それは、エディプス構造と精神分析を強烈に批判するドゥルーズ＝ガタリが「孤児の企て」と呼ぶものにほかならない。「しかし彼らが、オイディプスに、永遠のママの嘆きや永遠のパパの議論にのめりこむようにみえるちょうどそのときに、じつは彼らは別の企ての中に巻き込まれている。それは孤児の企て[22]」なのだ、と。ニンにとっての孤児の企ては、ランクがいうように、芸術家がいだく自己創造の野望に裏打ちされているとも考えられるが、女性作家のイニシエーションとして水田宗子が語る自己出産のふるまいと解釈することもできる。

連作小説集『人工の冬』パリ版で「リリス」の次に置かれた「声」において、精神分析医はリリスに、自分の名前の由来を知っているかと問う。

それは男とつがわない女、どんな男とも真に結ばれることのない女、男がまるごと所有することの叶わない女なのです。リリスは、憶えておいででしょうが、イヴより先に生まれ、人間の肉体ではなく土から創られた。誘惑し、魅了することはできても、溶けて男と一つになることはない。人間と同じものでできていないのですから。(pp.276-77)

エディプス構造を脱した孤児としてみずからを提示したリリスは、男とつがわない女でもあった。もしかするとこれは、アナイス・ニンの真実であり、夢でもある自己像なのではないか。「たぐいまれなる誘惑する女」[23]として、「ただ一つ、異常というべきものがあるとしたら、それは愛する能力をもたないことです」[24]と宣言する愛の人として、タブー領域を含む数々の愛をニンはくぐり抜けてきた。晩年はふたりの「夫」の住む東海岸と西海岸を環大陸的に往還し続け、一九七七年に亡くなるとその遺灰は、作家アナイス・ニンを誕生させたのみならず、彼女自身の懐胎の場として夢想される大西洋の海に投げられたという。[25]ポリアモリストとしての豊穣な生をまっとうしたと考えるべきだろうか。それとも、ルヴシエンヌの「美しい牢獄」の囚われ人が、晩年は第一の夫ガイラーの住むグリニッチ・ヴィレッジと、シルヴァー・レイクの「ルパートの人形の家」[26]を、自動人形のように往還するうちに人生を終えたということだろうか。[27]この問いは、わたし自身が何度も戒めた、道徳的裁断の変種になりかねない。ただ一つ確かなことは、作品において、父の娘であることも母の娘であることも、男に所有される女であることも拒絶し、超越する女性、リリスが誕生したことである。

おわりに

❇再読の不／可能性

かつてアナイス・ニンで長い論文を書いたとき、それは無削除版日記第一巻『ヘンリー&ジューン』（一九八六年）出版後のことだったが、アナイス・ニン批評・受容の新たなチャプターを画すかに見えた同作には、あえてあまり触れずにおいた。わが研究の新たなチャプターのために、とっておこうと思ったのだ。

『ヘンリー&ジューン』は古くからの読者に衝撃をもって受けとめられる一方、フィリップ・カウフマン監督の同名映画（一九九〇年）も相まって、若い新たな読者を獲得した。あの作品でニンを知った、ニンに興味をもったという層は確実に存在する。わたしは世代的にも心情的にもその中間に属していたようで、繊細さの極みのような編集版日記第一巻のニンも、好奇心の塊のような『ヘンリー&ジューン』のニンも、それぞれに興味深かった。
「無削除版」と銘打ってはいても、削除も編集もされているのがアナイス・ニンの日記らしいところだが、長く批判のもととなってきた「隠蔽」が解かれ、「嘘」の下から真実が顔を見せれば、いよいよニン再読・再評価の機運が高まると、期待に胸を膨らませた。ハーコート社の敏腕編集者、ジョン・フェローンの貢献もあり（ルパート・ポールとの確執と妥協の産物であることは第2章で触れたとおり）、物語としてもウェル・メイドな『ヘンリー&ジューン』は、文学的にも経済的にも、ニンとニン・トラストに恩恵をもたらしたといえるだろう。

だが、ポールの執拗な介入に耐えかねてフェローンが編集を辞して以降の無削除版はいかにも冗長であり、なおかつ、第二巻『インセスト』をめぐる毀誉褒貶（主に毀と貶）の激しさは、トラストの思惑をはるかに超えていたようだ。わたし自身の反応は、第4章で紹介したジョングや矢川のそれに近いもので、これを論じなければニンを論じたことにならないと考えてきた。にもかかわらず、『ヘンリー&ジューン』論を書いた二〇〇三年から二〇年近くを経てようやく『インセスト』論を書きあげたことからわかるように、このテーマの難しさはわたしの予想をはるかに超えていた。中田耕治が述べた、アナイス・ニンが「難しい作家」である所以には、この問題も含まれていたのかもしれない。

ニン受容において、二〇二〇年はある意味で当たり年だった。レオニー・ビショフによるバンド・デシネ（フランスのコミック）『アナイス・ニン――嘘の海の上で（シュル・ラ・メール・デ・マンソンジュ）』（*Anaïs Nin: Sur la mer des* mensonges）がアングレーム国際漫画祭で読者大賞（プリ・デュ・ピュブリク）を受賞した。また、矢川澄子も翻訳したエロティカ『小鳥たち』が、女性の脚本家と監督を得てイギリスでドラマ化された。翌二一年にはアメリカでも放映され、『ニューヨーク・タイムズ』オンライン版が一面で取りあげた[1]（日本ではBS12（トゥエルビ）で放映）。『ヘンリー&ジューン』に次ぐニン・ルネサンスの始まりか、と期待したくもなるが、八六／九〇年と違うのは、それがポピュラー・カルチャーの領域での注目にとどまり、作家としてのニン再読に繋がらなかった点だ。矢川澄子が前世紀末に述べた、「彼女だけは二十世紀世界文学史のなかで相変らずひとつの大きなペンディングのまま」[2]にとどまっているという状況は、二一世紀現在も変わらない。

二〇〇〇年代以降に英語圏で出版されたニン関連の書籍は、ヘレン・トゥーキー『アナイス・ニンを書く――セレブリティ・カルチャーとアナイス・ニンの創造』（*Writing an Icon: Celebrity Culture and the Invention of Anaïs Nin*）（二〇一七年）のように文化的表象ないし社会的存在としてニンを論じるもの、もしくはバーバラ・クラフト『アナイス・ニン――最後の日々』（*Anaïs Nin: The Last Days*）（二〇一三年）、トリスティーン・ライナー『女神の弟子――アナイス・ニンとわたしの秘密の生活』（*Apprenticed to Venus: My Secret Life with Anaïs Nin*）（二〇一七年）、キム・クリザン『アナイス・ニンの家のスパイ』（*Spy in the House of Anaïs Nin*）（二〇一九年）のように、生前のニンを知る者の回想録が目につく。独自の視点、優れた分析、印象的な洞察を含むものもあるが、作家としてニンが書きつけた言葉を精査する類のものではない。ニンが愛し、影響を受け、折に触れ言及し、読者の注意を喚起した「マイナーな」女性作家たち――ジューナ・バーンズ、アンナ・カヴァン、イサク・ディーネセン等――において実現している再評価が、生誕一二〇周年を迎えたいまも、ニンのもとには訪れない。責任の一端は研究者にもあるというべきだろう。

❇星に憑かれた人

彼女は時にふざけて自分のことを「星に憑かれた娘（ユヌ・エトワリーク）」――彼女の造語――と呼ぶ。そう、確かに彼女がいうように、「月に憑かれた（ルナティーク）」という言葉があるのだから、エトワリークといって悪いわけがない[3]。

これまで何度か触れた、ニンの日記をめぐるエッセイ「星に憑かれた人」のなかで　ミラーは少女リノット＝アナイスをそのように紹介する。ミラーが聖アウグスティヌスやアベラール、プルーストの告白文学にも比すると称えたのはニンの少女時代の日記にほかならない、と矢川はいうが[4]、ミラーのエッセイは「こうしてこの文章を書いているいま、アナイス・ニンは五〇冊目の日記をつけ始めた[5]」と書き始められ、二〇年にわたる魂の旅の記録として捉えられているので、それは必ずしも正確な表現ではない。五〇冊すべてを読んだわけでは無論なかろうが、ミラーがニンの日記の本質をかなりの程度捉えていることは確かだ。曰く、「驚くべきもの」を追求し、言語化しようとする（一三歳の）

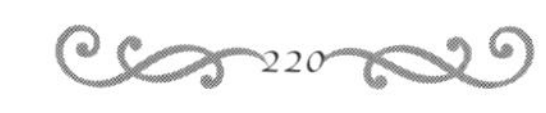

彼女の意志がシュルレアリストたちのそれと重なること、日記は小説や演劇と同様、文学形式の一つであること、など。何より劇的な記述としてミラーが挙げるのは、ニンの複雑な内面を解き明かそうとする精神分析医たちが、彼女によって「まんまと解き明かされ、ずたずたに切り刻まれる」さまだ。ただしそこに「悪意のかけらもない！」[6]というのはナイーヴにすぎるし、ニンの言語が「超モダン」[7]であり映画的でもあるという指摘は鋭いが、女性性を強調しすぎるきらいは（ダレル、ウィリアム・カーロス・ウィリアムズ、そしてニン自身と同様に）あるのだが。おそらくもっとも注目すべき指摘は、次のようなものである。

深い意味において、これはまさに書かれることのない作品である。なぜならそれを創造するのが使命であるはずの芸術家が、生まれることがないからだ。われわれの前にあるのは、意志的ないし技術的に完成された作品ではなく（今日そんなものはいよいよ空しい幻想と思えるが）、未完の交響曲なのである[8]（略）。

ドゥルーズ＝ガタリがミラーやアルトーに見いだした「生成」の芸術家を、ミラーはニンのなかに探り当てる。日記という文学ジャンルの特徴が、そのまま「絶えざる生成状態」[9]を生きるニンという作家の本質とも、ニンは女として書いたというより女になるために書いたのだ、という原真佐子（冥王まさ子）の洞察とも響きあう。

『人工の冬』パリ版に収められた「ジューナ」を論じた第7章で「作家としても人間としても女性としても、激しく劇的な生成の時期に書かれた一連のテクストは、創作にせよ日記にせよ、アナイス・ニンがもっともアナイス・ニンらしい時代だったともいえるのではないか」と述べた。これは、今回改めてアナイス・ニンという作家と向きあってわたしが得た結論でもある。つまり三〇年代、パリ時代のニン、より正確には、パリ郊外ルヴシエンヌとパリ左岸――ヴィラ・スーラやクリシー――を往還していた時期だ。その運動性のなかで、限りなく死に近い冬眠をくぐり抜けてもいた彼女が、散文詩『近親相姦の家』を書き、連作小説集『人工の冬』を書いて、作家として誕生したのだ。それらの作品はニンにとってきわめて重要なテーマを扱うものであると同時に、その実験性、前衛性においてきわだっている。そしてまったく同じ時期に、彼女は二重スパイのようにヘンリーとジューンを愛し、父との和解と復讐を実現し、中絶を経験し、精神分析医を分裂分析にかけてみせた。実験的な作品を書くことと並行して、劇的かつ激烈な人生の実験を遂行し、その生の記録を日記というもう一つの作品に書きつけていたのだ。その苛酷な、書くことと生きることの生成が行なわれたのが、ルヴシエンヌである。

「魂の実験室」という象徴的な言葉は、編集版日記第一巻に何度か登場する（「わたしはよく整えられた魂の実験室だと感じる――わたし自身も、わたしの家も、わたしの人生も」「ヘンリーはわたしの家を「魂の実験室」と呼んだ[10]」）。もとは一九三三年元旦、ルヴシエンヌに滞在して『北回帰線』を執筆していたミラーが、ニンの日記に（あたかも刺青のように）直接書きつけた言葉である――「ルヴシエンヌはそのとき、

ぼくの心の地平線に、あたかも魂の実験室のように立ち現れる」と。ミラーはまた、「ぼくはこのルヴシエンヌという場所の、運命的としかいいようのない性質を意識している」とも、「ぼくの人生を伝記に書くなら、ルヴシエンヌは歴史的に確固たる位置を占めることになる。なぜならルヴシエンヌから、ぼくの人生のもっとも重要な時代が始まるからだ[11]」とも述べるが、それはおそらくニンの自己認識とも重なっているのではないか。かつて「美しい牢獄」と呼んだ家が「魂の実験室」と化し、繊細にして根源的な生成のドラマが繰り広げられる。ただそれをわたしは、「魂と肉体の実験室」と呼ぶべきではないか、と提案した。

本書で取りあげた作品はいずれも、この魂と肉体の実験室で繰り広げられた実験の記録であり、三〇年代に書かれた、もしくは三〇年代を描いたものである。本書を書きながら、この時代にこそアナイス・ニンの可能性の中心がある、と確信するに至った。考えてみれば、わたしが「『日記』中の日記」と呼んでいる、六六年に日記作家アナイス・ニンを世に知らしめた編集版日記第一巻は、まさにこの時代と場所を活写したものだった。それからちょうど二〇年後の八六年に新たな読者を獲得し、つかの間のニン・ルネサンスを垣間見せた『ヘンリー&ジューン』にしても同じことだ。

『人工の冬』パリ版をニンの最高傑作と信じ、パリ版にのみ収められた「ジューナ」のある場面を「わたしの知る英語で書かれた散文のなかでも、もっとも魔法のようで魅惑的[12]」であると述べたフェリックス・ポーラックは、ニンの死の前年、彼女に宛てた手紙のなかで、あの時代と場所への想いを語る。

あのパリの日々——きみは永遠に若く……まるでぼく自身がそこにいたかのようだ。そういう幻影を振り払うことができない……およそ人が夢見るいっさいがそこにある。人一人の人生で望みうるものとしては、それで充分だろう。でも本当にそうだろうか？[13]

本当にそうかどうかはわからない。ただ、編集版の日記、初期の日記、無削除版の日記、そしてフィクションを、パリンプセストのように読み重ねることで、アナイス・ニンがもっともアナイス・ニンらしかった時代の彼女を、彼女自身の言葉によって召喚すること——それが本書の、ささやかな願いであった。

註

◉はじめに

（1）incestという言葉は近親相姦でなく近親姦と訳すべきだとの議論があり、同感であるが、本書では、邦訳タイトルとして「近親相姦」が定着している場合、それに倣った。
（2）Miller, “Un Être,” p. 269.
（3）Boucheraud, “Anaïs Nin's Recreated Patrimony,” p. 99.
（4）Nin, *Diary* 5, p. 214.
（5）Nin, *Diary* 7, p. 203.
（6）野島、四九七頁。
（7）一九三九年、パリのオベリスク・プレスから出版された『人工の冬』はパリ版、四〇年代にニューヨークのジーモア・プレスから出版された『人工の冬』はジーモア版と呼ばれる。本作の出版史については第6章で詳述する。
（8）Nin, *Diary* 1, p. 204.

◉第1章

（1）Nin, *Mystic of Sex*, p. 13.
（2）Zinnes, p. 35.
（3）ニンの後半生を彩る、「透明な子どもたち」と呼ばれる若きゲイ・アーティストの一人、ジェイムズ・レオ・ハーリヒーは、ニンのもっとも知られていない側面としてユーモアを挙げ、「純白で、まったく意味のないものは何か」との問いに「処女性?」と応じたエピソードを披露している(p.68)。
（4）Nakata, p. 135.
（5）コンパニョン、三五頁。
（6）Nin, *Novel*, p. 85.
（7）バルト、一三五頁。
（8）フーコー、七四—八二頁。
（9）デリダ『他者の耳』一二八—一二九頁、Lejeune, p. 150. なお自伝契約とは、書物の表紙に記された作者の名と、作品内の語り手との同一性をめぐる契約である。
(10) Rich, p. 217; ジョンソン、二七三頁。ただし日本や中国では宮廷すなわち公権力の日々の記録(日録)が日記の起源なので、事情は異なる(鈴木、四二頁)。しかも、日本における日記文学の祖とされる紀貫之の『土佐日記』は「男もすなる日記といふものを、女もしてみむとてするなり」と書き出されるトランスジェンダー日記である。
(11) Millett, p. 4.
(12) Millett, p. 7.
(13) Millett, p. 5.
(14) Nin, *Diary* 4, pp. 177, 142.
(15) サルトル、六八頁。
(16) ドゥルーズ゠ガタリ『カフカ』八一頁。
(17) Berg, p. 42. ニンをパフォーマンス・アーティストと捉える批評についてはHinz、Pineau、Charnock、Freelyも参照。
(18) Herlihy, p. 67.
(19) ド・マン、九二頁。
(20) Woolf, *Writer's Diary*, p. 13.
(21) Nin, *Early Diary* 4, p. 480.
(22) Nakata, p. 135.
(23) Bryant, p. 1.
(24) Nin, *Early Diary* 4, p. 413.
(25) Nin, *Diary* 5, p. 157.
(26) Nin, *Novel*, pp. 84-85.
(27)「ヴァージョニング」という視点からのニン論はTookeyを参照。
(28) Anaïs Nin, *The Diary of Anaïs Nin*, vol. 1, Harcourt, 1966, p. 3. 以下、本作からの引用はすべてこの版により、本文の括弧内に頁数のみ記す。
(29) イリガライ、九二頁。
(30) Nin, *Diary* 2, p. 240.
(31) Nin, *Linotte*, p. 3.
(32) フロイト『快原理』六四頁。
(33) Nin, *Children*, p. 203.
(34) Nin, *Diary* 6, p. 109, *Winter*, p. 60. 本書の註の略称で*Winter*はジーモア版、*The Winter*はパリ版を指す。
(35) 西川、三〇五—六頁。

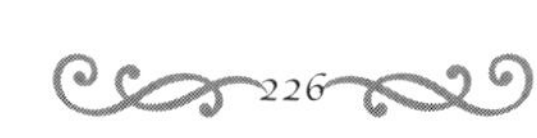

(36) 矢川『「父の娘」たち』一〇七頁。
(37) Nin, *Diary* 4, pp. 218-19.
(38) 巽孝之は「コスモポリタニズムという言説自体がユダヤ的故郷喪失意識（ディアスポラ）をモデルに形成された」と指摘する（一三五頁）。
(39) Nin, *Early Diary* 2, p. 502.
(40) Woolf, *Three Guineas*, p. 125.
(41) Nin, *Four-Chambered Heart*, p. 335.
(42) Nin, *Diary* 3, p. 11.
(43) Nin, *Woman Speaks*, p. 17.
(44) Spivak, p. 140.
(45) Snyder, p. 98.
(46) Moi, p. 80.
(47) Nin, *Woman Speaks*, pp. 155-56.
(48) Nin, *Trapeze*, p. 85.
(49) Nin, *In Favor*, p. 12.
(50) Nin, *Linotte*, p. vii.
(51) Stanton, p. 14; Kingston *Veterans*, p. 1.
(52) リクール、二〇九頁。
(53) Nin, *Linotte*, p. 142.
(54) Nin, *Early Diary* 2, pp. 54, 208.
(55) Snyder, p. 20.
(56) Nin, *Early Diary* 3, p. 5.
(57) Nin and Miller, p. 219.
(58) Nin, *Diary* 2, p. 253.
(59) H. D., p. 165.
(60) Nin and Miller, pp. 217-18.
(61) ニンとミラー、六〇頁。
(62) Nin, *Early Diary* 4, p. 248.
(63) Podnieks, p. 306; Benstock, "Expatriate Modernism," pp. 33-34.
(64) Nin, *Diary* 6, p. 28; Bair, p. xviii.
(65) ドゥルーズ＝ガタリ『カフカ』四八頁。
(66) Nin, *Diary of Others*, p. 366.
(67) Nin, *Diary* 2, p. 349.
(68) 夫は『日記』から消されたのか、みずから消えることを望んだのかについては、両方の説がある。もともとは後者だったが、のちにそれを悔やんだという証言も、ニンおよび本人からの伝聞という形で複数存在する（Kraft, *Anaïs Nin*, p.146; Brandon,

p.105）。一方キム・クリザンは、一九六四年一一月四日付のニンからガイラーへの手紙（「主要な登場人物、つまりあなたのいない物語を読むのはつらいことでしょう。でも、真実はいつか明らかになります」）の存在を報告している（p.166）。

（69）Bair, p. xvi.

（70）鹿島「性愛を蒐集する男」三七頁。

（71）ルジュンヌ、四–五頁。

（72）ルソー『告白』五–六頁。

（73）ルソー『孤独な散歩者の夢想』八二頁。

（74）Nin, *Henry & June*, p. 113.

（75）Nin, *Henry & June*, p. 231.

（76）Nin, *Incest*, p. 235.

（77）Boucheraud, "Real Journal," p. 19.

（78）Nin, *Incest*, pp. 267-68.

（79）Nin and Miller, p. 212.

（80）Wilde, pp. 990, 972.

（81）Rainer, p. 233.

（82）Stern, p. 312; Shapiro, p. 155; 原真佐子「訳者あとがき」三八一頁。

（83）ジュネット、一五〇頁。

（84）Nin, *Diary* 4, p. 176.

（85）Nin, *Diary* 3, p. 166.

●第2章

（1）Millett, p. 4.

（2）Miller, "Un Être," p. 282.

（3）Anaïs Nin, *Henry and June: From the Unexpurgated Diary of Anaïs Nin*, Harcourt, 1986, p. 1. 以下、本作からの引用はすべてこの版により、本文の括弧内に頁数のみ記す。

（4）本作の表紙にもタイトルページにも編者の名は記されていない。が、「編者の前書き」に署名するのは「アナイス・ニン・トラスト責任者、ルパート・ポール」である。しかし、実際に編集作業を行なったのはハーコート社のジョン・フェローンであったことがわかっている。本作の編集をめぐる激しい攻防については第4章で述べる。

（5）Nin, *Diary* 1, p. 346.

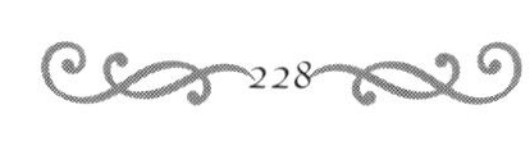

(6) Nin, *Incest*, p. 301.
(7) Nin, *Diary* 1, p. 13.
(8) Cixous, p. 37.
(9) Nin, *Diary* 1, p. 151.
(10) Klein, p. 41.
(11) Nin, *Incest*, p. 23.
(12) 日本の読者は原の「訳者あとがき」により、ニンが結婚していたことを初めから知っていた。そのため、無削除版日記以前の彼女のイメージは、欧米にあったような自由で自立した女というより、結婚／愛と芸術を両方手に入れた幸福な女性というものだった。
(13) Nin and Miller, p. 121.
(14) Nin, *The Winter*, p. 20.
(15) ミラーはニンとの関係について（ニンの意向を尊重し）基本的に沈黙を守り、作品にもしていない。ニンがミラーに語らせなかったのは、関係を公にしたくないということのほかに、彼女自身が語る女であったから、「自分の肖像は自分で描く」といいきる自負があったからだ（*Diary*, 1, p.147)。一方、ミラーがパリからアメリカの友人に送った手紙でニンとの性愛を語る描写は、驚くほど抒情的である（「彼女はみずからを与えることなく身をまかせてくれる。闇のなかでぼくが貫くと、彼女の肉体は神秘的な言葉で叫び声をあげ、ぼくが残した傷跡からは薔薇の花びらが香る」[*Letters to Emil*, p.96]）。
(16) Nin, *Diary* 1, p. 276.
(17) フロイト「続・精神分析入門講義」一四六頁。
(18) Lacan, p. 75.
(19) Nin, *Fire*, p. 189.
(20) Nin, *Under a Glass Bell*, p. 65.
(21) Nin, *Diary* 1, p. 229.
(22) Rank, *Double*, pp. 69-70.
(23) Woolf, *Room*, p. 80.
(24) 一九七七年二月、ニューヨークで開かれたニンを偲ぶ会に登壇したケイト・ミレットは、出逢って間もないジューンとアナイスの「逢瀬」を描いた『日記』第一巻を朗読し、女性芸術家、自伝作家としてのニンの存在と表現以上に重要なのはジューンという偉大にして悲劇的な女性像を創造し、女同士の恋の輝かしくも危険な官能性を描きえたこと、それこそが『日記』第一巻の「根源」である、と述べた。(Herron, *Anaïs Nin Podcast*)

(25)ミラーは自作の仏語翻訳者とのインタヴュー集『わが愛わが彷徨』(一九七六年)で、「[アナイス]には、道徳観念ってものが欠けていた。あらゆる点から非難されるような行為、背信行為をしても、自責の念にかられたりはしなかった。罪の意識から、解放されていたんだな」と語る(一五五頁)。一方、『日記』の邦訳者、原真佐子が死期の迫ったニンを見舞ったとき、ルパート・ポールは「アナイスはピューリタンだから必要以上に苦しんできたのですよ」と語ったという(「最後のアナイス・ニン」一五頁)。おそらくはこの両極のあいだを揺れ動いたのがニンの真実の姿だったのだろう。

(26)ジューンの評伝にも次のような記述がみられる。「アナイスの日記の読者は、生き方においてもヘンリーへの評価においても、二人の女性が似ていることに驚くだろう。」「時として、アナイスの行動に対して彼女自身が与えた説明が、ジューンの似たような行動を理解するのに役立つこともある。」(Starck, pp.26, 28)

(27)Nin, *The Winter*, p. 78.

(28)Nin, *Incest*, p. 39.

(29)*Irigaray*, p. 24.

(30)Butler, *Bodies*, pp. 62, 85, 51.

(31)Butler, *Bodies*, p. 51.

(32)Nin, *Diary* 1, p. 7.

(33)Nin, *Diary* 1, p. 128.

(34)「女として書く」ことの読み直しについては、Gilbert & Gubar も参照。

(35)Nin, *The Winter*, pp. 77-78.

(36)Riviere, p. 213.

(37)Nin, *The Winter*, p. 78.

(38)Butler, *Gender*, p. 33.

(39)ボーヴォワール、一六一頁。

(40)原真佐子「訳者あとがき」三八二頁。

(41)ドゥルーズ＝ガタリ『千のプラトー』三一九頁。

(42)Nin, *Diary* 1, p. 128.

(43) Nin, *Diary* 4, p. 176.
(44) Rimbaud, p. 379.
(45) Nin, *Early Diary* 4, p. 413.
(46) Nin, *Diary* 3, p. 166.

●第3章

(1) Anaïs Nin, *The Diary of Anaïs Nin*, vol. 1, Harcourt, 1966, p. 103. 以下、本作からの引用はすべてこの版により、本文の括弧内に頁数のみ記す。
(2) Nin, *Early Diary* 2, p. 132.
(3) Nin, *Winter*, p. 97.
(4) Kristeva, *Tales of Love*, p. 26.
(5) ジョンソン、三二三頁。
(6) ジョンソン、三三三頁。
(7) Nin, *Winter*, p. 82.
(8) Butler, *Antigone's Claim*, p. 69.
(9) Rainer, "Anaïs Nin's Diary I," p. 166.
(10) Nin, *Woman Speaks*, pp. 17-18.
(11) パス、一九五頁、Derrida, *Glas*, pp. 165-66; Artaud, p. 238.
(12) Butler, *Force*, pp. 27-66.
(13) Nin, *Diary* 2, p. 319.
(14) サイード、二六四―六五頁に引用。
(15) マルクス、一八〇頁。
(16) Nin, *Children*, p. 140.
(17) Nin, *Four-Chambered Heart*, p. 323.
(18) Nin, *Four-Chambered Heart*, p. 332.
(19) Nin, *Early Diary* 4, p. 140.
(20) Nin, *Diary* 2, p. 21.
(21) Kristeva, *In the Beginning*, p. 43.
(22) デリダ『来たるべき世界のために』六一頁。
(23) Nin, *Early Diary* 2, p. 86.
(24) Nin, *Diary* 5, p. 52.
(25) この高揚した心理状態は、父と娘のインセストを扱うメアリー・シェリーの『マチルダ』(一九五九年)が描くそれに酷似している(「[父からの手紙]を読んだときに沸き上がった激情は説明できない。(略)「言葉にならないほど熱烈にマチルダに会いたいのです。(略)」これらの言葉を貪るよう

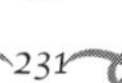

な目で読み、口づけをして、涙を流して叫んだ。「私のことを愛してくれるんだ！」」二七頁）。

（26）鏡のなかに他者としての自己を発見することについては『信天翁の子供たち』を、思春期の鏡像段階と呼ぶべき自己変容の様子については『日記』第二巻を参照。

（27）Evans, p. 45.

（28）ヤングは「人工の冬」の書評で、日記を財源とするニン作品において「批評の語彙はまさにフィクションという概念に躊躇」し、「われわれははなから道徳的恫喝を受けることになる。なぜならこの込み入った関係に関して、厳密に文学的な批評は禁じられているも同然だからだ」と述べる（Evans, p.45 に引用）。

（29）ニン『人工の冬』、一二一頁。

（30）Scholar, pp. 93-94.

（31）クリステヴァ、一一五頁。

（32）Nin and Miller, p. 191.

◉第4章

（1）Nin, *Early Diary* 2, p. 88.

（2）Nin, *Early Diary* 2, p. 89.

（3）Nin, *Linotte*, p. 3.

（4）石川、二〇二頁。

（5）Nin, *Diary* 1, p. 219.

（6）矢川『反少女の灰皿』三九、四二頁。

（7）矢川『「父の娘」たち』一三二、一四七頁、『アナイス・ニンの少女時代』八五頁。

（8）Nin, *Diary* 1, p. 218.

（9）Nin, *Linotte*, pp. 23-24, 27.

（10）Nin, *Henry & June*, p. 245.

（11）Nin, *Diary* 5, p. 184.

（12）Pole, "Editor's Preface." Nin, *Henry & June*, p. vii.

（13）原真佐子「最後のアナイス・ニン」一五頁。

（14）Kraft, *Henry Miller*, p. 23.

（15）Felman, p. 32.

（16）Nin, *Incest*, p. 209. 以下、本作からの引用はすべてこの版により、本文の括弧内に頁数のみ記す。

(17) 矢川『「父の娘」たち』一〇七頁。

(18) 矢川『「父の娘」たち』一一〇頁。

(19) 鹿島「性愛を蒐集する男」三九頁。

(20) Jong, p. 3.

(21) Charnock, http://academia.edu/47151264/incest_in_the_1990s_Rereading_Anaïs_Nins_Father_Story_.

(22) Doyle, https://www.the*guardian*.com/culture/2015/apr/07/anais-nin-author-social-media.

(23) 杉崎「作品ガイド」一五九頁、「訳者解説」四七七頁。ニンは一九二三年、二〇歳のときに結婚したヒュー・ガイラーとの法律婚に終止符を打つことはなかったが、一九四七年に出逢った一九歳年下のルパート・ポールとも、一九五五年から六六年までのあいだ「違法に」結婚していた。重婚の遂行に際しては、「えぇいままよ、法なんてどうだっていい」と、ハックばりの啖呵（たんか）を切っている（*Trapeze*, p.334）。

(24) Reigns, p. 98.

(25) Charnock, http://academia.edu/47151264/incest_in_the_1990s_Rereading_Anaïs_Nins_Father_Story_.

(26) 杉崎「訳者解説」四七四頁。

(27) Pole and Ferrone, p. 8.

(28) Nin, *Diary* 6, p.372.

(29) Nin, *Novel*, p. 85.

(30) Pole and Ferrone, p.8.

(31) 杉崎「訳者解説」四七四頁。

(32) Kraft, *Anaïs* Nin, p. 112; Fitch, p. 375; Holt, p. 136.

(33) Pole and Ferrone, p. 8.

(34) Pole and Ferrone, p. 17.

(35) その名の示すとおり、アメリカ建国の父にしてアメリカにおける自伝文学の祖の子孫である。

(36) Franklin V, p. 156; Herron, email to Yaguchi, 26 Apr. 2021.

(37) デュラスとゴダール、九二頁。デュラスは兄とのあいだに強烈な欲望を体験したといい、「近親相姦においては、欲望の全体が、愛の全体がある」とも述べる（七一頁）。

(38) レヴィ=ストロース、九四頁。

(39) フロイト「トーテムとタブー」二七頁。

(40) Rank, *Incest Theme*, p. 35.

(41) 矢川『「父の娘」たち』一二〇頁。
(42) Anaïs Nin and Joaquin Nin, p.94.
(43) Nin, *Fire*, p. 103.
(44) Sollors, p. 287.
(45) Nin, *Henry & June*, p.246.
(46) Jong, p. 3.
(47) *Incest*, pp. 209-10, 217, *Diary* 6, pp. 6, 25,109 を参照。
(48) Bair, Podnieks, Nemetz を参照。
(49) フロイト「続・精神分析入門講義」一五六頁。
(50) Anaïs Nin and Joaquin Nin, p. 247.
(51) Butler, *Psychic Life*, pp. 7-8.
(52) フロイト「モーセという男と一神教」九九頁。
(53) ハーマン、一五〇―六五、二一五―一六頁。
(54) Nin, *Nearer the Moon*, p. 207.
(55) 原「最後のアナイス・ニン」一四頁。
(56) Krizan, p. 83.
(57) 鹿島「性愛を蒐集する男」三八頁。
(58) リヒター、一一頁。
(59) Kingston, p. 43.
(60) Jong, p. 3; Butler, *Antigone's Claim*, p. 34. なお、「ナナ」というふくよかな女性像の彫刻で有名なニキ・ド・サンファルに、父から受けた性暴力を描いた自伝的映画『ダディ』(一九七二年)がある。カトリーヌ・ドシンによれば、フランスでは高い評価を受けたが、英米では強く批判されたという(Dossin, pp. 175-76)。二〇一四―一五年、パリのグラン・パレで開かれたド・サンファル回顧展が日本に巡回した際は、カタログでもまったく言及されなかった。現在、本作は映像を観ることも脚本を読むこともきわめて困難である。アーティストが胆力をもってタブーを作品化しても、世界がその作品をタブー化するというもう一つの例かもしれない。
(61) Butler, *Antigone's Claim*, p. 82. クロソウスキーがバタイユに見る「言語と侵犯の同一化」も同じ理解に基づいているだろう(Klossowski, p.67)。
(62) DuBow, p. 73.
(63) Sophocles, p.581.
(64) Nin, *Fire*, p. 303.
(65) Butler, *Antigone's Claim*, p. 60.
(66) Nin, *Fire*, p. 303.

(67) Henke, p. 67.
(68) Nin, *Fire*, p. 394.
(69) ニーチェ、二四頁。
(70) ジョンソン、三二二頁。
(71) 日地谷＝キルシュネライト、三六七頁。
(72) Cornell, p. 66.
(73) Pollitt, p. 3.
(74) Podnieks, p. 335.
(75) Bair, p. 200. ベアの評伝はニンの人格を断罪する要素が強いものの、九五年当時、公認の伝記作家以外にただ一人、UCLA図書館のオリジナル日記へのアクセスを許された人間が書いたものとして、資料的な正確さを評価する声もあった。だが、ニンと父が交わした手紙は残っていないという一八一頁の記述は、二〇二〇年に出版された往復書簡集『再会』（*Reunited*）により覆された。
(76) Richard=Allerdyce, p. 96; Henke, pp. 75-76. アラーディスに応答するかに思えるのは、中絶詩における流産と中絶の境界の曖昧さを指摘し、それは、子どもの死はすべて母親の責任とみなされることと関わりがあるというジョンソンである（ジョンソン、三五一頁）。
(77) Nin, *Diary* 1, p. 339.
(78) ジョンソン、三四八頁。
(79) Kristeva, *Desire*, p. 240.
(80) リプロダクティヴ・ライツを人種や経済の問題に接続し拡大する、リプロダクティヴ・ジャスティスの概念についてはRossとSolingerを参照。
(81) Nin, *Mirages*, pp. 25-26.

◉第5章

(1) ヘンリー・ミラーのパリ時代を言葉と写真で活写するブラッサイによれば、新印象派の画家、ジョルジュ・スーラの名を冠するこの小径には、シャガールやダリも住んでいたという（p.102）。また、ミラーのヴィラ・スーラへの引っ越しを『日記』第一巻に綴るニンは、かつて住人だったアルトーが、ドライヤーの『裁かるるジャンヌ』で僧を演じたときの写真がクローゼットから出てきた、と報告している（p.350）。

（2）Evans, p. 26 に引用。

（3）たとえばフランクリン五世とスナイダーは「ニンの最初にして最上かつもっとも挑戦的な散文作品」と（p.4）、ニンに手厳しいことで知られるスカラーも「シュルレアリスト的散文詩であり、女性の私的領域への参入を繰り返す本作は、日記以外にニンのものしたもっとも印象深い作品」だと述べる（p.72）。

（4）Nin and Miller, pp. 226-27.

（5）Nin, *Incest*, p. 30.

（6）Nin, *Incest*, p. 31.

（7）Nin, *House of Incest*, Swallow Press, 1994, p. 14. 以下、本作からの引用はすべてこの版により、括弧内に頁数のみ記す。

（8）Nin, *Fire*, p. 406.

（9）Durrell and Miller, p. 38. この実にニン的なタイトルについて、彼女はダレルへの手紙で「わたしも変えたいけれど、もう遅すぎます」と述べている（*Diary* 2, p.162）。一方ジェイ・マーティンによれば、青年時代のミラーが暖めていた「想像上の本」のタイトルが「近親相姦の家」だったという（p.43）。

（10）Nin, *Diary* 1, p. 130.

（11）Nin, *Diary* 1, p. 77.『トランジション』とは一九二七年から三八年まで発行されたフランスの文芸誌で、モダニストやシュルレアリストが多く寄稿した。最終号に『近親相姦の家』の一部が掲載された。

（12）Nin, *Woman Speaks*, p. 207.

（13）Nin, *Diary* 2, p. 248.

（14）Nin, *Trapeze*, p. 329.

（15）Fitch, p. 211.

（16）ピューリタニズムへの反逆児であるミラー、フロイト主義にあらがったラング、シュルレアリスムへの反逆者アルトーなど、自分はつねに「反逆者の仲間」であったと、ニンはインタヴューで述べている（DuBow, p.139）。

（17）ニンとミラー、六〇頁。

（18）Nin, *Novel*, p. 34.

(19) Rimbaud, p. 377.

(20) Nin, *Diary* 1, p. 306.

(21) Tookey, p. 141. なお、マヤ・デレンの映画とニンの関係については金澤の論考を参照。

(22) Nin, *Early Diary* 4, p. 38.

(23) Nin, *Diary* 3, p. 109.『アンダルシアの犬』がパリで初めて上映されたのは、映画公開の前年の一九二八年創業、いまもモンマルトルの丘に佇む映画館、ステュディオ28である。UCLA図書館が所蔵するアナイス・ニンの手書き日記第二九巻(ボックス一五、フォルダー五)一九三〇年九月七日の頁には『アンダルシアの犬』と『アッシャー家の崩壊』を上映するステュディオ28の広告が貼り付けられ、「想像力の祝祭(ユヌ・フェット・ブル・リマジナシオン)——シュルレアリスム映画、あの『アンダルシアの犬』——わたしたちに揺さぶりをかける」と記されている。

(24) Nin, *Diary* 1, pp. 306-07.

(25) Buñuel, p. 92.

(26) ニン『近親相姦の家』一〇頁。

(27) Nin, *Woman Speaks*, p. 218.

(28) Nin, "Poetics," p. 12.

(29) Nin and Miller, p. 89.

(30) Nin, *Diary* 5, p. 136. トゥーキーは、新しい芸術としての映画に魅かれた作家のなかでも、ニン、ウルフ、H・Dの近しさを詳述する(pp. 142-51)。

(31) Nin, *In Favor*, p. 105. アルトーは一九二〇年代には「映画は燐よりも刺激的で、愛よりも魅惑的だ」「映画には、他の芸術には見つからない、思いがけず不可思議な部分が確かにあるのだ。(略)イメージの回転が脳に直接伝える、あの一種の身体的陶酔がある。(略)もし映画が、夢や、目覚めている生活において夢の領域に類似するあらゆるものを翻訳するようにできていないのなら、映画は存在しないことになる」と述べていたが、三〇年代に入ると「トーキー以来、言葉による解明がイメージの自然発生的で無意識の詩をはばんでいるだけでなく、イメージの意味の言葉による説明と完成が、映画の限界を指し示している」と失望を表明するようになった(『著作集 Ⅲ』一一一—一一六頁、三四頁)。

（32）Kraft, "Historic Houses," p.101. 二〇二二年三月、『ニューヨーク・タイムズ』は美しい写真とともにニンの「光の家」の記事を掲載した。ルパート・ポールが異父弟でありフランク・ロイド・ライトの孫であるエリック・ライトに委嘱し、ニンのために建てた家は、現在設計者であるエリック・ライトの息子一家が住んでいるが、事情により引っ越すため、この家の歴史的・建築的・文学的意義を理解し、保存してくれる管理者を探しているという内容である（Soller, https://www.nytimes.com/2022/03/21/t-magazine/anais-nin-los-angeles-home.html）。その後、家は売却されたと聞いたが、二〇二三年八月、ロサンジェルス滞在中に訪ねたわたしが目にしたその家は、不思議なピンク色の旗が掲げられ、梱包材やブルーシートが散乱した状態だった。その後美しくリノベートされ保存されるというよりは、「廃墟の家」に似ていくような予感が勝った。

（33）Nin, *Diary* 6, p. 275; 出光、五三頁。

（34）夫ヒュー・ガイラーは銀行家として働くかたわら、ニンがニューヨークで始めたジーモア・プレス出版の『人工の冬』（一九四二年）、『ガラスの鐘の下で』、『この飢え』(*This Hunger*)（一九四五年）、『近親相姦の家』（一九四七年）等にイアン・ヒューゴー名義で銅版画を提供したが、『アトランティスの鐘』以降は映像作家に転じた。

（35）Nin, *Woman Speaks*, p. 210. 文学と映画の相互干渉については野崎を、ヘミングウェイとスタインの映画的散文については小笠原を参照。

（36）『近親相姦の家』を中心としたニン作品のマルチメディア・アダプテーションについては Rehme を参照。

（37）Nin and Miller, p. 7; Kersnowski, p. 176.

（38）Nin and Miller, pp. 225, 117.

（39）Miller, *Tropic of Capricorn*, p. 311.

（40）Nin, *Diary* 1, p. 130.

（41）Nin, *Diary* 1, p. 174.

（42）Nin, *Diary* 1, p. 233.

（43）Nin, *Incest*, p. 119.

（44）Nin, *Under a Glass Bell*, p. 65. この短編の原題「私

はシュルレアリストのなかで誰より狂っている」は、無削除版日記第二巻『インセスト』によれば、ニンと初めて会ったときのアルトーの発言である(p.119)。

（45）Nin, *Diary* 1, p. 229.

（46）Nin, *Under a Glass Bell*, p. 60.

（47）Nin, *Diary* 1, p. 169.

（48）宇野『アルトー』二〇二頁。

（49）Nin, *Diary* 1, p. 245.

（50）Nin, *Diary* 1, p. 188.

（51）Nin, *Diary* 1, p. 188.

（52）Benstock, p. 431; Nin, *Diary* 4, p. 196.

（53）実際、ニンは本作の執筆について日記に「いまや書くことは産みの苦しみの様相を呈している。（略）この本を早く産んでしまいたい。エネルギーを絞りとられている」と書いている（*Diary* 1, p. 315）。

（54）宇野『アルトー』四九頁に引用、アルトー『神経の秤・冥府の臍』一八九、二〇三頁、アルトー、リヴィエール『思考の腐蝕について』二五、六九頁。

（55）アルトー『神経の秤・冥府の臍』七三頁

（56）ドゥルーズ＝ガタリ『千のプラトー』、一二三頁。

（57）Stuhlmann, "Genesis," p. 117. に引用。

（58）Nin, *Diary* 2, p. 268。

（59）バーバー、二六頁に引用。

（60）宇野「力の詩学」一二五頁に引用。

（61）ドゥルーズ＝ガタリ『千のプラトー』、二〇頁。

（62）一九三四年五月の日記（『インセスト』）でこのエピソードに触れたニンは、そのときすでにヴァレスキュールで父との再会を果たしており、「影だけだなんて！　わたしは影にキスするだけでは満足しなかった。わたしは肉体を要求した」と豪語している（p.334）。

（63）近親姦と同性愛という二大タブーについて、あたかも前者がより根源的であるような言説が流布しているが、実は近親姦タブーに先んじて同性愛タブーがあったのではないか、というバトラーの議論（『ジェンダー・トラブル』）は、この聖書の物語を参照する限り正しいことになる（*Gender Trouble*, p.64）。

（64）アルトー『演劇とその形而上学』五九頁。なお、クラナハの同名作品（一五二八年）も同様の構成をもつが、制作年からいって、クラナハが作者不詳の絵を参考にした可能性がある。

（65）Nin, *Diary* 1. p. 232.

（66）Nin, *The Winter*, p. 47.

（67）Nin, *The Winter*, p. 10.

（68）Nin, “With Antonin Artaud,” p. 3.

（69）Nin, *Novel*, p. 120. なおこの言葉は、ユング『自伝』第六章「無意識との対決」冒頭部の言葉「夢はわれわれがそこから始めなければならない事実である（[Dreams] are the facts from which we must proceed.）」に基づくものと考えられる（Jung, p.205）。

◉第6章

（1）二〇〇三年に発行が始まった『カフェ・イン・スペース』は二〇一八年、第一五号をもって休刊した。が、スカイ・ブルー・プレスはその後もニン関連の出版を続けている。

（2）二〇二三年現在、『人工の冬』パリ版はニューヨーク公共図書館のオンラインカタログに掲載されている（https://browse.nypl.org/iii/encore/search/C__Sthe%20winter%20of%20artifce__Orightresult__U?lang=eng & suite=def）。

（3）Nin and Pollak, p. 7.

（4）Beach, p.85.

（5）Beach, p. 23.

（6）Ford, p. 3.

（7）Beach, p. 207. なおウィリアム・ワイザー『トワイライト・イヤーズ――パリの三〇年代』によると、ビーチはミラーより「情熱的な日記作家」に興味を示したとのことである（Wiser, pp.30-31）。

（8）Beach, p. 93.

（9）Beach, p. 87.

（10）Kahane, p. 260.

（11）Durrell and Miller, p. 70.

（12）Girodias, pp. 233, 296.

（13）Beach, p. 93.

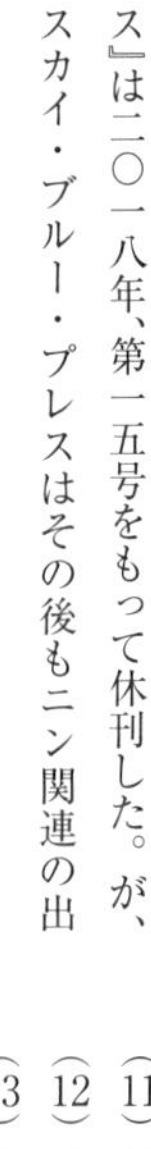

(14) Nin, *Diary* 5, p. 202.
(15) Mercer, p. 31.
(16) Halverson, p. 293.
(17) Girodias, p. 202.
(18) Rogers, p. 247.
(19) Nin, *Diary* 3, pp. 11-12.
(20) Harms, p. 51.
(21) Rogers, p. 203.
(22) Tannenbaum, p. 25.
(23) Rogers, p. 122.
(24) Chan, https://cityroom.blogs.nytimes.com/2009/01/02/gotham-book-mart-holdings-are-given-to-penn/?searchResultPosition=2.
(25) ニンの印刷・出版事業についてはLarnedを参照。
(26) Nin, *Nearer the Moon*, p. 370.
(27) Franklin V, "Introduction." Nin, *The Winter of Artifice*, Sky Blue Press, p. xxiii. 以下、本作からの引用はすべてこの版により、本文の括弧内に頁数のみ記す。
(28) Nin and Pollak, p. 7.
(29) Nin and Pollak, p. 167.

◉第7章

(1) 矢川『「父の娘」たち』一〇七頁。
(2) Nin, *Diary* 1, p. 218.
(3) フェローンはゲイだったといわれるが、ニンをめぐる家父長的覇権闘争に身を投じていたことは確かである。
(4) Pole and Ferrone, pp. 8-21.
(5) Nin, *The Winter of Artifice*, Paris: Obelisk Press, 1939, p. 108. 以下、本作からの引用はすべてこの版により、本文の括弧内に頁数のみ記す。
(6) Pole and Ferrone, p. 21.
(7) Benstock, *Women of the Left Bank*, p. 429.
(8) ニンがバーンズに送った熱烈なファンレターは『アナイス・ニンの日記』第二巻に収められている (pp.239-40)。バーンズはニンが誘惑しそこねた数少ない人物だが、バーンズのニン嫌いは、三島の太宰嫌いに似た同族嫌悪に思えてならない。
(9) 原麗衣、六四三頁。

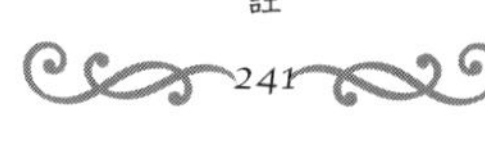

(10) Chow, p. 113.
(11) Fitch, p. 252.
(12) Nin, *Diary*, 5, p. 159.
(13) シクスー、一七頁。
(14) Nin, *Children*, p. 332.
(15) ニンの三〇年代の著作がフランス系フェミニストのエクリチュール・フェミニンを四〇年ほど先駆けていたことについては、Felber, Ellen G. Friedman, Benstock も参照。
(16) ドゥルーズ＝ガタリ『千のプラトー』三一八頁。
(17) Nin and Pollak, pp.6-7.
(18) Rimbaud, p. 303.
(19) Rimbaud, p. 305.
(20) Nin, *Incest*, p. 51.
(21) Beauvoir, p. 416.
(22) 一九三二年一一月の日記には、「ジューンとわたしは、世の男たちへの憎悪を吐き出す。社会、因襲、男たちを呪う」とある（*Incest*, p.30)。セジウィックが男同士の絆であるホモソーシャリティの裏に女性嫌悪を見たように、ジューナとジョハンナ、ジューンとアナイスの女同士の絆の裏には男性嫌悪があったのかもしれない。ニンのセクシュアリティの核心に異性愛嫌悪を見る鹿島の議論（「性愛を蒐集する男」）も参照。
(23) デリダ「尖鋭筆鋒の問題」二八一頁。
(24) 研究社『新英和大辞典』は per□dious という文語に「不実な」とともに「二心ある」の訳語を当てている。それはいずれも貞節でない、という意味だが、両性を愛するバイセクシュアルと解釈することもできるだろう。

第8章

(1) Snyder, p. 24.
(2) Snyder, p. 26.
(3) Nin, *Woman Speaks*, p. 51.
(4) Jong, p. 3.
(5) ニンとランク、H・Dとフロイトの関係は、分析医が父／神／キリストに喩えられ、強力な転位および逆転位が起きた点は同じであった。だが、H・

Dはフロイトの女性観に反発を示したりからかったりすることはあっても、彼女にとって彼は「先生」「パパ」であり続け、ニンのような瀆神的なふるまいに及ぶことはなかった（Susan Friedmanを参照。ニン、H・Dと精神分析医の関係についてはヘロン編集書の三宅も参照）。

（6）Nin, *Early Diary* 4, p. 95.

（7）Nin, *Early Diary* 4, p. 96.

（8）Nin, *Early Diary* 4, p. 372.

（9）Nin, *Early Diary* 4, p. 440.

（10）Nin, *The Diary of Anaïs Nin*, vol. 1, Harcourt, 1966 p. 75. 以下、本作からの引用はすべてこの版により、本文の括弧内に頁数のみ記す。

（11）Baur, p. 47.

（12）Baur, p. 56. 転位は精神分析治療の成功に不可欠の要素とされながら、それが現実の恋愛／性愛に転じることは禁忌とされる。とはいえアランディ、ランクのみならず、「転位こそ分析のアルファにしてオメガ」と宣言するユングはいわば常習犯であり（*Psychology*, p.8）、H・Dは（ユングのそうした傾向を叱責した）フロイトからの「告白」をさりげなく書き留めている（H. D., pp.15-16）。

（13）ドゥルーズ＝ガタリ『アンチ・オイディプス』下二七八頁。ユングとサビーナ・スピールレインのあいだにも同様の逆転現象が起きたことについては、Baur, Cohenを参照。

（14）Edel, p.91.

（15）Snyder, p. 24.

（16）Nin, *Henry & June*, p. 246.

（17）Sedgwick, *Touching Feeling*, p. 2.

（18）Nin and Miller, pp. 111-12.

（19）Tookey, p. 47.

（20）Karmelek, https://pleasekillme.com/many-lives-anais-nin/.

（21）ランク、四〇、一九〇頁。

（22）Nin, *Diary* 1, p. 269.

（23）Nin, *Incest*, p. 73.

（24）Nin, *Incest*, p. 293.

（25）Nin, *Incest*, p. 221.

（26）Nin, *Incest*, p. 334.

(27) Nin, *Incest*, p. 372.
(28) Nin, *Fire*, pp. 4-5.
(29) Nin, *Fire*, p. 7.
(30) Nin, *Incest*, p. 336.
(31) Nin, *Fire*, p. 8.
(32) Nin, *Fire*, p. 14.
(33) Nin, *Fire*, p. 15.
(34) Nin, *The Winter*, p. 231.
(35) Nin, *Children*, p. 140.
(36) Nin, *Fire*, p. 86.
(37) Nin, *Diary*, 3, pp. 20, 257.
(38) Nin, *Diary*, 7, p. 40.
(39) Nin, *Fire*, pp. 51, 129.
(40) Nin, *Fire*, p. 34.
(41) Nin, *Incest*, p. 358.
(42) Nin, *Fire*, pp. 5, 30. なお、女性精神分析医マーサ・イェーガーもニンに強烈な逆転位を起こす様子が編集版日記第四巻、無削除版日記『蜃気楼』に描かれている。
(43) Nin, *The Winter*, p. 267.
(44) Nin, *The Winter*, p. 268.
(45) Nin, *Linotte*, p. 90.
(46) サビーナ・スピールレインもユングとの関係を「詩」という言葉で説明している。バウアーによれば二〇世紀初頭、「詩」は「情事」の隠喩として使われたという（p.29）。
(47) Nin, *The Winter*, p. 285.
(48) Nin, *The Winter*, p. 289.
(49) Nin, *Winter* (Swallow Press), p. 175.
(50) Nin, *The Winter*, p. 286.

◉第9章

(1) Nin, *Incest*, p. 314.
(2) Nin, *Nearer the Moon*, p. 45.
(3) Nin, *The Winter of Artifice*, Obelisk Press, 1939, p. 121. 以下、本作からの引用はすべてこの版により、本文の括弧内に頁数のみ記す。
(4) Shelley, p. 427.
(5) Butler, *Antigone's Claim*, p. 71.

(6)「リリス」に場所を特定する言葉は出てこないが、『インセスト』の父娘が滞在する南仏ヴァレスキュールは、サイモン・デュボア・ブーシュローによれば、地中海風の吹く土地ではないという。つまり日記においては、風はまさに演劇的効果のために吹いていることになる（"Image Binaire," p.68）。
(7) 鹿島「性愛を蒐集する男」、三九頁。
(8) Nin, *Incest*, p. 315.
(9) Rank, *Double*, pp. 69-70.
(10) Sophochles, p. 87.
(11) Jong, p. 3.
(12) Nin, *Henry & June*, p. 113.
(13)『オックスフォード英語辞典』の polyamory の定義（二人以上の個人と同時に親密な関係を結ぶこと。性的貞節の意味において単婚に代わるものと考えられる。すべての当事者の了解と同意の下で複数の性的関係を結ぶ慣習と実践）に従うなら、ドン・ジュアン／ドナ・ジュアナ性をポリアモリーの別名と考えることもできよう。
(14) Butler, *Antigone's Claim*, p. 60.
(15) 娘と母の霊が合体して男（娘の夫）に復讐し、女同士の絆を描く物語としては、ネイティヴ・アメリカンと白人の混血女性を主人公にした、サム・シェパード脚本・監督、リヴァー・フェニックス主演の映画『アメリカンレガシー』（*Silent Tongue*）（一九九三年）がある。
(16) 原真佐子「最後のアナイス・ニン」一五頁。
(17) Gilbey, Owen を参照。
(18) Derrida, *Glas*, pp. 165-66, 6.
(19) Artaud, p. 238.
(20) ドゥルーズ＝ガタリ『アンチ・オイディプス』上、三七頁。
(21) Nin, *Diary* 2, p. 319.
(22) ドゥルーズ＝ガタリ『アンチ・オイディプス』下、三二五頁。
(23) Baur, p. 47.
(24) DuBow, p. 73 に引用。
(25) 生まれたのはパリ郊外ヌイイだが、懐胎されたのは両親がキューバからフランスに向かう大西洋上だと、ニンは信じていたようだ（*Reunited*, p. xii）。

（26）Nin, *Trapeze*, p. 303.

（27）ニン晩年の友人、トリスティーン・ライナーによれば、ニンは二人の「夫」と別れ、一人でパリに旅立つことを考えたが、そのときすでに投資に失敗し全財産を失っていたガイラーに「どうか離婚しないでくれ」と泣かれ、最後の夢を断念したという（*Apprenticed to Venus*, p.231）。

◉おわりに

（1）Grey, https://www.nytimes.com/2021/06/04/arts/television/little-birds-starz-anais-nin-sophia-almaria.html?searchResultPosition=1.

（2）矢川『「父の娘」たち』一三九頁。

（3）Miller, "Un Être," p. 277.

（4）矢川『「父の娘」たち』一三一頁。

（5）Miller, "Un Être," p. 269.

（6）Miller, "Un Être," p. 287.

（7）Miller, "Un Être," pp. 289.

（8）Miller, "Un Être," p. 278.

（9）Miller, "Un Être," p. 282.

（10）Nin, *Diary* 1, pp. 8, 105. ＵＣＬＡ図書館所蔵の手書き日記では、ミラーのこの書き込みは『ウラヌス』とタイトルの付された日記第三八巻（ボックス一六、フォルダー七）に一九頁にわたり記されている。

（11）Miller, "Fateful Laboratory," pp. 46, 47, 48.

（12）Nin and Pollak, pp. 6-7.

（13）Nin and Pollak, p. 195.

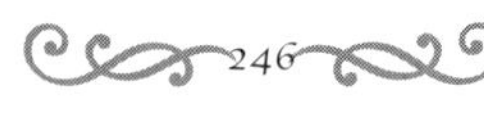

参考・引用文献

一次資料（アナイス・ニンの著作）

日記

The Diary of Anaïs Nin, vol. 1, 1931-1934, edited by Gunther Stuhlmann, Harcourt, 1966.

The Diary of Anaïs Nin, vol. 2, 1934-1939, edited by Gunther Stuhlmann, Harcourt, 1967.

The Diary of Anaïs Nin, vol. 3, 1939-1944, edited by Gunther Stuhlmann, Harcourt, 1969.

The Diary of Anaïs Nin, vol. 4, 1944-1947, edited by Gunther Stuhlmann, Harcourt, 1971.

The Diary of Anaïs Nin, vol. 5, 1947-1955, edited by Gunther Stuhlmann, Harcourt, 1974.

The Diary of Anaïs Nin, *vol. 6, 1955-1966*, edited by Gunther Stuhlmann, Harcourt, 1976.

The Diary of Anaïs Nin, *vol. 7, 1966-1974*, edited by Gunther Stuhlmann, Harcourt, 1980.

初期の日記

Linotte: The Early Diary of Anaïs Nin, 1914-1920, edited by John Ferrone, Harcourt, 1978.

The Early Diary of Anaïs Nin, vol. 2, 1920-1923, edited by Rupert Pole, Harcourt, 1982.

The Early Diary of Anaïs Nin, vol. 3, 1923-1927, edited by Rupert Pole, Harcourt, 1983.

The Early Diary of Anaïs Nin, vol. 4, 1927-1931, edited by Rupert Pole, Harcourt, 1985.

無削除版日記

Henry and June: From the Unexpurgated Diary of Anaïs Nin, edited by Rupert Pole, Harcourt, 1986.

Incest: From "A Journal of Love": The Previously Unpublished, Unexpurgated Diary of Anaïs Nin, 1932-1934, Harcourt, 1992.

Fire: From "A Journal of Love": The Previously Unpublished, Unexpurgated Diary, 1934-1937, Harcourt, 1995.

Nearer the Moon: "From A Journal of Love": The Previously Unpublished, Unexpurgated Diary of Anaïs Nin, 1937-1939, Harcourt, 1996.

Mirages: The Unexpurgated Diary of Anaïs Nin, 1939-1947, edited by Paul Herron, Swallow Press/Ohio UP, 2013.

Trapeze: The Unexpurgated Diary of Anaïs Nin, 1947-1955, edited by Paul Herron, Swallow Press/Ohio UP, 2017.

The Diary of Others: The Unexpurgated Diary of Anaïs Nin, 1955-1966, edited by Paul Herron, Sky Blue Press, 2021.

A Joyous Transformation: The Unexpurgated Diary of Anaïs Nin, 1966-1977, edited by Paul Herron, Sky Blue Press, 2023.

フィクション

Children of the Albatross. Cities of the Interior. Swallow Press, 1975, pp. 128-238.

The Four-Chambered Heart. Cities of the Interior. Swallow Press, 1975, pp. 239-358.

House of Incest. Swallow Press / Ohio UP, 1994.

A Spy in the House of Love. Bantam Books, 1959.

Under A Glass Bell and Other Stories. Peter Owen, 1968.

The Winter of Artifice. Obelisk Press, 1939.

Winter of Artifice. Gemor Press, 1942.

Winter of Artifice: Three Novelettes. Swallow Press, 1948.

The Winter of Artifice: A Facsimile of the Original 1939 Paris Edition. Sky Blue Press, 2007.

エッセイ・講演等

In Favor of the Sensitive Man and Other Essays, Star Book, 1981.

The Mystic of Sex: First Look at D. H. Lawrence, Uncollected Writings, 1931-1974, edited by Gunther Stuhlmann, Capra Press, 1995.

The Novel of the Future. Peter Owen, 1969.

"Poetics of the Film: A Lecture Given at the University of Chicago." *Film Culture*, vol. 31, 1963/64, pp. 12-14.

"With Antonin Artaud: From the Original, Unedited Diary, March-June 1933." *Anaïs: An International Journal,* vol. 6, 1988, pp. 3-26.

A Woman Speaks, edited by Evelyn J. Hinz, Star Book, 1982.

書簡集

Nin, Anaïs, and Felix Pollak. *Arrows of Longing: The Correspondence between Anaïs Nin and Felix Pollak, 1952-1976*, edited by Gregory H. Mason, Swallow Press/Ohio UP, 1998.

Nin, Anaïs, and Henry Miller. *A Literate Passion: Letters of Anaïs Nin and Henry Miller, 1932-1953*, edited by Gunther Stuhlmann, Harcourt, 1987.

Nin, Anaïs, and Joaquin Nin. *Reunited: The Correspondence of Anaïs and Joaquin Nin, 1933-1940*, edited by Paul Herron, Swallow Press / Ohio UP, 2020.

二次資料

Artaud, Antonin. *Artaud Anthology*, edited and translated by Jack Hirschman, City Lights Books, 1965.

Bair, Deirdre. *Anaïs Nin: A Biography*. Bloomsbury, 1995.

Baur, Susan. *The Intimate Hour: Love and Sex in Psychotherapy.* Houghton Mifflin, 1997.

Beach, Sylvia. *Shakespeare and Company.* U of Nebraska P, 1991.

Beauvoir, Simone de. *The Second Sex*, translated by Constance Borde and Sheila Malovany-Chevallier, Vintage, 2011.

Benstock, Shari. “Expatriate Modernism: Writing on the Cultural Rim.” *Women's Writing in Exile*, edited by Mary Lynn Broe and Angela Ingram, U of North Carolina P, 1989, pp.19-40.

———. *Women of the Left Bank: Paris, 1900-1940*. U of Texas P, 1986.

Berg, Dahlia. “Perspectives on Anaïs Nin: The Diary, Fiction, Performance, and Contemporaneity.” *A Café in Space: The Anaïs Nin Literary Journal,* vol. 9, 2012, pp.38-45.

Boucheraud, Simon Dubois. “Anaïs Nin’s Recreated Patrimony: The Prepossessing ‘Journal of a Possessed’ ” *Thy Truth Then Be Thy Dowry: Questions of Inheritance in American Women's Literature*, edited by Stéphanie Durrans, Cambridge Scholars Publishing, 2014, pp.95-105.

———.“Image Binaire/Imaginaire: Anaïs Nin’s Mediterranean（1914-1939）.” *A Café in Space: The Anaïs Nin Literary Journal,* vol. 12, 2015, pp. 64-75.

———. “‘The Real Journal Is the Unreal One’: The Guile of Anaïs Nin’s Fake Diary（1932）.” *A Café in Space*, vol. 9, 2012, pp.19-37.

Brandon, Dolores. “Recollection of a ‘Daughter’.” *Anaïs Nin: A Book of Mirrors*, edited by Paul Herron, Sky Blue Press, 1996, pp.99-109.

Brassaï. *Henry Miller: The Paris Years*, translated by Timothy Bent, Arcade, 1995.

Bryant, John L. *The Fluid Text: A Theory of Revision and Editing for Book and Screen.* U of Michigan P, 2002.

Buñuel, Luis. *My Last Sigh: The Autobiography of Luis Buñuel*, translated by Abigail Israel, Vintage, 2013.

Butler, Judith. *Antigone's Claim: Kinship between Life and Death*. Columbia UP, 2000.

———. *Bodies That Matter. On the Discursive Limits of "Sex."* Routledge, 1993.

———. *The Force of Nonviolence: An Ethico-Political Bind*. Verso, 2020.

———. *Gender Trouble: Feminism and the Subversion of Identity*. Routledge,1990.

———. *The Psychic Life of Power: Theories in Subjection*. Stanford UP, 1997.

Chan, Sewell. "Gotham Book Mart Holdings Are Given to Penn." *The New York Times*, 2 Jan. 2009, https://browse.nypl.org/iii/encore/search/C__Sthe%20winter%20of%20artifice__Orightresult__U?lang=eng&suite=def.

Charnock, Ruth. "Incest in the 1990s: Reading Anaïs Nin's 'Father Story.'" *Life Writing*, vol. 11, no. 1, 2013, pp. 55-68, http://academia.edu/47151264/incest_in_the_1990s_Rereading_Anaïs_Nins_Father_Story_.

Chow, Rey. *Writing Diaspora: Tactics of Intervention in Contemporary Cultural Studies*, Indiana UP, 1993.

Cixous, Hélène. *The Hélène Cixous Reader*, edited and translated by Susan Sellers, Routledge, 1994.

Cohen, Betsy. "Jung's Personal Confession." *Jung Journal*, vol. 14, no. 4, 2020, pp. 44-71.

Cornell, Drucilla. *The Imaginary Domain: Abortion, Pornography and Sexual Harassment.* Routledge, 1995.

Cutting, Rose Marie. *Anaïs Nin: A Reference Guide*. G.K.Hall, 1978.

Derrida, Jacques. *Glas*, translated by John P. Leavey, Jr. and Richard Rand, U of Nebraska P, 1990.

Dossin, Catherine. "Niki's Feature Film: *Daddy*(1973)." *Niki de Saint Phalle: 1930-2002*, edited by Philip Sutton, Guggenheim Bilbao, 2015, pp.174-77.

Doyle, Sady. "Before Lena Dunham, There Was Anaïs Nin: Now Patron Saint of Social Media." *Guardian* 7 Apr. 2015, https://www.the*guardian*.com/culture/2015/apr/07/anais-nin-author-social-media.

DuBow, Wendy M., editor. *Conversations with Anaïs Nin*, UP of Mississippi, 1994.

Durrell, Lawrence, and Henry Miller. *The Durrell-Miller Letters, 1935-80*, edited by Ian S. MacNiven, New Directions, 1988.

Edel, Leon. "Life without Father: *The Diary of Anaïs Nin, 1931-1934*." *Saturday Review*, 7 May 1966, p. 91.

Evans, Oliver. *Anaïs Nin*. Feffer and Simons, 1968.

Felber, Lynette. *Literary Liaisons: Auto/biographical Appropriations in Modernist Women's Fiction*. Northern Illinois UP, 2002.

Felman, Shoshana. *The Literary Speech Act: Don Juan with J. L. Austin, or Seduction in Two Languages*, translated by Catherine Porter, Cornell UP, 1983.

Finch, Annie, editor. *Choice Words: Writers on Abortion*. Haymarket Books 2020.

Fitch, Noël Riley. *Anaïs: The Erotic Life of Anaïs Nin*. Little, Brown, 1993.

Ford, Hugh. *Published in Paris: American and British Writers, Printers, and Publishers in Paris, 1920-1939*. MacMillan, 1975.

Franklin V, Benjamin. *Facts Matter: Essays on Issues Regarding Anaïs Nin*. Sky Blue Press, 2022.

———., editor. *Recollections of Anaïs Nin by Her Contemporaries*. Ohio UP, 1996.

Franklin V, Benjamin, and Duane Schneider. *Anaïs Nin: An Introduction*. Ohio UP, 1979.

Freely, Maureen. "Pleasure of the Flesh." *Inside Guardian Education*, *The Guardian*, 13 June 1995, pp.4-5.

Friedman, Ellen G. "Anaïs Nin." *Modern American Women Writers*, edited by Elaine Showalter et al., Scribner, 1991.

Friedman, Susan Stanford, editor. *Analyzing Freud: Letters of H.D., Bryher, and Their Circle*. New Directions, 2002.

Gilbert, Sandra M., and Susan Gubar. "Female Female Impersonators." *Letters from the Front: No Man's Land*, vol.3. Yale UP, 1994.

Gilbey, Jessica. “Our Mother (Re) Born: The Fertile Treasure of Nin’s Matrilineality.” *A Café in Space: The Anaïs Nin Literary Journal,* vol. 13, 2016, pp. 52-69.

Girard, René. *Deceit, Desire, and the Novel: Self and Other in Literary Structure*, translated by Yvonne Freccero, Johns Hopkins UP, 1965.

Girodias, Maurice. *The Frog Prince : An Autobiography*. Crown, 1980.

Grey, Tobias. “In ‘Little Birds,’ Anaïs Nin Erotica Gets a Revolutionary New Context.” *The New York Times*, 4 June, 2021, https://www.nytimes.com/2021/06/04/arts/television/little-birds-starz-anais-nin-sophia-almaria.html?searchResultPosition=1.

Halverson, Krista, editor. *Shakespeare and Company, Paris: A History of the Rag and Bone Shop of the Heart*. Shakespeare and Company, 2016.

Harms, Valerie. *Stars in My Sky: Maria Montessori, Anaïs Nin, Frances Steloff.* Magic Circle Press, 1976.

H. D. (Hilda Doolittle). *Tribute to Freud*. New Directions, 1984.

Henke, Suzette A. *Shattered Subjects: Trauma and Testimony in Women’s Life-Writing*. St. Martin’s Press, 2000.

Herlihy, James Leo. “The Art of Being a Person.” *Anaïs: An International Journal,* vol.1, 1983, pp.67-68.

Herron, Paul. *The Anaïs Nin Podcast, Episode 46*, https://www.youtube.com/watch?v=cIdqbIRpJb4.

———, Email to Yuko Yaguchi. 26 Apr. 2021.

———, editor. *Critical Analysis of Anaïs Nin in Japan*. Sky Blue Press, 2023.

Hinz, Evelyn J. “Mimesis: The Dramatic Lineage of Auto/Biography.” *Essays on Life Writing: From Genre to Critical Practice*, edited by Marlene Kadar, U of Toronto P, 1992, pp.195-212.

Holt, Rochelle Lynn. *Re-viewing Anaïs*. Scars Publishing, 2015.

Irigaray, Luce. *This Sex Which Is Not One*, translated by Catherine Porter, Cornell UP, 1985.

Jarczok, Anita. *Writing an Icon: Celebrity Culture and the Invention of Anaïs Nin*. Swallow Press, 2017.

Jong, Erica. “Donna Juana’s Triumph: Anaïs Nin and the Perfect Narcissistic Love.” *Times Literary Supplement*, 25 June 1993, pp. 3-4.

Jung, C. G. *Memories, Dreams, Reflections: An Autobiography*, edited by Aniela Jaffé, translated by Richard and Clara Wilson, William Collins, 2019.

———. *The Psychology of the Transference*, translated by R. F. C Hull, Routledge, 1998.

Kahane, Jack. *Memoirs of a Booklegger*. Michael Joseph, 1939.

Karmelek, Mary. “The Many Lives of Anaïs Nin,” https://pleasekillme.com/many-lives-anais-nin/.

Kersnowski, Frank L. et al., editors. *Conversations with Henry Miller*. UP of Mississippi, 1994.

Kingston, Maxine Hong. *The Woman Warrior: Memoirs of a Girlhood among Ghosts*. Knopf, 2010.

———, editor. *Veterans of War, Veterans of Peace*. Koa Books, 2006.

Klein, Fritz. “Excerpts from The Bisexual Option: A Concept of One Hundred Percent Intimacy.” *Bisexuality: A Critical Reader*, edited by Merl Storr, Routledge, 1999, pp. 38-48.

Klossowski, Pierre. *Such a Deathly Desire*, translated by Russell Ford, State U of New York P, 2007.

Kraft, Barbara. *Anaïs Nin: The Last Days*. Pegasus Books, 2013.

———. *Henry Miller: The Last Days*. Sky Blue Press, 2016.

———. “Historic Houses: Anaïs Nin's House of Light.” *Architectural Digest,* Jan 1984, pp.100-07.

Kristeva, Julia. *Desire in Language: A Semiotic Approach to Literature and Art*, edited by Leon S. Roudiez, translated by Thomas Gora et al., Basil Blackwell, 1987.

———. *In the Beginning Was Love: Psychoanalysis and Faith*, translated by Arthur Goldhammer, Columbia UP, 1987.

———. *Powers of Horror: An Essay on Abjection*, translated by Leon Roudiez, Columbia UP, 1982.

———. *Tales of Love*, translated by Leon S. Roudiez, Columbia UP, 1987.

Krizan, Kim. *Spy in the House of Anaïs Nin*. Total Global Domination, 2019.

Lacan, Jacques. *On Feminine Sexuality, The Limits of Love and Knowledge, 1972-1973: Encore, The Seminar of Jacques Lacan, Book XX*, edited by Jacques-Alain Miller, translated by Bruce Fink, Norton, 1998.

Lallié, Jacques. "Henry Miller and Anaïs Nin: Artistes de la Vie." *Nexus: The International Henry Miller Journal*, vol. 3, 2006, pp. 107-116.

Larned, Emily. "The Intimate Books of Anaïs Nin – PDF," http://www.gemorpress.com/the-intimate-books-of-anais-nin-pdf/.

Lejeune, Philippe. *On Diary*, edited by Jeremy D. Popkin and Julie Rak, translated by Katherine Durnin, U of Hawaii P, 2009.

Martin, Jay. *Always Merry and Bright: The Life of Henry Miller*. Penguin,1980.

Mercer, Jeremy. *Time Was Soft There: A Memoir: A Paris Sojourn at Shakespeare and Company*. Picador, 2005.

Miller, Henry. "Un Être Étoilique." *The Cosmological Eye*. New Directions, 1961, pp.269-91.

———. "A Fateful Laboratory of the Soul." *Anaïs: An International Journal,* vol. 7, 1989, pp. 47-50.

———. *Letters to Emil*, edited by George Wickes, New Directions, 1983.

———. *Tropic of Capricorn*. Harper Perennial, 2005.

Millett, Kate. "Anaïs: Mother to Us All: The Birth of the Artist as a Woman." *Anaïs: An International Journal,* vol. 9, 1991, pp. 3-8.

Moi, Toril. *Simone De Beauvoir: The Making of an Intellectual Woman.* Blackwell, 1994.

Nakata, Koji. "Chaos and Unity: Letter from Japan." *Anaïs: An International Journal,* vol. 4, 1986, pp. 134-35.

Nemetz, Virginia. *The Redemption of Anaïs: Journal of Secrets*. Austin Macauley, 2018.

Owen, Jean. "Anaïs Nin's Father: Romance as a Rite of Incest." *A Café in Space: The Anaïs Nin Literary Journal,* vol. 13, 2016, pp. 39-51.

Pearson, Neil. *Obelisk: A History of Jack Kahane and the Obelisk Press*. Liverpool UP, 2007.

Pineau, Elyse Lamm. "A Mirror of Her Own: Anaïs Nin's Autobiographical Performances." *Text and Performance Quarterly*, vol.12, no.2, 1992, pp.97-112.

Pierpont, Claudia Roth. "Sex, Lies, and Thirty-Five Thousand Pages: Anaïs Nin." *Passionate Minds*. Scribe, 2000, pp.51-80.

Podnieks, Elizabeth. *Daily Modernism: The Literary Diaries of Virginia Woolf, Antonia White, Elizabeth Smart, and Anaïs Nin.* McGill-Queen's UP, 2000.

Pole, Rupert. "Editor's Preface." *Henry and June: From the Unexpurgated Diary of Anaïs Nin.* By Anaïs Nin. Harcourt, 1986, pp. v-viii.

Pole, Rupert, and John Ferrone. "The Making of *Henry and June*, the Book: Correspondence, 1985-86." *A Café in Space: The Anaïs Nin Literary Journal,* vol. 4, 2007, pp. 8-21.

Pollitt, Katha. "Sins of the Nins." *The New York Times*, 22 Nov. 1992, sec. 7, p. 3.

Rainer, Tristine. "Anaïs Nin's *Diary* I: The Birth of the Young Woman as an Artist." *A Casebook on Anaïs Nin,* edited by Robert Zaller, New American Library, 1974.

———. *Apprenticed to Venus: My Secret Life with Anaïs Nin.* Arcadia Publishing, 2017.

Rank, Otto. *Art and Artist: Creative Urge and Personality Development*, translated by Charles Francis Atkinson, Norton, 1989.

———. *Don Juan Legend*, edited and translated by David G. Winter, Princeton UP, 1975.

———. *The Double*, edited and translated by Harry Tucker, Jr., New American Library, 1971.

———. *The Incest Theme in Literature and Legend: Fundamentals of a Psychology of Literary Creation*, translated by Gregory C.

Richter, Johns Hopkins UP, 1992.

Rehme, Sandra. "'The Multimedia of Our Unconscious Life": Anaïs Nin and the Synthesis of the Arts," https://discovery.ucl.ac.uk/id/eprint/1407702/1/Sandra%20Rehme_Thesis_（edited%20version）.pdf.

Reigns, Steven. "Evelyn J. Hinz: 'Official' Nin Biographer: An Interview with her Husband." *A Café in Space: The Anaïs Nin Literary Journal,* vol. 15, 2018, pp. 94-99. Sky Blue Press, 2018.

Rich, Adrienne. *On Lies, Secrets, and Silence.* Norton, 1979.

Richard-Allerdyce, Diane. *Anaïs Nin and the Remaking of Self: Gender, Modernism, and Narrative Identity*. Northern Illions UP, 1998.

Rimbaud, Arthur. *Rimbaud: Complete Works, Selected Letters: A Bilingual Edition*, translated by Wallace Fowlie, U of Chicago P, 2005.

Riviere, Joan. "Womanliness as a Masquerade." *Psychoanalysis and Female Sexuality*, edited by Hendrik M. Ruitenbeek, College and University P, 1966, pp. 209-20.

Rogers, W. G. *Wise Men Fish Here: The Story of Frances Steloff and Gotham Book Mart* , Booksellers House, 1965.

Ross, Loretta J., and Rickie Solinger. *Reproductive Justice: An Introduction.* U of California P, 2017.

Scholar, Nancy. *Anaïs Nin*. Twayne, 1984.

Sedgwick, Eve Kosofsky. *Between Men: English Literature and Male Homosocial Desire*. Columbia UP, 1985.

———. *Touching Feeling: Affect, Pedagogy, Performativity*, Duke UP, 2003.

Shapiro, Karl. "The Charmed Circle of Anaïs Nin." *The Critical Response to Anaïs Nin*, edited by Philip K. Jason, Greenwood Press, 1996, pp.154-57.

Shelley, Percy Bysshe. *Selected Poetry and Prose*, edited by Kenneth Neil Cameron, Holt, Rinehart and Winston, 1951.

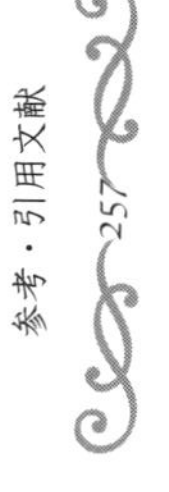

Snyder, Robert. *Anaïs Nin Observed: From a Film Portrait of a Woman as Artist.* Swallow Press, 1976.

Soller, Kurt. “Anaïs Nin’s Los Angeles Hideaway Still Keeps Her Secrets.” *The New York Times*, 21 Mar. 2022, https://www.nytimes.com/2022/03/21/t-magazine/anais-nin-los-angeles-home.html.

Sollors, Werner. *Neither Black nor White Yet Both*. Oxford UP, 1997.

Sophocles. *Antigone, the Women of Trachis, Philoctetes, Oedipus at Colonus*, edited and translated by Hugh Lloyd-Jones, Harvard UP, 1994.

Spivak, Gayatri Chakravorty. *Conversations With Gayatri Chakravorty Spivak*. Seagull Books, 2006.

Stanton, Domna C., editor. *The Female Autograph: Theory and Practice of Autobiography from the Tenth to the Twentieth Century*. U of Chicago P, 1987.

Starck, Stephen. *June Scattered in Fragments.* Roger Jackson, 1998.

Stern, Daniel. “Princess of the Underground.” *The Nation*, 4 Mar. 1968, pp.311-13.

Stuhlmann, Gunther. “The Genesis of ‘Alraune’: Some Notes on the Making of *House of Incest.” Anaïs: An International Journal,* vol. 5, 1987, pp. 115-23.

———. “What Did They Say?: Writing about Anaïs Nin: An Informal Survey.” *Anaïs: An International Journal,* vol. 1, 1983, pp. 91-105.

Tannenbaum, Matthew. *My Years at The Gotham Book Mart with Frances Steloff, Proprietor*. Worthy Shorts, 2009.

Tookey, Helen. *Anaïs Nin, Fictionality and Femininity: Playing a Thousand Roles.* Oxford UP, 2003.

Wilde, Oscar. “The Decay of Lying: An Observation.” *Complete Works of Oscar Wilde.* Collins, 1985, pp. 970-992.

Wiser, William. *The Twilight Years: Paris in the 1930s*. Carroll and Graf Publishers, 2000.

Woolf, Virginia. *Three Guineas.* Hogarth Press, 1986.

——. *A Room of One's Own*. Grafton Books, 1968.

——. *A Writer's Diary: Being Extracts from the Diary of Virginia Woolf*, edited by Leonard Woolf, Harcourt, 1982.

Zinnes, Harriet. "The Fiction of Anaïs Nin." *A Casebook on Anaïs Nin*, edited by Robert Zaller, New American Library, 1974, pp. 35-41.

秋山さと子『メタ・セクシュアリティ週刊本27』朝日出版社、一九八五年。

アルトー、アントナン『アントナン・アルトー著作集　III——貝殻と牧師　映画・演劇論集』坂原眞理訳、白水社、一九九六年。

——『演劇とその形而上学』安堂信也訳、白水社、一九八六年。

——『神経の秤・冥府の臍』粟津則雄、清水徹編訳、現代思潮新社、二〇〇七年。

アルトー、アントナン／ジャック・リヴィエール『思考の腐蝕について——附・アルトー詩集』飯島耕一訳、思潮社、一九七六年。

石川美子『自伝の時間——ひとはなぜ自伝を書くのか』中央公論社、一九九七年。

出光真子『ホワット・ア・うーまんめいど——ある映像作家の自伝』岩波書店、二〇〇三年。

イリガライ、リュス『性的差異のエチカ』浜名優美訳、産業図書、一九八六年。

イルメラ・日地谷＝キルシュネライト『〈女流〉放談——昭和を生きた女性作家たち』岩波書店、二〇一八年。

宇野邦一『アルトー——思考と身体』白水社、一九九七年。

——「力の詩学——アルトー序説」『ユリイカ』（一九八八年二月号、特集「アントナン・アルトー　あるいは《器官なき身体》」）、二二〇—二三四頁。

小笠原亜衣『アヴァンギャルド・ヘミングウェイ——パリ前衛の刻印』小鳥遊書房、二〇二一年。

鹿島茂「書評『アナイス・ニンの日記』矢口裕子訳」毎日新聞、二〇一七年六月一一日、第一〇面。

――「性愛を蒐集する男、自己愛を投影する女」『kotoba』第三二号（二〇一八年夏号、特集「日記を読む、日記を書く」）三六―三九頁。

金澤智「鏡の前に立つふたりの女―マヤ・デレン映画における反復／分裂／増殖」『水声通信』三一号（二〇〇九年七／八月合併号、特集「アナイス・ニン」）一五五―六九頁。

――『パリの異邦人』中央公論社、二〇一一年。

クリステヴァ、ジュリア『ポリローグ』足立和浩ほか訳、白水社、一九八六年。

コンパニョン、アントワーヌ「今日の写真小説」今井勉訳『水声通信』第三一号（二〇〇九年七／八月号、特集「アナイス・ニン」）、三五―五四頁。

サイード、エドワード『オリエンタリズム』板垣雄三、杉田英明監修、今沢紀子訳、平凡社、一九八六年。

サルトル、ジャン-ポール『嘔吐』鈴木道彦訳、人文書院、二〇一〇年。

シェリー、メアリー『マチルダ』市川純訳、彩流社、二〇一八年。

シクスー、エレーヌ『メデューサの笑い』松本伊瑳子ほか訳、紀伊國屋書店、一九九三年。

ジュネット、ジェラール『フィギュールⅢ』花輪光ほか訳、書肆風の薔薇、一九八七年。

ジョンソン、バーバラ『差異の世界――脱構築・ディスクール・女性』大橋洋一ほか訳、紀伊國屋書店、一九九〇年。

杉崎和子「作品ガイド『ヘンリー&ジューン』」アナイス・ニン研究会編『作家ガイド　アナイス・ニン』彩流社、二〇一八年、一五八―五九頁。

――「訳者あとがき」アナイス・ニン『インセスト』杉崎和子訳、彩流社、二〇〇八年、四八九―九二頁。

鈴木貞美『日記で読む日本文化史』平凡社、二〇一六年。

巽孝之『アメリカ文学史――駆動する物語の時空間』慶應義塾大学出版会、二〇〇三年。

デュラス、マルグリット、ジャン＝リュック・ゴダール『ディアローグ　デュラス／ゴダール全対話』福島勲訳、読書人、二〇一八年。

デリダ、ジャック「尖鋭筆鋒の問題」森本和夫訳『ニーチェは、今日?』本間邦雄ほか訳、筑摩書房、二〇〇二年、二三三―三一四頁。

――『他者の耳――デリダ「ニーチェの耳伝」・自伝・翻訳』クロード・レヴェック、クリスティー・ヴァンス・マクドナルド編、浜名優美、庄田常勝訳、産業図書、一九八八年。

デリダ、ジャック、エリザベート・ルディネスコ『来たるべき世界のために』藤本一勇、金澤忠信訳、岩波書店、二〇〇三年。

ドゥルーズ、ジル、フェリックス・ガタリ『アンチ・オイディプス――資本主義と分裂症』上下、宇野邦一訳、河出書房新社、二〇〇六年。

――『カフカ――マイナー文学のために』宇波彰、岩田行一訳、法政大学出版局、一九九四年。

――『千のプラトー――資本主義と分裂症』宇野邦一ほか訳、河出書房新社、一九九四年。

ド・マン、ポール『ロマン主義のレトリック』山形和美ほか訳、法政大学出版局、一九九九年。

中村亨「ヘンリー・ミラーのテクストに響くアナイス・ニンの声」『ヘンリー・ミラーを読む』本田康典ほか編、水声社、二〇〇八年、一四五―八〇頁。

――「苦悶の解離という理念とアナイス・ニン、そしてヘンリー・ミラー――『近親相姦の家』と「シナリオ」を中心に」『水声通信』二八号（二〇〇九年一／二月合併号、特集「黒田アキ」）三〇―三八頁。

西川直子『〈白〉の回帰――愛／テクスト／女性』新曜社、一九八七年。

ニーチェ、フリードリヒ・ヴィルヘルム『悲劇の誕生』西尾幹二訳、中央公論新社、二〇〇四年。

ニン、アナイス「近親相姦の家（日本語版）に寄せる」『近親相姦の家』菅原孝雄訳、太陽社、一九六九年、七―一三頁。

―『人工の冬』（アナイス・ニン　コレクションⅢ）木村淳子訳、鳥影社、一九九四年。

ニン、アナイス、ヘンリー・ミラー「恋した、書いた―アナイス・ニン、ヘンリー・ミラー往復書簡」柴田元幸、矢口裕子訳、『水声通信』第三一号（二〇〇九年七／八月号、特集「アナイス・ニン、ヘンリー・ミラー」）、五六―七二頁。

野崎歓「文学から映画へ、映画から文学へ」「新しい「言語」を求めて」『文学と映画のあいだ』野崎歓編、東京大学出版会、二〇一三年、一―二二、四一―六〇頁。

野島秀勝『迷宮の女たち』TBSブリタニカ、一九八一年。

パス、オクタビオ『弓と竪琴』牛島信明訳、国書刊行会、一九八〇年。

バーバー、スティーヴン『アントナン・アルトー伝――打撃と破砕』内野儀訳、白水社、一九九六年。

ハーマン、ジュディス・L『心的外傷と回復〈増補版〉』中井久夫訳、みすず書房、一九九九年。

原麗衣「訳者あとがき」アナイス・ニン『アナイス・ニンの日記――ヘンリー・ミラーとパリで』原麗衣訳、筑摩書房、一九九八年、六三九―四四頁。

原真佐子「訳者あとがき」アナイス・ニン『アナイス・ニンの日記――ヘンリー・ミラーとパリで』原真佐子訳、河出書房新社、一九七四年、三七七―八三頁。

――「最後のアナイス・ニン」『學鐙』第七四巻第三号、丸善出版、一九七七年、一二―一五頁。

バルト、ロラン『ロラン・バルトによるロラン・バルト』石川美子訳、みすず書房、二〇一八年。

フェルマン、ショシャナ『語る身体のスキャンダル――ドン・ジュアンとオースティンあるいは二言語による誘惑』立川健二訳、勁草書房、一九九一年。

フーコー、ミシェル『性の歴史Ⅰ知への意志』渡辺守章訳、新潮社、一九八六年。

フロイト、ジークムント「快原理の彼岸」須藤訓任訳、新宮一成ほか編『フロイト全集』第一七巻、岩波書店、二〇〇六年、五三―一二五頁。

――『続・精神分析入門講義』道籏泰三訳、新宮一成ほか編『フロイト全集』第一五巻、岩波書店、二〇一二年、一四五―七七頁。

――「トーテムとタブー」門脇健訳、新宮一成ほか編『フロイト全集』第一二巻、岩波書店、二〇〇九年、一―二〇六頁。

――「モーセという男と一神教」渡辺哲夫訳、新宮一成ほか編『フロイト全集』第二二巻、岩波書店、二〇〇七年、一―一七三頁。

ボーヴォワール、シモーヌ・ド『決算のとき――ある女の回想』上巻、朝吹三吉・二宮フサ訳、紀伊国屋書店、一九七三年。

マルクス、カール『資本論』第一巻、社会科学研究所監修、資本論翻訳委員会訳、新日本出版社、一九八九年。

水田宗子『二十世紀の女性表現――ジェンダー文化の外部へ』學藝書林、二〇〇三年。

ミラー、ヘンリー『わが愛わが彷徨』村上香住子訳、創林社、一九七九年。

矢川澄子『アナイス・ニンの少女時代』河出書房新社、二〇〇二年。

――『「父の娘」たち――森茉莉とアナイス・ニン』新潮社、一九九七年。

――『反少女の灰皿』新潮社、一九八一年。

ランク、オットー『出生外傷』細澤仁ほか訳、みすず書房、二〇一三年。

リクール、ポール『他者のような自己自身』久米博訳、法政大学出版局、一九九六年。

リヒター、ウルズラ『復讐の社会学 女たちの場合――女たちの自己主張のかたち』岩井智子訳、三元社、一九九七年。

ルジュンヌ、フィリップ『フランスの自伝――自伝文学の主題と構造』小倉孝誠訳、法政大学出版局、一九九五年。

ルソー、ジャン＝ジャック『告白』桑原武夫訳、筑摩世界文学大系、第二二巻、筑摩書房、一九九九年。

――『孤独な散歩者の夢想』青柳瑞穂訳、新潮社、二〇〇六年。

レヴィ＝ストロース、クロード『親族の基本構造』福井和美訳、青弓社、二〇〇〇年。

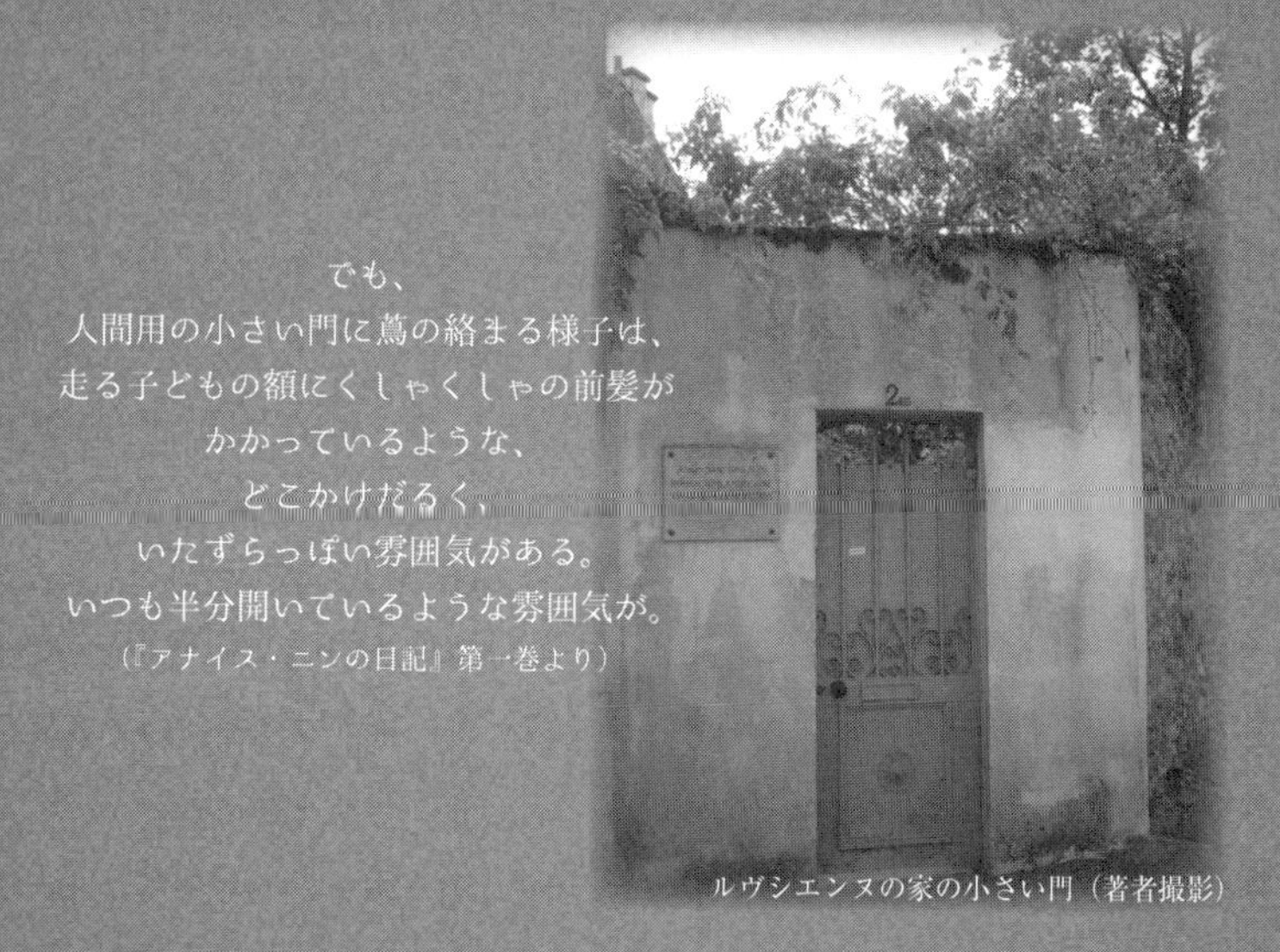

でも、
人間用の小さい門に蔦の絡まる様子は、
走る子どもの額にくしゃくしゃの前髪が
かかっているような、
どこかけだるく、
いたずらっぽい雰囲気がある。
いつも半分開いているような雰囲気が。
（『アナイス・ニンの日記』第一巻より）

ルヴシエンヌの家の小さい門（著者撮影）

ヴィラ・スーラ（著者撮影）

ヴィラ・スーラでは
ヘンリーとフレッドが一緒で、
人の流れはひきもきらさず、
歩ききては歩きさる。
（『アナイス・ニンの日記』第一巻より）

あとがき

アナイス・ニンという名前を最初に知ったのは、いつのことだったろう。フランシス・フォード・コッポラの妻、エレノアの回想録で、「わたしが敬愛するいく人かの女性は『アナイス・ニンの日記』をとてもすばらしいものだという」という一節を見つけたときだったろうか。浅田彰さんがガートルード・スタイン『アリス・B・トクラスの自伝』の虚構性と『アナイス・ニンの日記』の誠実さを対比させる文章を見つけたときだったろうか（『無削除版』出版以前のことである）。それとも、大学一年のとき通ったアテネ・フランセの英語のクラスのテキストにあった、「アナイス・ニンによると……」というフレーズが気になったときだったろうか。「アナイス・ニンて誰ですか？」と質問すると、アメリカ人の先生は「たぶんダンサーだと思う」と答えてくれた。実際、ニンはセミプロ級のスパニッシュ・ダンサーでもあったので、それはあながち間違いともいえない。それらのできごとは、おおよそ同時期に起きたような気がする。そしてある日、おそらくは池袋西武の書籍売り場で、原真佐子訳『アナイス・ニンの日記』を見つけたのだろう。そのたぐいまれな繊細さ、複雑さ、自己と他者への深い洞察に魅きつけられたのは確かだったが、よもや彼女を訳したり論じたりすることになろうとは、そのときのわたしには知る由もなかった。

それにしても、この本を書くまでに、なぜこれほど長い時間がかかってしまったのだろう。思えば、「いまから一〇年かそこらのうちにいい本を書きなさい」と原ひろ子先生に言われてから、四半世紀以上の時が過ぎてしまった（「いい本」が書けたかどうかは甚だ心もとないが）。一刻も早く研究書を出すべきなのに、二冊続けてフォトエッセイ集など出したわたしに、「九〇歳の眼にはありがたい」と優しい言葉をかけてくださった志村正雄先生にお送りすることももう叶わない。ほかにも、フェミニズム批評の手ほどきを受けた川本静子先生、折に触れ励ましていただく小林富久子先生、学部時代、オノ・ヨーコとシヴ・シダリン・フォックスという風変わりな卒論を読んでくださった木島始先生、大学院時代、シェイクスピアは門外漢のわたしを、分野横断的に受け入れてくださった村上淑郎先生、わたしにとってもう一人の重要な作家、サム・シェパードと出逢わせてくださった黒川欣映先生——御礼をいうべき方の多くがすでに亡くなっているという事実を前に、おのれの怠慢に唖然とせざるをえない（一方で、アナイス・ニン生誕一二〇年、彼女が深く影響されたランボーの『地獄の季節』が出版されて一五〇年、そして無削除版日記最終巻『よろこばしき変容』が出版された年に本書を送り届けられることに、不思議なめぐりあわせを感じもするのだが）。

小鳥遊書房の高梨治さんに御紹介くださった牧野理英さん、本書にみずみずしい感覚を注入してくださった担当編集者の林田こずえさん、アナイス・ニン研究会、日本ヘンリー・ミラー協会の皆さん（ことに杉崎和子先生、本田康典先生）、新潟国際情報大学図書館、新潟市立中央図書館、UCLAリサーチ・

ライブラリーの皆さん、アナイス・ニン・ファウンデーションにも心より御礼を申し上げます。どうもありがとうございました。

矢口裕子

二〇二三年　秋

＊本書は科学研究費 19K00432, 23K00385 の研究成果である。

初出一覧

大幅に加筆したもの、英語論文を日本語に直したものを含めて、以下に初出情報を記す。

はじめに（一部、次と重複）「日本におけるアナイス・ニン受容」アナイス・ニン研究会編『作家ガイド　アナイス・ニン』彩流社、二〇一八年、二〇五―〇九頁。

第一章 "The Text That Is the Writer: Anaïs Nin's Diary." *Anaïs : An International Journal*, vol. 16, 1998, pp. 49-54.

第二章 「性／愛の家のスパイ――『ヘンリー&ジューン』から読み直すアナイス・ニン」『英文学研究』第八〇巻第一号、二〇〇三年、一三―二五頁。

第三章 「想像の父を求めて――『インセスト』論への前奏曲」『水声通信』第三一号（二〇〇九年、七／八月号、特集「アナイス・ニン」）一四二―五四頁。

第五章 「アナイス・ニン　作品ガイド　『近親相姦の家』」アナイス・ニン研究会編『作家ガイド　アナイス・ニン』、彩流社、一八―二四頁。

第六章 「アナイス・ニン『人工の冬』パリ版という旅」『水声通信』第二八号（二〇〇九年一／二月号、特集「黒田アキ」）三九―四九頁。

第七章 「アナイス・ニンの「ジューナ」――『人工の冬』パリ版から」（研究ノート）『新潟国際情報大学情報文化学部紀要』第一〇号、二〇〇七年、五七―六〇頁。

図版出典

【図 3】*Le journal de la Jeunesse* ／ Anaïs Nin papers, UCLA Library Special Collections.

【図 4】*Le journal de la Jeunesse* ／ Anaïs Nin papers, UCLA Library Special Collections.

【図 9】Deidre Bair, *Anaïs Nin: A Biography*, Bloomsbury, 1995

【図 12】*The Early Diary of Anaïs Nin* vol.4（Harcourt, 1994）

【図 19】Anaïs Nin Foundation.

【図 20】The poster for *Ritual in Transfigured Time* (1946)

【図 28】Picture of Maurice Girodias, taken by Gilles Larrain（Gilles Larrain Studio）

【図 29】George Whitman photographed above his bookshop in 2008 by Olivier Meyer

【図 30】Frances Steloff as photographed at Gotham Books, 1978 ©Lynn Gilbert

【図 31】Photo of the iconic sign created by John Held, Jr. for the Gotham Book Mart.

【著者】

矢口 裕子
（やぐち・ゆうこ）

法政大学大学院人文科学研究科英文学専攻博士課程満期退学。
新潟国際情報大学教授。アメリカ文学、ジェンダー批評。
著書に『アナイス・ニンのパリ、ニューヨーク――旅した、恋した、書いた』
（水声社　2019年）、
Anaïs Nin's Paris Revisited: The English-French Bilingual Edition
（wind rose-suiseisha, 2021）、
共著書に *Critical Analysis of Anaïs Nin in Japan*（Sky Blue Press, 2023）、
訳書にアナイス・ニン『人工の冬』（パリ版、水声社、2007年）、
編訳書に『アナイス・ニンの日記』（水声社、2017年）がある。

アナイス・ニンの魂と肉体の実験室

パリ、1930年代

2023年12月10日　第1刷発行

【著者】
矢口 裕子

発行者：高梨 治

発行所：株式会社**小鳥遊書房**

〒102-0071　東京都千代田区富士見1-7-6-5F

電話 03 (6265) 4910（代表）／FAX　03(6265)4902

https://www.tkns-shobou.co.jp
info@tkns-shobou.co.jp

装幀　鳴田小夜子（KOGUMA OFFICE）

印刷　モリモト印刷(株)

製本　(株)村上製本所

ISBN978-4-86780-033-1　C0098